O Livro dos Sonhos

Nina George

O Livro dos Sonhos

Tradução de
Petê Rissatti

1ª edição

EDITORA RECORD
RIO DE JANEIRO • SÃO PAULO
2019

CIP-BRASIL. CATALOGAÇÃO NA PUBLICAÇÃO
SINDICATO NACIONAL DOS EDITORES DE LIVROS, RJ

George, Nina, 1973-
G31L   O livro dos sonhos / Nina George; tradução de Petê Rissatti. –
1ª ed. – Rio de Janeiro: Record, 2019.
23 cm.

Tradução de: Das Traumbuch
ISBN 978-85-01-11395-5

1. Ficção alemã. I. Rissatti, Petê. II. Título.

CDD: 833
19-57308   CDU: 82-3(430)

Meri Gleice Rodrigues de Souza – Bibliotecária – CRB-7/6439

TÍTULO ORIGINAL:
DAS TRAUMBUCH

Título original: Das Traumbuch, de Nina George
Copyright © 2016 by Nina George
Copyright © 2016 para a edição alemã por Droemer Knaur Verlag
Publicado mediante acordo com Ute Körner Literary Agent – www.uklitag.com

Texto revisado segundo o novo Acordo Ortográfico da Língua Portuguesa.

Todos os direitos reservados. Proibida a reprodução, no todo ou em parte, através
de quaisquer meios. Os direitos morais da autora foram assegurados.

Direitos exclusivos de publicação em língua portuguesa somente para o Brasil
adquiridos pela
EDITORA RECORD LTDA.
Rua Argentina, 171 – Rio de Janeiro, RJ – 20921-380 – Tel.: (21) 2585-2000,
que se reserva a propriedade literária desta tradução.

Impresso no Brasil

ISBN 978-85-01-11395-5

Seja um leitor preferencial Record.
Cadastre-se no site www.record.com.br
e receba informações sobre nossos
lançamentos e nossas promoções.

Atendimento e venda direta ao leitor:
sac@record.com.br

*Dedico este livro a Jutta Marianne George
(18 de maio de 1939–27 de setembro de 2017),
minha mãe e amada esposa de Jo, o Grande.
Ela sempre sentia prazer em viajar comigo
para todos os tipos de mundos imaginários.*

Talvez nossas vidas não sejam nada além de histórias
que estão sendo lidas por outras pessoas.

DIA 1

DIA 1

Henri

Eu salto.

A queda demora apenas alguns segundos, e ainda consigo ouvir sobre mim os motores dos carros na Ponte Hammersmith, hora do rush, consigo sentir o cheiro da cidade, da primavera evanescente, do orvalho nas folhas. Então o impacto, a água fria batendo na cabeça. Nado, ganhando velocidade, a favor da corrente. O oceano, a cinquenta quilômetros de distância, suga o rio em sua direção. Meu corpo guarda a memória da força da correnteza, é como se eu nunca tivesse saído do mar, embora tenha me banhado no Atlântico pela última vez vinte e cinco anos atrás.

Então, chego à menina.

O rio carrega a pequena consigo, ele a quer para si, quer desmembrar seu corpo, dissociar suas esperanças de seus medos, arrancar o sorriso de seus lábios, amputar o futuro de sua vida.

Ela afunda na água barrenta.

Eu mergulho, puxo-a para mim pelos cabelos. Consigo segurar um antebraço magro, escorregadio. Aperto seu braço com força e tomo fôlego para o esforço que farei; a água em minha boca é salgada e gélida.

O Tâmisa me abraça.

O rosto dela, com olhos da cor do mar invernal, flutua até mim. Com os dedos de uma das mãos, ela tapa o nariz, como se tivesse simplesmente pulado da beirada de uma piscina aquecida e clorada, embora, na verdade, tivesse caído de uma embarcação — de um dos barcos de turismo no Tâmisa que faz o percurso da London Eye, a roda-gigante na margem do rio, do lado oposto ao Big Ben, até Greenwich. A menina havia parado junto ao parapeito, subido na barra mais alta e inclinado o rostinho para o sol de maio. Quando uma onda elevou a popa, ela tombou para a frente. A garota não gritou. Em seu olhar havia apenas uma curiosidade infinita.

Do alto da Ponte Hammersmith, nós a vimos cair: o casal que se beijava, o mendigo de smoking esfarrapado e eu.

O mendigo se levantou de seu "local de trabalho", um papelão depositado no chão em um ponto ensolarado junto ao parapeito da ponte suspensa. Ele murmurou "Ai, meu Deus", o casal fixou o olhar em mim. Nenhum dos três se mexeu. Só ficaram me olhando.

Com isso, subi no parapeito verde de ferro fundido e esperei até que o pinguinho de gente surgisse abaixo de mim. E saltei.

A menina me olha agora com mais confiança e esperança do que alguém como eu merece. Essa pequena tinha que entrar justo no *meu* caminho.

Ergo o corpinho escorregadio, magro. Os pés da criança batem em mim, na minha cabeça, na minha boca.

Bebo água, aspiro água, mas mesmo assim consigo emergir, e o mundo volta a ficar barulhento, o vento de maio bate suave em meu rosto molhado, as ondas borrifam em meus olhos. Eu me viro de costas e, em um berço balançante de água, ergo a garota sobre meu peito para que ela possa respirar e ver o céu azul. Assim, seguimos boiando pelo Tâmisa, passando diante de fachadas de tijolos e de barcos de madeira nas margens lamacentas.

A pequena cospe água e tosse. Talvez tenha quatro, cinco anos, não possuo muita experiência com crianças, nem com meu filho.

Samuel. Sam. Tem treze anos e está esperando por mim. Sempre esperando por mim. E eu sempre ausente.

Começo a cantarolar *La Mer*, a grande e majestosa canção sobre a beleza do mar. Trechos da letra em francês me ocorrem, embora eu não tenha utilizado a língua da minha terra natal desde os dezoito anos. Mas, nesse momento, ela volta à minha mente.

Canto e reparo que o coração da menina se acalma aos poucos, percebo seus pequenos pulmões se enchendo e esvaziando, sinto sua confiança através da película de água e medo que nos separa. Eu a seguro firme e nado de costas com um braço só em direção à margem e ao píer. Minha roupa está pesada, ensopada. Movo a perna como um sapo, e o braço, como um bandido maneta.

— Tudo vai ficar bem — sussurro.

Consigo ouvir Eddie falando na minha cabeça, tão claramente, como se falasse em meu ouvido: "Henri, você não consegue mentir. É um dos seus pontos fortes."

Eddie foi a melhor coisa que me aconteceu na vida.

Bato com o ombro na boia do píer. Perto de nós há uma escada.

Agarro a menina pela cintura e a ergo.

Eu a empurro pelos pezinhos para o alto até que ela alcance algo em que se agarrar, e seus pés deixam minhas mãos para trás.

Então a sigo, saio do rio também, pego a criança exausta nos braços, ainda se esforçando para não chorar, e corro com ela diante das casas de tijolos amarelos, vermelhos e cinza até chegar de novo à Ponte Hammersmith. A menina se agarra ao meu pescoço e esconde o rosto em meu ombro. É muito leve, mas vai ficando pesada conforme corro. Agora me dou conta de que preciso me apressar muito para chegar até Sam. Preciso chegar. Preciso. Meu filho espera por mim na escola.

O casal ainda está parado lá, na Ponte Hammersmith, e os dois se abraçam com força. A mulher me encara com olhos enormes, brilhantes, embevecidos, ela lembra Amy Winehouse, com delineador nos olhos e os cabelos arrumados num penteado bolo de noiva. O homem diz várias vezes:

— Cara, não pode ser, não pode ser, você conseguiu pegar a menina, não pode ser. — Ele segura o celular erguido.

— Você só ficou filmando ou foi buscar ajuda também? — bronqueio.

Coloco a menina no chão. Ela não quer soltar meu pescoço, se agarra à minha nuca, suas mãozinhas se prendem aos meus cabelos molhados, escorregam.

A fraqueza vem de repente, e eu perco o equilíbrio. Não consigo mais me manter em pé e cambaleio para a rua.

A menina grita.

Algo grande e quente surge bem perto do meu ombro. Vejo um rosto deformado atrás de um vidro, vejo um capô preto refletindo a luz do sol, lançando minhas pernas para o alto.

E então vejo minha sombra no asfalto, que se aproxima de mim a uma velocidade enorme.

Um barulho, como de casca de ovo sendo batida na lateral de uma xícara de porcelana.

A dor na minha cabeça é muito mais intensa que a agonia profunda que se sente ao se tomar sorvete rápido demais.

Ao meu redor, tudo fica em silêncio. Então eu derreto, derreto para dentro da terra. Afundo cada vez mais rápido, e é como se estivesse sendo sugado por um sumidouro no meio de um lago negro escondido sob o asfalto.

Das profundezas escuras do lago, algo olha para mim na expectativa. Sobre mim, o céu. Ele se afasta, fica cada vez mais distante.

Vejo o rosto da menina acima de mim e seus olhos da cor do mar invernal, estranhamente familiares, me observando com tristeza enquanto escorro para dentro da pedra. Os olhos oceânicos da menina se misturam com o lago sobre mim. Então sou eu que me misturo com o lago, e a água me preenche.

Mulheres e homens se amontoam na beira do lago, quase cobrindo a última nesga de céu azul.

Ouço os pensamentos de todos na minha cabeça.

A mulher no Mini Cooper quis desviar.

Deve ter sido o reflexo do sol. Ela não o viu.

Pensei que ele estivesse bêbado, do jeito que cambaleava na rua.

Ainda está vivo?

Reconheço o mendigo de smoking esfarrapado, que empurra os outros para o lado, e por um momento consigo ver novamente o céu, aquele lindo céu infinito.

Fecho os olhos. Vou descansar só um pouquinho, depois vou me levantar, seguir caminho, e chegar quase na hora certa. Conforme os alunos forem sendo chamados, já estaremos juntos na hora do V, Sam e eu, no "Dia de Levar o Pai à Escola". V de Valentiner, o sobrenome da mãe dele...

Querido pai, nós não nos conhecemos, mas acho que deveríamos mudar isso. Se você concorda, venha para o Dia de Levar o Pai à Escola, em 18 de maio, na Colet Court. É a escola para meninos que faz parte da St. Paul's School, em Barnes, bem perto do Tâmisa. Te espero do lado de fora.

Samuel Noam Valentiner

Sam, eu já chego. Só preciso descansar um pouco.

Alguém abre minhas pálpebras. A beira do lago está longe, muito longe, muito acima de mim, e um homem me chama da borda do sumidouro. Ele usa um macacão de paramédico e óculos de sol de armação dourada. Ele cheira a cigarro.

Me vejo no reflexo das lentes dos óculos escuros de armação dourada e percebo meus olhos ficando vazios, vidrados. Vejo os pensamentos do paramédico.

Cara, pensa ele na boca do sumidouro. *Não, cara. Não morra. Por favor. Não morra.*

Um sinal sonoro longo e agudo traça uma linha reta em minha vida.

Não!

Agora não! É cedo demais!

Isso é...

Isso...

O longo sinal sonoro se transforma num último rufar de tambores. Eu salto.

DIA 15

DIA 15

Sam

14h35. *Samuel Noam Valentiner.*

Paciente visitado: Henri M. Skinner.

Já escrevi isso catorze vezes.

Mas todo dia preciso me registrar de novo, e todo dia a Sra. Walker me entrega a prancheta preta com um formulário no qual escrevo com letra de fôrma o horário, meu nome e o nome do paciente que visito.

Uma linha acima de mim está escrito o nome Ed Tomlin. Ed Tomlin também visita meu pai, sempre algumas horas antes de mim, quando estou na escola. Quem é essa pessoa?

— Eu estive aqui ontem — digo para a Sra. Walker.

— Ah, eu sei, querido.

A mulher atrás do balcão da recepção do Hospital Wellington mente. Ela não me reconhece. As mentiras possuem um tom específico, são mais brancas que a voz normal. Na plaquinha acima do seio esquerdo está escrito seu nome em letras maiúsculas: SHEILA WALKER. E ela me chama de querido porque não sabe meu nome. Os ingleses são assim, têm pavor de dizer a verdade, isso é rude demais para eles.

No corpo de Sheila Walker pesam as sombras de muitos anos, eu vejo porque é o que vejo no corpo da maioria das pessoas. Umas têm muitas sombras, algumas têm poucas, as crianças quase nenhuma. Quando possuem sombra, vêm de países como Síria ou Afeganistão, e a sombra cresce com elas.

A Sra. Walker já vivenciou muitas tristezas. E ignora o presente porque fica pensando no passado. Por isso, para ela, sou apenas um garoto qualquer de uniforme escolar cuja voz sofre as flutuações da puberdade, o que é constrangedor. Ela me olha — e talvez enxergue uma praia e sua mão vazia, que há anos ninguém segura.

Mas eu estive ali ontem e anteontem. E no dia antes de anteontem. E por onze dias antes disso. Eu mato ora uma, ora outra aula, de manhã, de tarde; hoje é a aula de francês com a Madame Lupion. Scott disse que preciso distribuir as aulas que mato entre todas as disciplinas para que demorem a perceber.

Scott McMillan é especialista. Em matar aula, em pesquisar no Google, em fazer coisas que quase ninguém faz. E também em xadrez, desenho e em colecionar broncas. É especialista em tudo, na verdade.

Ele tem treze anos, um QI de 152, consegue falsificar qualquer letra e tem um pai rico que ele odeia. Eu tenho um QI de apenas 148, o que nos distingue entre "genial" e "quase genial", ou, como Scott diria: "*Moi, le Cérebro, e toi*, o especialista sabe-tudo, *mon ami.*" Scott *le Cérebro* está em sua fase francesa, depois de passar pelo mandarim e por um dialeto africano todo estalado.

Também tenho treze anos, sou sinestésico, também conhecido como sinestúpido, que é como muitos garotos da escola me chamam, e meu pai está há duas semanas em coma induzido. É um tipo de anestesia prolongada, só que ele tem pequenos sugadores no cérebro que estão ali para diminuir a pressão, uma máquina que respira por ele, uma outra que resfria seu sangue, e outra ainda que come e mija por ele. Hoje ele deve ser acordado.

Ninguém na escola sabe que meu pai está em coma, exceto Scott. Isso porque também ninguém sabe que Steve, o marido da minha mãe, não é meu pai. Exceto Scott. E ele disse: "Cara, de uma hora para outra, você seria o cara mais maneiro da escola, pelo menos por uma semana. Pensa bem se quer abrir mão disso. Vão ser horas de estrelato, você vai ser pelo menos uma vez na vida o cara mais maneiro de todos. Pensa também nas garotas." Ele não estava falando sério. Nem há garotas na nossa escola.

Scott e eu somos os únicos garotos de treze anos da Colet Court que entraram para a Mensa. Scott chama essa associação de jovens de alto QI de "Clube dos Bananas". Minha mãe diz que eu deveria me orgulhar, pois sou um dos dois menores de idade entre os novecentos integrantes juniores da Mensa na Inglaterra, mas ficar orgulhoso porque alguém manda você ficar orgulhoso deixa um gosto de papel-alumínio na boca.

Se ela descobrir que estou aqui...

Talvez me mande para adoção. Talvez não fale nunca mais comigo. Talvez eu vá parar em um internato. Não sei.

— Obrigada, querido. — A voz de Sheila Walker assume sua cor normal quando ela puxa para si a prancheta do balcão com a ficha de registro e transfere meu nome para o computador. Suas unhas compridas batem com um tom de verde no teclado. — Você precisa ir até o segundo andar, Samuel Noam Valentiner — diz ela, enfática, como se eu não soubesse.

No segundo andar fica a UTI para pacientes que habitam o silêncio e a solidão. E por isso eles vêm para cá. Para o Hospital Wellington, setor de neurologia. Centro de Estudos do Cérebro de Londres. Meio como a NASA entre os setores de neurologia.

Sheila Walker me estende um mapa em folha A4 igual ao de ontem e ao de anteontem. Ela circula com uma caneta hidrocor de um vermelho vivo onde estamos agora, "aqui", aonde eu preciso ir, "lá", e o caminho mais curto de um ponto a outro.

— É melhor você pegar o elevador ali na frente e ir até o segundo andar, Samuel Noam.

A Sra. Walker poderia muito bem trabalhar no balcão de informações do metrô.

— Vire à direita para Kensington, siga em frente para perfurações intestinais, o necrotério fica à esquerda depois das máquinas de venda automática. Tenha um bom dia, senhor Samuel Noam Valentiner.

— Um bom dia para a senhora também — digo, mas ela já me esqueceu.

No primeiro dia, minha mãe me acompanhou. Enquanto esperávamos diante dos elevadores, ela disse:

— Não devemos nada ao seu pai, entendeu? Absolutamente nada. Só estamos aqui porque...

— Entendi — eu a interrompi. — Você não quer vê-lo. Você prometeu para si mesma.

— Por quê? — perguntou ela depois de um tempo, irritada. — Por que você sempre entende tudo, Sam? Você é muito jovem para isso! — Ela estendeu o mapa. — Sinto muito. Seu pai simplesmente me deixa louca. Ai, Sam.

Ela não gostou de eu ter pedido, em segredo, que ele me visitasse na Colet Court no "Dia de Levar o Pai à Escola".

— Ele não vai mesmo — disse ela.

Sua voz me inundou, um tom como um cheiro, o aroma de alecrim na chuva, triste, abafado. Naquele momento senti como minha mãe me amava, percebi que eu podia finalmente respirar, respirar de verdade, como se estivesse no cume mais alto do mundo. Aquele bolo úmido que congestionava meu peito desapareceu.

Às vezes eu amo tanto minha mãe que preferia estar morto, pois só assim ela finalmente ficaria feliz. Ela teria apenas seu marido, Steve, e meu irmão mais novo, Malcolm. Seriam uma família de verdade, com pai, mãe e filho, e não com pai, mãe, filho e eu, o cara que nunca olha os outros nos olhos, que lê ficção científica demais e é filho de um homem que ela não consegue suportar.

— Olha só. Se eu ficar aqui com ele o quanto eu quiser, mas sozinho, você vai me esperar na cafeteria? — perguntei para ela.

Ela me abraçou. Deu para sentir como ansiava por dizer sim, como se envergonhava por querer dizer sim.

Minha mãe nem sempre foi desse jeito. Houve um tempo no qual ela trabalhava como fotógrafa e cobria guerras. Quando não tinha medo de nada, de nada e de ninguém. Mas então algo aconteceu, eu aconteci para ela, como um acidente, e tudo mudou. Agora ela tenta passar pela vida sem chamar atenção nenhuma, sempre que possível. Como se quisesse evitar que a infelicidade a notasse.

— Por favor. Tenho quase catorze anos. Não sou mais criança.

Por fim, minha mãe foi à cafeteria, e eu segui sozinho para o segundo andar, até o homem que é meu pai porque minha mãe, numa ocasião que ela chama de "momento constrangedor", dormiu com ele. Ela nunca me contou onde e por que isso aconteceu.

Sheila Walker não me acompanha com os olhos quando vou até o elevador e sigo até o segundo andar. Antes de entrar, preciso vestir um avental de proteção sobre meu uniforme da escola, desinfetar as mãos e os antebraços e botar uma máscara branca oval sobre a boca e o nariz.

A UTI do Centro de Estudos do Cérebro parece um armazém grande e bem-iluminado. Nas três longas paredes — A, B e C — ficam os leitos, e há trilhos no teto com cortinas azuis que pendem ao redor de cada leito para separá-los. No meio desse espaço fica uma plataforma elevada, e, sobre ela, bancadas com monitores de computador e mesas de controle às quais os médicos e médicas estão sentados, observando monitores ou telefonando. Cada paciente tem um enfermeiro ou enfermeira próprio. Aquilo parece mais um depósito de gente, pois os pacientes comatosos são identificados por letras e números, nada de nomes. "Queda de glicose no A3." "B9 está agitado." Ninguém mais é real.

Entre os irreais, meu pai é o C7.

No primeiro dia, seu crânio foi raspado do lado direito e pincelado com iodo vermelho-alaranjado. Colaram no rosto dele um esparadrapo branco e largo que prendia o tubo da respiração, e sua pele estava azul, verde e violeta. As cores da noite, da força, do sonho. Quando entrei naquele ambiente pela primeira vez, foi como se tivesse engolido um bolo de concreto líquido, que endurecia na minha barriga a cada respiração. Desde então carrego comigo essa bola de concreto.

Já disse que sou sinestúpido. Sinto o mundo de um jeito diferente das outras pessoas. Vejo sons, vozes e música como cores. O metrô de Londres tem um som cinza-azulado, como um alforje cheio de facas. A voz da minha mãe é suave, uma espuma leve sobre um mar congelado, e violeta. Minha voz, no momento, não é nada. Quando estou com medo, é amarelo-clara. Quando falo, fica azul-clara, como um macacão de bebê. Ela falha, e eu gostaria de ficar mudo até que isso passasse.

A voz das pessoas que sabem quem são e do que são capazes é verde. Vozes verde-escuras, imponentes e barulhentas como uma floresta antiga e sábia.

Para mim, os números também têm cores. O oito é verde, o quatro é amarelo, o cinco é azul. As letras são personalidades. Um R é agressivo, um S é traiçoeiro, e o K é secretamente racista. O Z é muito prestativo e o F é uma diva. O G é forte e honesto.

Quando adentro o ambiente, consigo perceber quais sentimentos são mais sentidos dentro dele. Quando as sombras ficam tão densas quanto no caso da Sra. Walker, consigo sentir o quanto é pesado o coração da pessoa. Simplesmente não consigo olhar nos olhos dos outros. Há coisas demais dentro deles, e muitas dessas coisas eu não entendo. Às vezes tenho medo, vejo quando vão morrer. Aconteceu uma vez com um dos inspetores da Colet Court e com a nossa vizinha, a Sra. Logan.

Os sinestésicos eram vistos antigamente como casos patológicos. Patologicamente tímidos, patologicamente supersensíveis, e um caso desses para a família é um verdadeiro martírio. As crianças gritam o tempo todo, choram por qualquer coisa e são esquisitas de várias outras formas também.

Quando crescem, não é raro que sejam *borderline* ou totalmente esquizofrênicas, desenvolvam depressão, muitas se matam, pois não suportam mais o mundo e como elas o veem. Bebês chorões hipersensíveis.

Se houvesse uma pílula contra isso, eu a engoliria como se fossem balinhas Smarties.

No meu primeiro dia, quando caminhei pelo "salão dos irreais", foi como se as almas se esvaíssem em cores. É assim que vejo as coisas, e poderia abrir mão disso com o maior prazer.

Então eu vi aquele homem no C7 e não senti absolutamente nada.

Foi estranho.

Eu nunca não sinto nada.

Mas foi isso que aconteceu: ele era um estranho deitado de barriga para cima em uma maca de alumínio, imóvel. Ao redor dele, as sombras eram densas. Cor de lua. Seus olhos estavam fechados, e nada saía dele.

Esse nada me acalmou de um jeito estranho, frio. Com cuidado, me sentei na beirada da cama.

Nada ainda.

Fiquei aliviado. Se eu não sentia nada, então não precisava continuar a sentir falta do meu pai, podia parar de pensar nele o tempo todo, podia parar de procurá-lo em todo lugar. Assim, não precisaria voltar ali. Assim, minha mãe encontraria a paz.

Mas então vi a pulseira.

A pulseira mudou tudo.

Meu pai tinha no pulso do braço direito livre uma pulseira de fios plásticos trançados. Era composta pelas cores azul-escura, azul-clara e laranja.

Eu a trancei dois anos atrás e mandei para ele. Pelo correio. Minha mãe disse que ele não usaria. Que jogaria no lixo.

Eu acreditei nela, como sempre, mesmo que esperasse outra coisa — no fim das contas acreditei nela, acreditei que meu pai era o homem que ela sempre descreveu para mim. Difícil, egoísta, sem consideração.

Mas ele está com a pulseira. Está usando a pulseira de plástico ridícula e infantil nas minhas três cores preferidas de noite, mar e manhã de verão. Ele a está usando.

Não sei quanto tempo fiquei sentado lá encarando a pulseira, aquela coisa baratinha que mudou tudo. Só sei que o chefe da UTI, o Dr. Foss — "Me chame de Fossy, rapaz!" — em algum momento se aproximou, pousou de leve a mão no meu ombro e disse com sua voz britânica anasalada que meu pai teve sorte. Houve fratura no crânio, mas o cérebro não está mais sofrendo com a pressão do inchaço, e o córtex cerebral quase não foi afetado.

Por acaso, Deus passou e gritou:

— Não acredite em nada do que Fossy disser, Valentiner. Vamos precisar operar seu pai mais algumas vezes, e só então poderemos ver o quanto já fizemos de errado.

Ele se chama Dr. John Saul, parece um viking com seus cabelos loiros, ombros largos de remador e barba, e é o chefe da NASA, ou seja, do Centro de Estudos do Cérebro de Londres. Quando entrava na UTI dos irreais, todos os profissionais de saúde ali presentes paravam de respirar. Há uma frieza prateada ao seu redor, como um manto invisível. Todos esperavam que ele operasse milagres. Eles o chamavam secretamente de Deus, pois ele sabe tudo. Inclusive que o chamam de Deus. E o Dr. Foss, com suas calças de sarja verde, suas meias amarelo-curry, suas camisas axadrezadas na cor violeta e seus suspensórios, é seu Espírito Santo, que usa um penteado *a la* John Cleese, bebe chá toda tarde por meia hora e joga QuizClash em seu smartphone com capa de estampa escocesa.

Na noite posterior à minha primeira visita ao hospital, falei com Scott por Skype enquanto minha mãe e seu marido, Steve, faziam um sexo silencioso. Meu irmão Malcolm estava com medo de ter pesadelos de novo e quis ficar comigo de qualquer jeito. Quando adormeceu, foi como se seu espírito descesse uma longa escada de pedras para dentro da escuridão. Ouvi seus passos. Mas, em comparação com meu pai, ele estava muito, muito perto da superfície, ainda dava para senti-lo. Contei para Scott que meu pai estava "longe", quando Scott estava sentado na privada. Os McMillan tinham mais banheiros em sua mansão do que o total de cômodos presentes na casa geminada de Marie-France, minha mãe. Moramos em Putney. Scott em Westminster. Putney é Swatch. Westminster é Rolex.

Procuramos no Google as palavras-chave "traumatismo craniano", "coma induzido" e "córtex cerebral". Ou melhor: Scott procurou, eu fiquei olhando a escuridão e espreitando o barulho de sua digitação ágil e a respiração pesada de Malcolm. Pensei na pulseira. E no fato de não ter conseguido sentir meu pai sob o tapete espumoso de anestésicos.

— Uau, Michael Schumacher também teve traumatismo craniano e coma induzido — explicou Scott. — Se as pessoas não morrem disso na hora, então...

— Cala a boca.

Se ele não falasse, não aconteceria. Simplesmente não *podia* acontecer. Não agora. Não assim.

— Claro que você não quer ouvir. Mas precisa. Ou quer que eles mintam para você? Eles sempre mentem, só porque somos crianças, e, depois, porque não somos mais crianças. — Scott tomou fôlego. — Então ouça o Cérebro aqui. No córtex cerebral fica a personalidade. Quando ele é rompido, você vira um vegetal. Ou fica totalmente agressivo. Pode ser que seu pai acorde e fique agressivo, que ele saia quebrando tudo. Ou se mate. Ou mate você. Ou ache que ele é outra pessoa. Muitas pessoas voltam e conseguem fazer coisas extraordinárias.

— Coisas extraordinárias?

— Sim, ver auras, falar tibetano ou ler pensamentos.

Não contei para ele que às vezes também consigo fazer duas dessas três coisas.

Ele continuou a digitar e murmurou:

— Arrá. Você precisa segurar a mão dele. Se ele apertar sua mão, ainda está lá.

Malcolm se virou na minha cama, suspirando. Eu conseguia senti-lo muito bem, embora estivesse dormindo e sonhando. Mas meu pai... meu pai estava em outro lugar, para além dos sonhos.

— Onde ele pode estar, se não ali? — perguntei a Scott.

— Maneiro — murmurou ele em vez de dar uma resposta. — Acabei de cair em uma página de fórum de apoio a pessoas que encontraram Deus e outras pessoas durante o coma.

— E *outras pessoas? Que outras pessoas?* Elvis?

Nós rimos, então a luz caiu no banheiro de Scott, e ele disse:

— Ai, saco, meu pai! — e desligou.

Fiquei na escuridão, sentado à minha escrivaninha.

Se ele apertar sua mão, ainda está lá.

Eu precisava descobrir se meu pai ainda estava lá. Precisava.

Quando minha mãe terminou de dormir com seu marido, foi até o quarto de Malc para lhe desejar uma boa noite, como sempre. Não o encontrando, bateu na minha porta, levou meu irmão bêbado de sono até a cama dele e depois voltou ao meu quarto.

— Sam, não vou assinar a permissão de visita por tempo indeterminado. Não quero que você vá o tempo todo ao hospital. Precisa se concentrar nas provas, entende? Isso é o mais importante agora. Se quiser ir vê-lo daqui a algumas semanas, bem, podemos conversar sobre isso.

Minha mãe paga quase dezenove mil libras por ano para eu poder frequentar a Colet Court. Por minha causa ela tem pouco dinheiro e é infeliz. Mas a pulseirinha não saía da minha cabeça, então falei:

— Tudo bem.

— Seu pai nunca se preocupou com você. Então não precisa se preocupar com ele agora. É difícil ouvir isso, Sam, mas é para o seu bem, entendeu? Do contrário, você só vai se decepcionar mais.

— Tudo bem — repeti.

O que eu deveria responder? Afinal, eu sabia onde meu pai estava. No C7. Eu sabia que ele usava minha pulseirinha. Ela estava enganada sobre ele.

Ou eu estava enganado?

De qualquer forma, eu sabia que voltaria lá. Para segurar sua mão. Seguraria até que um dia ele a apertasse.

Mas eu não contaria isso para ela, e foi a primeira vez que escondi algo importante da minha mãe.

Não seria a última.

No segundo dia, Scott levou para mim na escola uma pilha de material impresso sobre danos cerebrais.

— Quase todos têm delírios quando voltam do coma induzido — ele me explicou no recreio, que, em vez de passarmos na cantina da escola, passávamos atrás do auditório, no campo de hóquei bem-cuidado da St. Paul. Quando as provas terminassem e ficássemos entre os melhores, também seríamos da St. Paul. Todos os ex-alunos eram bem-sucedidos em suas carreiras, pelo menos era o que diziam as mães dos ex-alunos. E os caras já sabiam tudo com dezesseis anos — o que queriam estudar e o que queriam fazer e ser para o resto da vida.

Nada me interessava menos agora.

— Delírio é o verdadeiro verme do medo. Alucinações e pesadelos, você não sabe mais quem é ou quem são as pessoas. Seu pai poderia ver você como um ogro. Ou um sinestúpido.

— Ah, não fode.

— Não vou mesmo. Aqui, não. A fofoca correria solta, *mon ami*.

Não reagi. Pela primeira vez não consegui rir de uma piada de Scott. Ele me olhou atentamente por trás dos óculos fundo de garrafa quadrados que vinha usando ultimamente. Para parecer um nerd. "Você sabe, por causa das garotas." Que não havia em Colet Court.

— Quando você vai visitá-lo de novo, Sam?

Dei de ombros.

— Minha mãe não quer que eu vá.

Scott coçou os três pelos do queixo que tentava em vão cultivar em uma barba.

— Ela não suporta que você goste dele, *mon copain*. Ciúmes. Meu pai também tem. Ele odeia que minha mãe goste de mim. É um problema que todos os pais têm quando nasce o primeiro filho — disse ele, pomposo.

Scott sabe que quer ser psicólogo desde que, aos nove anos de idade, começou a se consultar regularmente com uma psicoterapeuta perto de St. John's, a igreja com unicórnios no brasão. Pretende se especializar em distúrbios psicopáticos e somáticos. Agora observava um grupo de alunos mais velhos que não precisavam mais usar uniforme, que podiam se vestir como quisessem, desde que estivessem de paletó, camisa passada e gravata, bem como de calças compridas. Eles seguravam as portas abertas uns para os outros.

— Onde aconteceu o acidente, Valentiner?

— Na Ponte Hammersmith — respondi. — Ontem de manhã.

E, quando nos entreolhamos, a ficha finalmente caiu em nossos cérebros superdotados, mas estúpidos. Gênios precisam de mais tempo para coisas simples, somos incompatíveis com a vida cotidiana.

— Merde, Valentiner. Foi aqui do lado. Logo ali! Seu pai foi atingido quando... — Scott ficou mudo.

Sim. O que significava...

Meu pai estava vindo para cá.

Ele vinha.

Ele vinha!

O sentimento de felicidade ardeu claro e brilhante, mas só até a culpa acertar minha cabeça como um tiro vindo do céu e bater com ela em uma pedra. Como sempre.

Se eu não tivesse mandado um e-mail para ele, meu pai não teria passado pela ponte. Se não tivesse pedido para ele vir, ele não estaria meio morto no hospital agora. Se não tivesse...

— Valentiner? — perguntou Scott.

Não consegui responder.

— Valentiner! Seja lá o que estiver pensando, veja isto aqui e reavalie seus pensamentos!

Ele me estendeu o celular, quase cinquenta e três vezes mais caro que o meu. Vi nele um vídeo tremido de celular, que Scott acessou via YouTube. E não foi só ele; outros 2,5 milhões de pessoas também o visualizaram. O título do vídeo era *Um herói de verdade*.

Mostrava um homem nadando no Tâmisa. A câmera fez um zoom, e deu para ver, muito borrado, como o homem mergulhou e pouco depois emergiu com um pacote molhado. Somente quando levou o pacote até terra firme deu para identificar que era uma menina. O homem levou a criança até a Ponte Hammersmith. O filme sacudiu quando o homem foi até a câmera e disse: "Você só ficou filmando ou foi buscar ajuda também?"

Quatro segundos depois o carro o atropelou.

O filme foi interrompido.

O homem era meu pai.

— Seu pai é "o" cara — comentou Scott, seco. — Você deveria dizer isso para ele um dia.

O brilho e a felicidade que invadiram meu coração quando vi meu pai no filme, aquecendo meu peito e me enchendo de energia, abriram caminho para as sombras mais profundas depois das palavras de Scott.

A ânsia de dizer tudo àquele pai vivo, tudo que eu já pensei, tudo sobre quem sou, se transformou em desespero quando de novo pensei na pessoa imóvel na qual ele se transformou. Imóvel e distante deste mundo.

Puxei devagar a permissão que minha mãe não queria assinar e mostrei a Scott no meu celular a foto do cartão de crédito Visa dela, cujo verso com sua assinatura fotografei discretamente de manhã. Apenas por precaução. Eu não queria ter que utilizá-la.

Até aquele momento. Até aquele vídeo.

— Você consegue?

— Pff — fez Scott, pegou o celular e o papel da minha mão e puxou sua caneta-tinteiro.

Hoje, ao meio-dia, esfreguei meus olhos com areia e fingi um ataque de alergia para a Madame Lupion, a professora de francês. Então, fui para o Wellington com olhos vermelhos, lacrimejantes e coçando.

No metrô, ninguém prestou atenção em mim. Ninguém conversa no metrô de Londres, que chamamos de *tube*, ninguém olha para ninguém. Todos agem como se estivessem totalmente sozinhos no mundo, mesmo quando estão com a cara enterrada no sovaco do vizinho. No *tube* londrino o ar é setenta e três vezes mais poluído que na superfície.

Sheila Walker também não deu a mínima para os meus olhos. Eles ardem. O Dr. Saul, na sala de espera da UTI, colava um papel na parede. Nele estava escrito: "Aqui é uma clínica neurológica, não salão de festas. Portanto, beba seu chá em silêncio e não converse."

Tento passar por Deus sem que ele me note.

— Pare, Valentiner. O que há com seus olhos? — resmunga ele sem se virar.

Com cuidado, ele cola o último canto da folha. Seus antebraços são fortes, e seus dedos nunca tremem.

— Tive... uma alergia, *sir.*

— Ah, é? Eu também tenho alergia. A mentirosos, Valentiner.

— Talvez tenha sido... areia? — respondo hesitante e, por segurança, deslizo logo em seguida um devotado: — *Sir?*

Deus se vira para mim. Tem um olho azul e outro verde. O azul, à direita, é frio, o verde, à esquerda, cálido. São dois homens que me encaram naquele rosto de viking com barba loiro-avermelhada.

— Arrá! Parece que você dormiu com a cara enfiada na caixa de areia. Quer ficar cego? Não? Já ouviu falar em neuronavegação?

— N-não, senhor — gaguejo.

— Então, venha — rosna ele e me leva para um andar acima até uma sala de projeção dos aparelhos de ressonância magnética.

— Permita que eu te apresente ao monstro — diz o Dr. Saul. — É um aparelho de ressonância magnética funcional, ele mede as atividades cerebrais. Esta porcaria custa dois milhões de libras e é considerada o "leitor de pensamentos" da Inglaterra. É tão inteligente que quase não conseguimos entender como funciona.

Ele aponta para uma cadeira e resmunga:

— Sente-se, cabeça para trás, olhos abertos!

Em seguida, pinga algo em meus olhos que alivia a queimação.

Nessa hora tenho certeza de que Deus fica muito solitário com muita frequência. Dr. Saul apaga a luz e liga os projetores. A parede inteira se enche de cérebros em fatias. A escuridão faz bem aos meus olhos.

O Dr. Saul corre os dedos pelas tomografias na parede vagarosamente, quase com carinho.

— Aqui, um aneurisma fantástico que desentupimos, entramos com um acesso pela coxa e avançamos pelas artérias. E veja ali, um hemangioblastoma grande, parece uma ervilha dentro da vagem. — Sua voz muda enquanto ele percorre com os dedos o contorno dos cérebros na parede. De preta para verde-clara até rosa. Deus ama cérebros.

— Você já olhou dentro de uma alma, Valentiner?

Nesse momento ele projeta a imagem de uma visão microscópica do cérebro.

— Essas são as duas metades, vistas da medula espinhal e da nuca. É como se você subisse por um túnel do pescoço ou percorresse um longo corredor até o tronco cerebral e depois entrasse no centro do cérebro passando pelo cerebelo. A câmara secreta. A sede de nossa humanidade.

Ele aumenta a imagem até que ela ocupe a parede inteira. Parece uma catedral. Veias como arcos, células como tetos altos, abobadados. É maravilhoso. Maravilhoso e muito estranho.

— Uma igreja feita de pensamentos — sussurro.

Deus me olha com seus olhos bicolores. Como se eu até agora tivesse sido irreal para ele, um anexo de C7. E agora me torno real.

Seu olho frio se aquece.

Então ele meneia devagar a cabeça.

— Isso mesmo, Samuel — diz ele baixinho. — O cérebro é uma igreja feita de pensamentos.

Brusco, ele acende a luz, e lá está de novo o viking loiro com a testa e os ombros de touro.

— Bem. Você deve estar se perguntando se seu pai vai morrer, né?

Deus ousa tudo, até fazer as piores perguntas.

Ele pega um hidrocor especial e pinta um ponto grande e preto no quadro branco.

— Isso é o estado de "vigília", ok? — Ele escreve "vigília" ao lado do ponto preto e, ao redor, desenha cinco círculos concêntricos. Bem fora, na superfície exterior, ele escreve "morte" em cima, embaixo e dos lados.

Nas zonas que se afastam de dentro para fora do ponto de "vigília" ele escreve "torpor", "sono", "inconsciência", "coma", "morte cerebral".

O hidrocor especial range no quadro branco.

— Existem várias formas de vida às margens da morte — explica Deus. Ele bate na zona "coma", pega outra caneta, esta vermelha, e desenha três riscos. — O coma grave, o moderado e o leve. Mas aqui, Sam, perto do centro — o Dr. Saul preenche com riscos o círculo "sono" e "inconsciência" —, muito mais próximo da vigília, aqui há camadas nas quais seu pai está vivendo agora. Viu? Mais perto da vida que da morte. Entendeu?

Faço que sim com a cabeça. Será que Deus percebe que descreve inconsciência e coma como se fossem lugares, não estados?

Com displicência, o Dr. Saul joga a caneta sobre a mesa.

— Uma dica — grita ele ao sair. — Da próxima vez, use pasta de dente em vez de areia.

Enquanto volto ao elevador para descer até o segundo andar de novo, penso em tudo que quero contar ao meu pai hoje. Talvez sobre o modelo do Dr. Saul. O mundo feito de discos.

Fico me perguntando se a pessoa sonha para além da zona do sono. E se um coma induzido por medicamentos é parecido com o coma real ou não. E se a pessoa sabe que está em coma. Quando sonho, não sei que estou sonhando. O coma é uma espécie de vida sem saber que se está vivo? Como em *Matrix*?

Algumas vezes nos últimos dias tive a sensação de que conseguia sentir meu pai. Havia uma inquietação nele. Como se — e isso são pensamentos que nunca vou contar a Scott —, como se ele estivesse à procura, através de um labirinto de noite e medo, do caminho de volta à realidade. Agora sei que isso pode ser verdade. Se vigília, sono e coma não são estados, mas lugares, então meu pai está percorrendo esses locais.

Ou mundos. Zonas que ficam cada vez mais escuras quanto mais se aproximam da morte.

Enquanto espero pelo elevador, imagino esses mundos como um espaço subterrâneo gigantesco. Discos sobrepostos e cada vez mais insondáveis conforme nos afastamos do ponto de vigília. Ninguém sabe como é o disco derradeiro. Talvez muito diferente. Talvez o coma não seja uma zona escura. Talvez mais pareça com a vida na zona de vigília... Lá, onde fico sentado e espero que meu pai aperte minha mão. Que simplesmente venha para perto do ponto de vigília, passando por todos os estágios, zonas e escuridões. Por escadas e corredores que de repente se abrem em névoas de medicamentos e sonhos e que emergem para ele durante poucos instantes em todas as zonas intermediárias entre a vigília e a morte.

Se ele apertar minha mão, ainda está lá.

"Estou aqui, Sam, estou aqui... mesmo que esteja em outro lugar. Eu volto."

Mas até agora ele não apertou minha mão. Nem depois da primeira operação, nem depois da segunda, quando o baço rompido e o braço quebrado foram reparados, nem depois de dez dias.

Talvez hoje?

Eddie

— Está um pouco chateada hoje, senhora Tomlin.

— Não estou chateada, doutor Foss.

— Claro. Me perdoe.

— Estou *furiosa*. Tem uma diferença aí, não acha?

— Claro, senhora Tomlin. — O Dr. Foss continua amável como um mordomo servindo chá, mas minha voz vai ficando cada vez mais alta. Meu medo uiva como um animal ferido.

— Os senhores vão fazer alguma coisa? Ou vão simplesmente deixá-lo bater as botas para evitar gastos excessivos?

Olho para o rosto do Dr. Foss no espelho. Ele está atrás de mim no recinto azulejado e bem-iluminado onde diariamente, há catorze dias, eu visto e tiro o avental de proteção, desinfeto mãos e antebraços e puxo uma máscara oval branca sobre o nariz e a boca. O Dr. Foss aperta os lábios de um jeito quase imperceptível e baixa os olhos. Eu o magoei.

Aleluia. De certa forma, fico grata por ainda existir gente que se magoa em hospitais ingleses. Quem se magoa tem sentimentos, e quem tem sentimentos tem empatia.

— Perdão. Isso não é do meu feitio. Pelo menos espero que não.

O Dr. Foss abre seu sorriso simpático, diz "Claro" e amarra meu avental verde-azulado. O jeito como se porta, anda e faz seu trabalho remete tanto a um criado extremamente bem-treinado da Rainha quanto a um culto espião aristocrático. É um dos raros espécimes de cavalheiro que, no caso de um navio prestes a naufragar, permaneceriam a bordo até que mulheres e crianças estivessem em total segurança. Foi cavalheiro a ponto de puxar o elástico da máscara atrás da minha cabeça um pouco mais para cima. Com cuidado, como se eu corresse o risco de explodir.

Com o cotovelo, aperto o dispensador de gel desinfetante na parede azulejada e espalho o gel nas mãos. Elas tremem. Mãos bronzeadas com manchas de caneta-tinteiro, que vibram como asas..

— Tenha paciência consigo mesma — diz ele com suavidade.

Ah, tá. Logo eu. Nunca tive paciência comigo mesma. Em geral nem gosto de mim mesma. Aperto de novo o dispensador para evitar o olhar de Foss.

— Todo paciente precisa de uma pessoa que acredite nele. Acredite no senhor Skinner, senhora Tomlin! Se ele tiver um bom motivo para acordar, então...

Quero perguntar a Foss em qual livro de autoajuda ele leu aquilo. Quero jogar na cara dele que não sou um bom motivo para Henri Skinner, pelo menos não bom o bastante. Depois de um relacionamento totalmente estranho de idas e vindas que durou quase três anos, no qual eu ficava sem ver Henri às vezes por um mês inteiro, ele deixou bem claro, há dois anos, que eu não era a mulher ao lado de quem ele queria passar o resto da vida.

Foi no dia em que eu disse a Henri pela primeira vez: "Eu te amo, eu te quero, para sempre e além, para esta e para todas as outras vidas."

E ele me respondeu: "Mas eu não."

O mundo escureceu.

Eu já havia superado o meu constrangimento.

Eu já havia parado de sentir falta dele.

Eu já havia conseguido domar esse desejo para o qual não há palavras, nem lógica.

Eu havia acabado de começar a considerar a possibilidade de uma vida com outro homem! E, então, Henri se catapulta de volta para meus dias, minhas noites, meus anseios.

Quando ouvi seu nome da boca dos policiais ("A senhora conhece Henri Malo Skinner?"), três coisas vieram à tona de novo. O calor fluido e pesado do corpo dele sobre o meu. A noite na praia com estrelas cadentes verdes, na qual contamos um para o outro como éramos quando crianças. E a expressão em seu rosto ao partir.

Henri havia gravado meu nome em seu celular e escrito "Em caso de emergência" num papelzinho preso dentro do passaporte, além de ter mencionado meu nome em seu testamento vital. Isso me surpreendeu tanto quanto a ligação da polícia, catorze dias atrás. Os policiais — um gordo desajeitado e uma ruiva inquieta — ficaram bastante confusos quando expliquei para eles que não era namorada, nem noiva, tampouco prima de Henri. E que não o via fazia mais ou menos dois anos. Desde o dia 2 de janeiro de 2014, por volta das 8h45.

Eu te amo, eu te quero, para sempre e além, para esta e para todas as outras vidas.

Mas eu não.

Dei um tapa na cara dele logo depois disso e o expulsei de casa.

— Vai embora! — gritei, mas na verdade queria dizer: "Fica!" — Vai embora! — rugi, mas por dentro implorei: "Me ama!" — Dá o fora de uma vez! — completei, mas no fundo quis falar: "Sai daqui antes que eu me humilhe ainda mais!"

Ele se foi.

Nunca vou me esquecer do rosto dele quando se virou uma última vez junto à porta. Foi como se ele não conseguisse compreender essa partida, e olhasse retrospectivamente para o lado avesso do nosso amor, e se perguntasse como havia cruzado aquela fronteira.

Aquele desespero em seu rosto.

Eu quase disse "Fica!" e "Não tem problema, você não precisa me amar".

E teria sido verdade. Meu amor era maior que a ânsia de ser amada. E era pior que ele não quisesse meu amor do que não ser amada.

Não tenho a menor ideia se isso é normal.

Senti saudades de Henri durante dois anos, todos os dias, até que encontrei Wilder Glass, que me deseja e me quer. Não sou mais a mulher que amava tanto Henri M. Skinner, que queria passar esta e todas as outras vidas com ele. Não. Aquela antiga versão de mim é uma pele que deixei para trás. E que me causa arrepios toda vez que me lembro dela.

E, no entanto, aqui estou. A mulher que ele não quer, mas que incluiu em seu testamento vital. Sirvo para emergências. Para a morte. Não para a vida. *Que porra é essa?*

Wilder não sabe que faz duas semanas que venho ao Wellington todos os dias. Ora ele pensa que estou em leituras ou com agentes, ora que estou com autoras e autores promissores, que escrevem utopias, distopias — como editora eu estou sempre muito ocupada, e Wilder não me pergunta nada e nunca tem ciúmes. Wilder David Stephen Ptolemy Glass tem muita classe, uma formação bem superior à dos demais, extremo bom senso, e uma reputação bastante invejável nos círculos literários para ter ciúme de qualquer pessoa.

Odeio mentir, porém o faço com naturalidade, como se a verdade não fosse sequer uma opção.

O que é a verdade, no fim das contas?

Uma questão de imaginação calibrada.

E como uma pessoa explica a um namorado ou namorada por que está preocupada com uma pessoa com quem se relacionou no passado e de quem nunca falou?

O simples fato de eu nunca tê-lo mencionado levantaria suspeitas em qualquer homem, mas talvez não em Wilder Glass.

Não sei por que estou aqui. Mas também não consigo não estar. Seria um esforço grande demais me negar, e assim me sujeito a essa tortura e venho.

Em todo canto aqui há avisos e pôsteres.

Na sala dos aventais estão penduradas as regras sem as quais a maioria dos visitantes, a princípio, sacudiria seus parentes e gritaria com eles para tentar obter alguma reação.

1. *Comporte-se de forma tranquila, amigável e respeitosa na presença do paciente.*
2. *Evite movimentos bruscos e ande sem fazer barulho.*

3. *Não falamos sobre os pacientes, mas com eles.*
4. *Aproxime-se devagar e sempre de forma que o paciente possa perceber sua presença e não se alarme quando você tocar nele ou falar com ele.*

Nem casais unidos pelo matrimônio lidam assim um com o outro. Henri não moveu um músculo nessas duas semanas. Não piscou, não gemeu, nada. Congelado em um bloco de gelo invisível de anestésicos e analgésicos, resfriado pelas máquinas que mantêm baixa sua temperatura corporal. A cada oito horas a profundidade de sua sedação é medida. Menos cinco na escala Richmond significa inalcançável. Em menos três ele se aproxima devagar do mundo. Em menos um ele estará acordado. Imagino que ele esteja se arrastando por um nada escuro em seu caminho até o menos um.

— Pronta, senhora Tomlin? — A voz de Foss também é baixa e respeitosa. É provável que para ele todas as pessoas sejam pacientes e, de alguma forma, estejam doentes.

— Pronta — respondo.

Não estou. Tenho medo. O medo é um cipó que se estende e se enrosca no meu coração, no meu estômago, na minha cabeça, e quer me fazer correr até o fim do mundo para me esconder na escuridão.

O Dr. Foss me encara com olhos comovidos, ele é um urso Balu tamanho família. Seu chefe, Dr. Saul, é um babaca tamanho família.

Ele não se empolga por eu querer estar presente na tentativa de acordar Henri.

— Você tem medo, Tomlin. — O Dr. Saul me chama de Tomlin, como se fosse um instrutor militar e eu uma soldada de infantaria. — Seu medo atrapalha meu trabalho e se transfere para o senhor Skinner.

Mais que depressa, o Dr. Foss intervém:

— Não foi isso que o doutor Saul quis dizer, senhora Tomlin.

O Dr. Saul vira-se rispidamente.

— Não ouse voltar a afirmar que eu não quero dizer o que eu digo! Nunca mais. Isso ofende minha inteligência, que eu, ao contrário do senhor, não estrago com adulações. O medo dos parentes é tão tóxico quanto veneno para qualquer um que esteja internado aqui.

Apesar disso, cá estou. Seja como soldada de infantaria ou como aquela que atrapalha com seu medo.

Respiro e tento, a cada expiração, soprar meu medo para algum lugar distante, para além do horizonte, do fim do mundo. O autor de um livro que publiquei me ensinou esse truque. Tinha a ver com artes marciais, com repressão de lembranças.

Sopre para longe.

Talvez o Dr. Saul tenha razão, e minha ansiedade seja um veneno. Talvez não. Não quero correr riscos, assim não me furto de soprar a ansiedade para longe, longe, longe.

— Está realmente pronta, senhora Tomlin? — pergunta o Dr. Foss. Faço que sim com a cabeça e minto de novo. *Expire, Eddie.*

Na verdade, há quinze dias não sei o que faço aqui; só fico por aqui.

Passamos pelo A e pelo B, pelas cabines, em cada cabine um leito, em cada leito um destino. Dedos tremem, pálpebras latejam; a luta pela vida é travada em silêncio, muito abaixo da superfície.

Li em algum lugar que o coma induzido fica no meio do caminho entre a vida e a morte.

Será que Henri já pensa na língua dos mortos?

Henri está na cabine C7. Contorno o leito e pego sua mão.

O Dr. Foss ajeita a gravata, em seguida afrouxa com cuidado a manga de resfriamento de Henri.

— O cérebro não gosta de ficar muito sem ter o que fazer. É como um carro. Ele deteriora se fica parado. As máquinas querem ser utilizadas, só assim funcionam direito.

O Dr. Saul está aos pés da maca de Henri como uma árvore larga e loira. Possui um exame de imagem do cérebro na mão. Ele olha para o chefe da UTI e revira os olhos com irritação.

— Fossy, pare de assassinar metáforas na minha frente. O cérebro não é máquina, do contrário já o teríamos compreendido, pelo menos parcialmente. É uma massa inchada na qual fuçamos até nada mais nos ocorrer. Sempre vai ser assim: não sabemos de antemão o que vai acontecer. Está claro?

Sei que o Dr. Saul tem razão, mas queria que não fosse *ele* a ter razão.

O Dr. Foss sorri para mim, seu sorriso revelando: *pois bem, é o que ele pensa, mas, no fim das contas, ele é o melhor aqui.*

O cipó do medo se lança para todos os músculos ao mesmo tempo. Sobre a minha barriga, meus ombros, minha nuca. Cada parte vibra com a tensão, e eu prendo a respiração, como se também quisesse aprisionar o tempo, como se precisasse fazer o maldito tempo parar e impedir que o pior acontecesse.

Sem aviso, ele me joga para dez anos atrás.

— Não me deixe morrer no hospital — sussurra meu pai para mim, quando estava em uma maca e era carregado pelos paramédicos até a ambulância depois de um infarto que tivera à mesa da cozinha, jantando sozinho. Um bife malpassado com mostarda, acompanhado de alface e agrião fresco. No aparador ainda estava o gorgonzola que ele queria comer depois, um pedaço com geleia de cereja.

Meu pai comia sozinho na cozinha com frequência cada vez maior. Minha mãe já não gostava dele fazia tempo, mas estava cansada demais para deixá-lo agora, aos setenta anos. Meu pai ainda a amava, depois desse tempo todo, e a amou pelos cinquenta anos inteirinhos. Ele amava as portas e paredes que os separavam dentro de casa, pois sabia que ela estava lá. Estava por trás das paredes, dos papéis de parede e do silêncio pesado e úmido. Mas aquilo lhe bastava, e o carinho com o qual ele olhava as paredes, atrás das quais ela estava em algum lugar, me partia o coração todas as vezes.

Então, quando os paramédicos vieram e eu, depois de sua ligação em pânico, ainda fui da editora até em casa — "Eddie, minha filha, acho que aconteceu alguma coisa de ruim comigo" — para segurar sua mão, sua mão forte, áspera, cada vez mais seca, pelo caminho todo da mesa da cozinha até as portas escancaradas da ambulância, ali ele me pediu para não deixar que ele morresse no hospital.

Eu prometi.

Fui de moto atrás da ambulância de sirene ligada até o hospital e corri atrás dos paramédicos até passar pela emergência de azulejos verdes com portas de alumínio. Ignorei o médico responsável por trazer corações à vida de novo, com seu desfibrilador e sua ambição, quando ele tentou me impedir de entrar naquele corredor estreito de tristeza, exaustão e agonia humana. Eu o ignorei quando ele tentou me explicar que no fim da vida valiam regras diferentes daquelas que regiam a vida, que não se tratava mais de amor, mas de adrenalina e oxigênio, e que eu atrapalharia.

Eu fiquei.

Mesmo quando preferia sair correndo e gritando dali.

Permaneci ao lado do meu pai enquanto eles cortavam sua calça e camisa, enquanto enfiavam cânulas e cateteres, enquanto falavam com ele e o olhavam cada vez menos. O procedimento totalmente automático e padrão da triagem de uma emergência numa noite de sexta-feira, bêbados com ferimentos por cacos de vidro, mulheres espancadas, vovozinhas solitárias, policiais irônicos, cínicos, um ou outro parente irritado, entre todo o cinismo, o nervosismo e a pressa, que vagueia perdido de um lado para o outro como uma bolinha de pinball desorientada. Entre eles, meu pai em cima de uma maca dura e um lençol fino azul-esverdeado, que, com todos que o examinavam, se desculpava: "... pelo incômodo, certamente você tem algo mais importante a fazer". Como se um ataque cardíaco fosse apenas um acidente constrangedor.

Uma vez nos deixaram sozinhos na sala de azulejos verdes por um tempo maior. Era naquele momento que ele morreria? Como eu poderia impedi-lo? Ele sorriu com esforço. Seu rosto parecia tão estranho. No caminho de sua casa até o hospital, seu rosto pareceu envelhecer mais. Ele pegou minha mão, que pousei sobre a dele. Ele pôs a segunda sobre a minha, quatro mãos empilhadas, enquanto seu pulso falhava e seus batimentos cardíacos desenhavam montanhas irregulares de eletricidade no monitor.

Eu não sabia que aquela era nossa despedida.

As mesmas montanhas cardíacas com luz de LED vermelha e bipes iguais aos do meu pai pintam o monitor dos sinais vitais de Henri, de seu coração, que luta desesperado. Um monitor cardíaco, um monitor respiratório, um medidor de pressão, um medidor de pulsação, um medidor de oxigenação, uma máquina de desvio cardiopulmonar que parecia um motor de navio, úmido e roncante, um aparelho de eletroencefalograma. Na parede estão projetadas as imagens de tomografia computadorizada do crânio fraturado.

— Se a respiração espontânea se ajustar antes de retirarmos a cânula traqueal do pescoço dele, você pode ir buscar um café, Tomlin.

— E o senhor vai poder se comportar — retruco.

O Dr. Saul ergue as sobrancelhas.

— Vamos começar — diz ele.

Sam

Subo no elevador no qual já estão dois médicos.

Um médico aperta o botão do terceiro andar, o outro do quinto.

Não tenho coragem de me enfiar entre eles e apertar o do segundo. Sinto vergonha por não ter coragem, mas realmente não consigo. Scott diria que sou daqueles que vão conscientemente para um lugar errado para não chatear aqueles a quem pediu informações sobre um caminho.

É verdade.

— Você vai para a ala dos vegetais? — pergunta animado o do terceiro andar para o do quinto andar.

— Vou. Recebi um em estado vegetativo. Tem a atividade cerebral de uma lata de ervilha.

— Vamos jogar squash hoje à noite?

— Claro. Às oito.

O do terceiro andar desce do elevador, o da ala dos vegetais fica e começa a assobiar entre dentes.

— Por favor — diz o médico para mim, me dando passagem quando chegamos ao quinto andar.

— Obrigado, senhor — murmuro.

Que maravilha, hein, Valentiner? Que droga.

Com um ruído baixo, uma porta dupla se abre para nós. Estou pensando em embarcar no elevador de novo quando o médico não estiver mais me vendo e seguir até o segundo andar quando, de repente, uma enfermeira sai pela porta.

— Pode entrar, rapaz.

— Muito obrigado, senhora.

Que droga, que droga, QUE DROGA!

Já fui longe demais para poder admitir agora que estou aqui por engano.

Sendo assim, sigo pelo corredor largo com passos firmes — e ela atrás de mim! Essa ala parece totalmente diferente de onde ficam os irreais. O corredor tem carpete, o ambiente tem uma temperatura agradável e é muito, muito silencioso. Nada da atmosfera tensa da UTI, com suas luzes e bipes e aquela prontidão em aplicar injeções e afastar a morte assim que ela se aproxima. Aqui é como o sótão esquecido de uma casa antiga.

Mas e se a enfermeira me acompanhar até o fim do corredor? O que vou dizer? "Opa, prédio errado, queria na verdade ir até a ala da apendicite?"

Nas portas ao longo do corredor há fotos coladas, rostos de gente sorridente, feliz. Embaixo de cada retrato há um nome.

Na primeira porta: Leonard. A foto mostra um operador de escavadeira de macacão com um cachecol do Manchester United. Atrás da porta ouço alguém chorando baixinho.

Porta dois: Elizabeth. Na foto, ela segura uma torta. Atrás da porta, ouço um homem falar: "Agora vamos expirar, vou virar o pulso para a esquerda, assim, bem solto, como se a senhora estivesse batendo um creme, exatamente... para botar nos *scones*..."

Depois de duas, três portas, depois de Amanda, William e Yamashiro, entendo a lógica.

São as fotos das pessoas que vivem atrás das portas.

Na ala dos vegetais.

Mas com certeza não devem se parecer mais com as fotografias. "Assim como os legumes no freezer não se parecem mais com os da embalagem, *mon ami*." Scott fala na minha cabeça o que não ouso pensar.

A enfermeira ainda está atrás de mim. Continuo pelo corredor, já pronto para bater contra a parede, pois não me ocorre mais nada.

Já estou na última porta. Ela está entreaberta.

Na placa da porta lê-se: Madelyn.

Do quarto vem um piano baixinho. Os sons suaves parecem tão estranhos aqui que me pergunto se não estou dormindo ou sonhando, um sonho prolongado, ou um pesadelo, no qual espero meu pai em frente à escola e ele não chega porque está morto.

Paro e fecho os olhos.

É assim que se acorda: fechando os olhos com força durante o sonho.

Quando isso não produz nenhum efeito, ergo as mãos. Olhe para as mãos durante o sonho, e você acordará.

Nenhuma mudança. Deve ser a realidade mesmo.

Quando volto a baixar a mão, o corredor está vazio. Estamos apenas eu, a música e a porta entreaberta.

Três coisas acontecem ao mesmo tempo. Percebo que, embora viesse me sentindo frio nas duas últimas semanas, de repente não me sinto mais, como se a música fosse um vento morno que me aquecesse. As luzes piscam. E o tempo fica menos denso. A sensação é de que bastaria um único e ínfimo movimento para mudar minha vida para sempre. Alcanço o fim do corredor e, com ele, o fim da minha antiga vida.

Agora vou voltar, entrar no elevador e seguir para o segundo andar. É isso. É exatamente isso que farei agora.

Não. Não faço nada disso. Fico parado, e a sensação de que vou encontrar algo que não estava procurando se adensa.

Em vez de voltar para o elevador, olho minha mão e vejo como ela pousa sozinha na maçaneta e abre mais um pouco a última porta do corredor.

Uma estante pequena e branca com livros, sobre ela uma chaleira azul cheia de tulipas vermelhas. Cortinas nas janelas. Pinturas, fotos, paisagens, rostos na parede, uma montanha vista de cima, imagens submarinas.

E, na cama, bem no canto, as pernas escondidas sob uma camisola que cobre até os tornozelos, uma garota loira está sentada em meio à música.

A garota olha diretamente para mim.

Ela não pisca. Simplesmente me encara.

E eu me esqueço totalmente de não olhá-la nos olhos. Diante dela, de costas para mim, está uma mulher pequena com uniforme de enfermeira e cachos ruivos. Ela penteia os cabelos da garota.

— ... e à noite, quando as gotas de orvalho se prendem às pontinhas da grama, meus dois gorduchos saem de seu esconderijo no sofá, lambem a grama e observam com olhos de gato como as estrelas respiram.

Acho que são unicórnios na camisola, mas talvez sejam patos, não tenho certeza. A garota me encara, e algo em seu olhar perfura minha pele, talvez chegando a lugares que só se vê quando se consegue enxergar através das pessoas.

A música sobe fervilhando pelas paredes, converge no teto e chove sobre mim.

— Sabia, Maddie, que as estrelas respiram?

Por um instante, tenho a sensação de que o olhar vidrado de Madelyn se move um pouco enquanto me encara. Como se, no fundo de um mar profundo, um peixe nadasse de um esconderijo para outro. Não, não é um mar. É o vento em seu olhar, vento da música, e aquilo que se moveu foi um corvo, que se lançou do chão e estendeu as asas para o céu.

Madelyn tem corvos nos olhos.

E eu caio nesse céu cheio de corvos.

— O mundo é maravilhoso — continua a falar a enfermeira — quando você é uma estrela e olha para nós lá de cima. Para gatos na grama, para meninas que dormem de olhos abertos e para meninos boquiabertos à porta.

A enfermeira se vira para mim. Tem cara de duende com marcas de expressão que vão do canto dos olhos até os cantos da boca quando ela sorri. Na plaquinha em sua blusa violeta-escura leio seu nome: Marion.

A enfermeira Marion diz:

— Olá. Quer visitar a Maddie?

E eu, o especialista sabe-tudo?

Fecho a porta com tudo e corro dali, mas uma parte de mim ainda fica ao lado da porta, pois no fim do corredor há uma garota que consegue ver outros mundos através de mim, como se eu fosse de cristal e toda a realidade, apenas um balão de gás no qual ela flutua.

Meus passos batem com força no chão.

Madelyn. Ela se chama Madelyn.

Estou tão feliz e tão triste como nunca estive antes em toda a minha vida.

Eddie

Eles trabalham como os mecânicos de uma equipe de Fórmula 1. O Dr. Foss levanta um pouco a parte de cima da cama e limpa as pálpebras de Henri com um cotonete, o Dr. Saul bate no joelho de Henri, uma enfermeira fecha as cortinas azuis ao redor, uma anestesista remove o sedativo do acesso venoso de Henri na lateral do pescoço.

Sei que não existe um "despertar de repente" como no cinema. Ele não vai abrir os olhos e dizer: "Ei, Ed. Tem algum uísque decente na lojinha do hospital?"

Primeiro, seus reflexos vão acordar. Respiração espontânea. Piscadas. Deglutição.

Então, a dor. A dor vai fluir por todas as regiões do seu ser. Até desembocar no medo, como um rio no mar.

Ele vai estar envolto em alucinações como em fumaça densa, embora o Dr. Foss afirme que no Hospital Wellington eles usam um tipo brando de sedativo e calmante que desencadeia menos fantasmas. Como se isso fosse de algum consolo. Apenas dois em vez de três pesadelos.

Acredito no Dr. Saul, que disse:

— Conhecemos melhor a superfície da lua que nossa cabeça. Isso é fato. Não temos nenhuma ideia de como o cérebro funciona, como ele libera interleucina-2, que o inunda no caso de inflamações graves. E não sabemos, no caso do senhor Skinner, quais percepções sensoriais inofensivas vão virar pânico, pesadelos ou transformar o doutor Foss aqui em uma torta de abóbora que canta.

Indignado, o Dr. Foss completa:

— No entanto, nós partimos do princípio de que o senhor Skinner não está sonhando. Os anestésicos anulam totalmente a capacidade de sonhar.

— "Nós" partimos do princípio? Eu é que não. Você ainda está com seus amigos imaginários aí, Fossy? — pergunta o Dr. Saul.

Meu medo cresce. Cada um de nós é como um arquivo de si mesmo, e demônios começam a sair de gavetas, compartimentos e cofres da minha memória.

Há dez anos, na emergência de um hospital, senti um medo que nunca havia enfrentado antes. Ele nasceu lá, meu medo. E cresce em mim como uma planta estranha, rápida e faminta, se enroscando nos meus órgãos e os esmagando pouco a pouco.

Senti um medo desmedido de que meu pai pudesse morrer assim, sem mais nem menos, no meio da vida.

Naquela noite, seus olhos estavam tão claros quanto os fiordes na noite de verão mais curta e clara. Fiquei ao seu lado até o levarem para a UTI e botarem o primeiro dos três stents.

Depois disso não veio nenhum médico se apresentar e dizer, como nas séries de televisão: "Senhora Tomlin, não se preocupe, cuidamos de seu pai e em quatro semanas ele já poderá até cortar grama no jardim."

Simplesmente não havia ninguém que fosse "o" responsável, apenas enfermeiras e enfermeiros apressados, impacientes; nenhum médico, ninguém que assumisse a responsabilidade.

Fiquei ao lado do meu pai. Ele me perguntou uma vez: "Sua mãe vem?", e eu menti para ele, respondendo: "Ela vem amanhã."

Ela não foi em nenhum dos últimos três dias.

No fim do terceiro dia, meu pai morreu no chão do hospital quando voltava do banheiro. De acordo com seu vizinho de leito, suas últimas palavras foram: "Finalmente eu tive uma boa noite de sono."

E então despencou no chão e "convulsionou", assim me relatou minha mãe depois: "Edwinna, ele convulsionou, não faria sentido ressuscitá-lo uma segunda vez, entende? Ele já não tinha mais oxigênio no cérebro, não seria mais o mesmo, seria como uma criança, ou pior." E eu a odiei pelo alívio que havia em sua voz — havia espanto também, mas, acima de tudo, alívio. E a odiei por sua impaciência, uma impaciência aguda, quando irrompi em lágrimas.

Eu estava na minha editora, a Realitycrash, porque voltei para buscar o manuscrito que vinha analisando, um livro incrível, talvez fosse se tornar o título de destaque do ano, precisava falar dele para o meu pai. Eu publico ficção especulativa. Não exatamente fantasia: não há elfos, nem ogros, nem vampiros. Mas utopias e distopias. Histórias de realidades paralelas, de outros planetas, de um mundo sem homens, de outro sem adultos. Tudo que poderia estar apenas a três passos da nossa realidade e representa uma forma cientificamente plausível do extraordinário.

Só o tinha deixado sozinho por algumas horas naquele hospital, que tinha um cheiro igual ao deste daqui, de antisséptico, de medo. O quarto dele dava vista para um canal e para os telhados dourados de Londres. Da janela, víamos pessoas brincando com seus cães na trilha à beira do canal.

Um enfermeiro declarou que o prognóstico do meu pai era positivo: seu colapso havia sido apenas um sinal de alerta. Os médicos — que eram muito jovens, que nunca olhavam nos olhos de ninguém, que gostavam quando o jaleco branco balançava para lá e para cá enquanto atravessavam os corredores às pressas —, esses nunca falaram conosco.

Obviamente não foi bem um sinal de alerta como haviam pensado, pois duas horas depois ele havia partido.

O manuscrito em uma das mãos, o capacete da moto na outra, lá estava eu, em pé no seu quarto, e seu leito vazio, e de repente havia um médico responsável. Ele me levou até meu pai, cujos olhos não eram mais fiordes, mas discos azuis vazios, e cujo corpo estava quente, pelo menos um pouco, e eu me sentei ao lado dele na sala de despedida vazia, peguei sua mão, que estava esfriando, e li para ele o livro.

Não sabia o que mais poderia fazer.

Uma enfermeira entrou para me dizer que ia para casa naquele momento. Continuei a ler. Chegou outra enfermeira, que me disse que seu turno estava começando. Mais tarde ela voltou e disse que estava indo para casa.

Fiquei uma noite e um dia acordada, ao lado do meu pai, que tinha partido, e depois sussurrei: "Boa noite, lua. Boa noite, espaço. Boa noite, papai." E nas primeiras horas da manhã foi como se ele tivesse se postado atrás de mim, pousado as mãos em meus ombros e me dito: "Agora você sempre vai saber onde estou."

O pior havia acontecido.

Meu melhor amigo estava morto.

Minha infância estava morta.

Ninguém mais me amava.

— Em suma, não alimente esperanças — disse o Dr. John Saul. — Depois de um acidente como este, a probabilidade de uma pessoa acordar da sedação com pensamentos estruturados é mínima. Estatisticamente, é menor que nove por cento. Está entendendo, senhora Tomlin?

— Não, eu sou burra, uma pobre coitada desprovida de inteligência.

O Dr. Saul me encarou. Eu o encarei também.

O Henri que quero que volte a si é aquele que eu conheço. O homem que, seja de manhã, à noite ou no meio do dia, aparece sem avisar na cozinha do meu apartamento, que fica acima da minha editora, e me fita com olhar pidão, falando baixinho: "Oi, Eddie. Estou cansado. Posso me deitar um pouco?" Comigo ele conseguia dormir. Às vezes três dias inteiros. Até enquanto dormia ele era meu eixo, o centro ao redor do qual as semanas, os dias e as sensações se moviam, apenas impulsionados pela sua presença.

Sou louca por ainda amar Henri, embora em fogo baixo. Fogo baixíssimo, que é quente o suficiente para me causar dor, mas não me queima.

O bipe do monitor de pulsação e frequência cardíaca se acelera.

— O que há de errado? — pergunto ao Dr. Foss, que está com o cenho franzido. — Isso é normal?

Ninguém me responde.

O coração dele acelera, corre — não, esses não são os tropeços do coração traiçoeiro de Henri — isso é...

A cortina azul é aberta por um rosto jovem e sardento com olhos arregalados, com ele um corpo que cresceu rápido demais em calças azul-escuras, camisa polo azul-clara e paletó de uniforme escolar azul--escuro embaixo do avental de visitante verde-azulado.

O rapaz se lança ofegante sobre a cama.

Meu coração fica apertado ao observar seus olhos acima da máscara, e o modo como parece ficar mais velho a cada nova batida do coração. Um lamento desesperado escapa de sua garganta.

— Pai?

Espere um momento. Pai?

Henri M. Skinner tem um filho?

Sam

M ais ou menos mil pessoas estão ao redor do meu pai. Parece estar dormindo um sono tão profundo que o coração deve bater apenas uma vez por hora.

Tiraram o fino lençol azul de cima do corpo dele. Meu pai tem marcas de camisa, a pele muito branca onde ficava coberta, apenas os braços são muito bronzeados. No peito estão colados eletrodos, olhos estranhos cujos cílios longos e azuis estão ligados às máquinas.

Penso em Scott e em Michael Schumacher e na possibilidade de se desaparecer no meio da vida sem morrer.

— Pai?

Minha voz sai como um quatro amarelo. Fraca e baixa, e eu a odeio.

— Sam. Você veio. Seu pai vai ficar feliz — diz o Dr. Foss.

Automaticamente, estico a mão para pegar a do meu pai, como nos últimos catorze dias. Mas, antes que eu consiga tocá-lo, seu braço se ergue, eu recuo e trombo no Urso Fossy.

Meu pai geme, o braço se sacode pelo ar e em seguida cai de lado. Seu corpo se contorce e se ergue. O movimento todo me faz lembrar uma mangueira de jardim.

O Dr. Foss me puxa de lado.

Na minha frente, várias costas formam uma muralha, e atrás dela sinto meu pai. É como se ele rompesse as zonas, corresse pelo mundo de discos, as formas radiais da vida: coma, inconsciência, sono/sonho, torpor, indo direto para o centro, a vigília — e, ao mesmo tempo, é como se a escuridão o perseguisse, tão densa e tão próxima que se enrola nele e o puxa.

Eu o sinto mais nitidamente do que nunca.

— Pai!

— Eletro. Taquicardia ventricular. Sem pulso — diz alguém.

Mãos alcançam injeções, cânulas, sondas, tubos.

— Desfibrilador, 360.

Então os olhos azuis dos eletrodos no peito do meu pai são trocados por um olho vermelho.

— Dr. Saul? Fibrilação ventricular!

— Fiquem calmas, crianças. Calmas. Nível de glicose?

— Três, dois, um.

Um zumbido, uma pancada, como para-choques se batendo.

A escuridão se dissipa como fumaça preta.

Agora meu pai está aqui. Ele está totalmente AQUI!

Faróis. Bombas. Caneca de leite — são imagens que passam por mim. Não sei de onde elas vêm. Não. Isso não é verdade. Sei de onde elas vêm. Mas não consigo entender. Vejo sombras perto do meu pai, além de coragem e desespero. E as imagens que estão dentro dele.

— Massagem cardíaca, trinta, dois.

Punho sobre punho que pressionam o tórax do meu pai. Um ruído como de espaguetes quebrando.

— Parada cardiopulmonar.

Ali, uma brecha entre os jalecos e aventais.

Os olhos do meu pai estão abertos! Ele me vê. Ele me vê!

— Pai! — sussurro.

Deve estar fazendo um esforço sem fim para me enxergar.

O olhar do meu pai se torna mais fixo; sim, é como se ele acordasse. Ele está voltando, está voltando!

Ele me olha, seu olhar tem uma única pergunta.

— Fiquem calmos, calmos. Hipotermia leve. Tempo, por favor.

— Cinco segundos, doutor Saul.

Um ruído ensurdecedor, alto e agudo.

— Adrenalina.

— Sete.

— Leve o menino para fora!

— Oito, nove...

Está tudo silencioso. Tão silencioso. Exceto pelo grito...

Ele me olha, mas sua presença fica mais fraca, ele se dissolve e fica tão triste, infinitamente triste e...

— Preparar o antiarrítmico amiodarona, e rápido. Estamos em onze, a partir de agora é crítico. Não quero que ele morra depois de o termos trazido de volta! E, por favor, levem o garoto daqui, ele não para de gritar!

— Resultado!

A mão que pega a minha, a voz que soa calma, grave e segura como um oito verde-escuro:

— Sam, ele não vai morrer, não pode, ouviu, ele não pode. Ele esqueceu como morrer há anos. Sam? Venha! Venha comigo!

O ruído agudo, que se junta ao meu grito, se separa em palavras, "Não! Não! Não!", se transforma em raiva, raiva do meu pai, e ódio, ódio de todos os médicos, que fazem tudo errado, tudo!

Então, a sensação de estar caindo, caindo, caindo.

E ali, aquela mulher estranha; ela tem olhos tão claros quanto os de um lobo, ela simplesmente está ali e me agarra antes que eu exploda.

Henri

Estou caindo.

Então eu vejo minha sombra no asfalto, que se aproxima de mim a uma velocidade enorme.

Um barulho, como de casca de ovo sendo batida na lateral de uma xícara de porcelana.

Eu caio, pela milionésima vez. Algo me olha enquanto caio. É como se me olhasse com atenção, se abrisse para mim, uma boca, uma boca imensa, aberta. Agora, o fundo do lago se abre para mim e me suga para dentro dele.

No entanto, sou lançado para cima de novo. Subo a toda velocidade pelo funil preto, como se um anzol com sua linha tivesse me prendido, como se seu gancho afundasse no meu coração e me puxasse.

Subo com tanta força, indo para fora do lago e para dentro de uma luz cegante...

— Adrenalina.

— Sete.

— Leve o menino para fora!

... que perco o equilíbrio. Ergo os braços, mas é como se eu não tivesse mais braços. Quero me apoiar, e aí vejo o menino que me olha, cujo olhar se mantém fixo em mim.

— Pai — diz ele.

— Oito, nove, dez — conta uma voz.

Sobrepondo-se a ela, um grito.

Vejo lâmpadas de néon atrás de luzinhas piscantes. Vejo jalecos, aventais e tubos, ouço as máquinas e sinto a dureza da maca.

Estou... estou aqui!

Por favor, quero dizer, *estou aqui!*

Ninguém me nota.

Apenas meu filho.

Alguém segura minha mão, e eu reconheço a forma dos dedos, a textura da pele, a consistência dos músculos embaixo dela. Conheço aquela mão, ela pertence a... Eddie!

Me segure, Eddie! Não quero morrer, eu te imploro, me segure!

Então eu me vejo.

Eu me vejo no reflexo de um cabo metálico do qual pendem duas embalagens de soro. Vejo meu rosto, está meio retorcido, minha cabeça está esmagada. Vejo como meu olhar fica vidrado, parado e endurecido, e como eu, atrás dele, dentro de mim mesmo, desapareço nas profundezas.

Eddie! Me segure! Me segure!

Ela me segura com firmeza, quero me apoiar em sua mão e me erguer de volta ao quarto, de volta à vida, mas não tenho forças.

Então o inexplicável acontece.

Sua mão me solta!

E eu caio no vazio.

E sobre mim, muito, muito lá em cima, algo se fecha. Uma enorme barreira de vidro, como uma vitrine de loja, enquanto afundo, afundo e me perco dentro de mim. Ela se fecha, o lago se retrai com uma camada escura, rígida, intransponível de gelo ou vidro, que me separa do mundo.

A camada de vidro parece ficar cada vez mais distante enquanto eu deslizo mais fundo e as cores esmaecem, assim como os sons e os cheiros.

Há uma ausência silenciosa de vida neste... não mundo.

Eddie não me ama mais, chora meu coração, que parou de bater.

Eddie

Dr. Saul nos expulsou.

— Levem os dois para a capela! — disse ele, e agora estamos aqui sentados, no lugar mais silencioso do hospital. É tão silencioso quanto o fundo do mar.

O garoto está encolhido em meus braços, os olhos fechados, e esfrega os dedões nos indicadores incansavelmente, sussurrando.

Eu o seguro, e é como se sua cabeça e a curva do meu braço tivessem sido feitos um para o outro.

Quero lhe dizer que seu pai apertou minha mão antes de eu soltá-la para tirá-lo de lá.

Em breve direi isso a ele. Em breve.

Ele se chama Sam. É filho de Henri.

Henri tem um filho.

Eu o seguro com força, o filho de Henri de uma vida que não conheço. Admirada, do mesmo jeito que fiquei ao segurar cada recém-nascido dos meus amigos ou dos meus funcionários da editora. Admirada pelo fato de uma vida tão pequena e cheia de energia existir. E a sensação é sempre de que a vida, não importando quão pequena, vem ao mundo totalmente formada.

Sam sussurra algo várias vezes, e por fim entendo o que ele pede. "Volte!"

Eu me junto a ele, primeiro sem voz, em seguida sussurro também. "Volte!"

Até nossas palavras ficarem lado a lado, e assim pedimos aos nossos pais: "Volte! Volte!"

Eddie

Fecho os olhos e puxo o garoto mais para perto de mim.

Pai, me ajude!, penso.

Dessa vez eu não reprimo a sensação das mãos dele nos meus ombros. Como no dia em que ele foi para o outro lado. Quando morreu...

Ah, diga o que tem que ser dito, Edwinna. Morrer é a palavra! E não partir. Partir significa que se pode voltar, mas ele não vai voltar. Ele se foi. Para sempre. Para toda a vida. E o que você sentiu: entenda que não pode ser real! Ele se foi. Para sempre.

E, de imediato, também está lá a dor por nunca mais ouvir meu pai fora de mim, somente dentro da minha cabeça. Como as estrelas, que queimam devagar, assim são as lembranças do meu pai, sua voz, seu cheiro, o ritmo de seus passos no asfalto.

Sam chora aos soluços. Sinto nos ombros as mãos do meu pai. Ouço sua voz vindo da escuridão.

"Eddiezinha, minha pequena, chegue aqui! Venha e me ouça! Está me ouvindo?"

Ele sempre fazia isso quando eu acordava à noite, ofegante de medo. Então meu pai cantava alguma coisa para mim. Cantava o que lhe vinha à cabeça, às vezes entoava uma poesia que tinha acabado de ler em um dos livros esquecidos nos faróis dos quais tomava conta, ou cantava o que vinha do fundo de sua alma, em melodias únicas e inéditas, sem palavras, apenas sons.

Ele me segurava com suavidade, como um pássaro apavorado em mão quente, enquanto eu, apoiada em seu peito, escutava os sons que se derramavam mundo adentro ao lado do coração que batia.

"Não pode ficar pensando muito", disse ele para mim certa vez, quando lhe perguntei como ele fazia para entoar, sem palavras, canções que me consolavam, mas nunca tinham sido escritas e nunca seriam. "Não pense, siga a imagem que vê dentro de você e, lentamente, reproduza com a voz. Não procure palavras para entender sua dor e seu alívio... procure um lugar e cante esse lugar."

Henri

— Estamos quase lá — diz meu pai, tranquilizador.

Ele está sentado atrás de mim. Do jeito que sempre nos sentávamos: meu pai remava, e entre meus pés ficavam as armadilhas para lagostas.

O Iroise, o mar revolto, está calmo e tem aquela cor azul metálica cintilante, quase transparente, que o Atlântico assume pouco antes do pôr do sol. Sinto os raios mornos do sol nas costas, tão quente, tão iluminado como agora neste cômodo...

Agora? Como assim? Que cômodo?

Uma ponte. O cheiro de alcatrão. A sensação de estar caindo, cada vez mais fundo, e uma tampa de vidro que se fecha sobre mim. A mão que me abandona enquanto me afogo. As lembranças apavorantes se dissolvem e se espalham como fumaça. Devo ter cochilado e sonhado. Acontece às vezes, quando saímos no pequeno barco a remo azul, que no inverno fica escorado no muro dos jardins de Ty Kerk, a casa de Malo, perto de Melon, e nos dias invernais sem vento é calafetado por *Papy* Malo ou por meu pai, Yvan. E que no restante do ano fica dentro da água.

Sinto a luz quente nas mãos, nas pernas, sobre a minha pele inteira, e sinto sonolência e um conforto incrível. É como se uma sombra suspirante deslizasse de dentro de mim para dentro da água, onde ela se afasta em silêncio.

Tudo é leve e tranquilo. Como no primeiro dia de férias, quando dois meses sem escola ainda se estendiam infinitamente, infinitos como o céu azul.

Eu me viro, meu pai sorri para mim, e olho de novo para a frente.

Está tudo tão calmo.

Onde está o vento? Onde está o roçar das ondas na areia ou nas encostas? Por que o céu está tão imóvel?

Nem tudo está em ordem.

Então eu percebo o que falta. A silhueta típica da costa. E das ilhas. Também os faróis desapareceram.

Não pode ser. Nenhum mar do mundo tem tantos faróis em meio às vagas, com suas ilhas e imensos rochedos de granito, como o raivoso Mar de Iroise, para além da Bretanha, onde as ondas do Canal da Mancha, as do Mar Celta e do Atlântico se chocam.

Mas onde estão os faróis? La Jument, Pierres Noires, Le Four?

Onde estão as ilhas La Molène e Ouessant, atrás das quais o infinito começa, como nas antigas lendas?

— Estamos quase lá — explica meu pai.

Eu me viro para ele, que fuma um cigarro sem filtro, como sempre faz, entre o dedão e o indicador, mas o cheiro da fumaça é estranhamente fraco. Seu rosto está vestido de mar — extremamente calmo, o olhar acostumado a encarar a distância e a lidar com a vasta expansão de água, escura e infinita à noite, e um ser gigantesco, agitado e espumante de dia.

Meu pai, Yvan, usa um pulôver de pescador listrado de azul e branco, com três botões sobre o ombro esquerdo, jeans surrados sem meia.

Yvan Le Goff, de abril a outubro, sempre anda descalço.

E era como estava no dia em que morreu.

Há mais de trinta anos.

Pulo tão rápido que o barco balança, pulo para longe do meu pai, atrás do banco.

Meu pai se afogou com 42 anos.

Quando eu tinha 13 anos.

Ele está morto.

— Você está morto — sussurro. — Eu estava lá.

Meu pai não responde, continua a remar. O barco azul singra inaudível pela ondulação imóvel.

Mas eu estava lá.

Saímos para verificar as armadilhas ao longo das boias. Estava no meio da temporada de lagostas.

Então meu pai virou as costas para o mar aberto. Algo que nunca tinha feito antes. Esta é a primeira regra dos pescadores bretões: "Nunca vire as costas para ela!", para ela, *La Mer*, a mais imprevisível de todas as damas.

Mas meu pai olhou em direção a terra. Tentei manter o equilíbrio do barco e pensei na mentira que mais tarde contaria para ele e para meu avô. Casualmente, para que funcionasse. Eu nunca havia mentido para os dois.

— Aqui está bom, Henri, pare o barco! — gritou meu pai e agarrou a corda escorregadia presa à boia e cuja ponta puxava a rede de pesca pelo fundo do mar.

Eu ia falar que iria de bicicleta ao *Fest-noz* de Porspoder, mas em vez disso encontraria Sionie. Ela havia me prometido um beijo.

— O que temos aqui? — perguntou meu pai e sacudiu a corda. O barco balançou. Ele se virou ainda mais de costas para o mar.

Uma gaivota nos sobrevoou, grasnando com raiva, em seguida se calou de repente.

Quando os pássaros marinhos se calam, o que vem depois do silêncio nunca é boa coisa. Olhei para a gaivota no alto.

Nesse momento, vi a onda.

Era grande. Grande demais.

— *Papa!* — gritei.

Mas ela já estava lá, e se ergueu sobre nós, uma parede cinza, rugindo. Em seu centro, a escuridão se estendia. Então a onda desceu sobre o barco como uma martelada e...

Por um instante, a dor em meu crânio é profunda, branca. Eu me afundo no banco e seguro a cabeça. Ouço um uivo alto, como uma serra. Em seguida, a dor desaparece.

E também a lembrança daquilo que havia acontecido. Mergulho as mãos na água para resfriá-las, quero pousá-las nas têmporas e aliviar o torpor. Quando me curvo na amurada do barco a remo e enfio os dedos na superfície espelhada da água, vejo aquilo em que não quero acreditar.

Rapidamente, retiro os dedos.

Não pode ser!

— Deixe elas aí — diz meu pai.

Elas?

Elas estão realmente ali? Sob a superfície do mar, mudas, pairando, com olhos abertos, presas por fios invisíveis ancorados no fundo? Tão profundo quanto eu não sabia ser o Mar de Iroise?

Em algum momento se chega ao fundo, mas o que vi pairava sobre uma profundidade infinita, intransponível, em cujo fundo nuvens corriam.

— Chegamos — diz meu pai.

O barco se aproxima suavemente de uma ilha. Talvez tenha uns cem metros de largura e uns duzentos metros de comprimento. Montinhos gramados e o granito com brilho dourado ao sol a cobrem, uma praia de areia fina se estende pela costa. Na praia uma porta de madeira azul, que pende em uma moldura. A porta está entreaberta.

E parece exatamente a porta da casa de Ty Kerk.

Ty Kerk.

Os *crêpes* do meu avô, Malo, assados sobre o fogo da lareira, cobertos de manteiga bretã com sal marinho e salpicados de açúcar, diretamente da chapa quente. A fadiga suave, pacífica, diante do fogo em uma noite de outono. O passo que estalava na neve, sobre o prado congelado. As estrelas no céu violeta.

Ty Kerk. O único lugar onde tudo era bom, sempre.

A morte do meu pai. Minha culpa.

A risada de Eddie. Sua mão na minha, sobre uma mesa, enquanto lemos. Eu estilhaçando sua vida, minha Eddie, queimando seu coração amoroso. Os dedões de Sam fechados no punho. Como eu vejo meu filho apenas uma vez e depois nunca mais.

Meu pai pula do barco, deixa o remo lá dentro.

— Venha! — grita ele. — Logo vai terminar. Logo você estará em casa.

Ele vai até a porta, se vira para mim e me espera.

Vou até ele, obediente.

Ele vai me abraçar?

Finalmente vai me abraçar de novo?

Tem um lugar bonito atrás da porta, eu sei disso.

Lá, nada vai chegar ao fim. Então toda a felicidade do mundo será nossa. Passarei agora por essa porta, e ela vai se fechar atrás de mim. Finalmente estarei junto do meu pai. E do meu avô. Os dois polos que sustentam meu mundo. Meu céu e meu chão, minha respiração e meu pulso, minha lua e meu mar. Meu dia e minha noite.

Volte!, é o que sussurram duas vozes na minha cabeça.

Eu ignoro as vozes.

Vou mais rápido. Atrás da porta está Ty Kerk, a casa de Malo entre as estrelas e o mar. Nas noites em que a fúria lança a água nas encostas e as ondas saltam cada vez mais altas, lá a velha casa de granito de duzentos anos respira e range como um barco no mar agitado.

Mas ela sempre se mantém firme. Sempre.

Meu pai sorri e passa pela porta.

Malo, meu *papy*, meu avô, está sentado à pequena mesa de madeira ao lado da lareira e lê poesias, que às vezes ele declama, ou Proust. Meu pai, Yvan, com certeza está montando algo do outro lado da sala: um porta-retrato de madeira descartada ou um abajur com cúpula de tigela bretã para bebidas e os pés de madeira de raiz de nogueira retorcida. Meu pai comenta a declamação de *papy* com ironia ou se cala e se dedica a transformar uma coisa em outra. Nisso ele sempre foi muito bom, na transformação das coisas. Meu pai entende as coisas.

Nunca as pessoas.

A porta se abre para mim. Tudo finalmente vai passar. Cada tribulação. Cada agonia. Cada temor. Cada dor. Cada tristeza. Cada saudade. Cada humilhação. Cada medo. Cada...

O sorriso de Eddie.

O jeito como me olha quando pensa que ainda durmo e não percebo o jeito como me olha.

Eddie. O amor da minha vida nunca vivida. Mãe de meus filhos nunca nascidos.

— Henri? — pergunta meu pai, amigável, e põe a cabeça de novo para fora da porta azul. — Você vem?

Volte!, sussurra o vento suave que de repente sinto. De algum lugar, do mar sem terra, o mar, sob sua superfície cinza e vítrea pairam figuras erguidas, com olhos abertos, como se dormissem e sonhassem e não percebessem onde estão.

Voltar... voltar para onde?

Eu fico. Espreito.

Sam. Seus dedões pequenos fechados no punho quando ele dorme.

Uma lufada de vento abre mais a porta, bem de leve. Aquele não é o fogo da lareira? Também não ouço o vovô Malo, que lê a meia-voz, um *marvail-hoù* bretão, um rosto velho, oculto, do Entremundos?

Será que esta é exatamente a minha história, será que todos somos histórias que estão sendo lidas, e talvez isso nos salve da extinção definitiva?

E vem um lampejo na minha lembrança, o "Sempreleitor", um monge nas colinas entre a Áustria e a Itália, que lia o dia todo, de manhã à noite, porque queria manter vivas as pessoas nas histórias. Meu pai me olha, preocupado.

— Henri, por favor. Não vai ser bom se você hesitar tanto tempo. As portas não ficam abertas para sempre.

O que é isso que está me segurando?

— Henri! Eu te peço. Não vai ser bom. Você não deve ficar tanto tempo nesse entre.

Entre? O que significa isso? Entre onde?

Meu pai me olha como antes, como se quisesse dizer: "Você não ouviu? Nunca ouviu Malo quando ele te explicava a essência do mar?"

La Mer é mulher, ela não conhece margens e protege os mortos que seguem viagem com o barco da Île de Sein até encontrarem aquela ilha que não está desenhada em nenhum mapa do mundo. *La Mer* é a amante do tempo. *La Mer* e o tempo geram juntos a morte, os sonhos e as pessoas, que são criaturas suas.

— É fácil se perder na travessia. Venha, Henri! Eu te peço. Não se perca de mim de novo.

Me perder dele? Mas por que me perder dele? Ele se perdeu *de mim*.

A porta fecha com tudo, abre com suavidade de novo e volta a bater com estrondo, abre e fecha. São pancadas terrivelmente altas. Elas ameaçam, elas dizem: "Melhor se apressar!"

Quando a porta se abre, há um pedido, uma tentação, uma sedução, um convite para me aconchegar no canto mais aquecido pelo sol de Ty Kerk, no acalento silencioso e em segurança, acompanhado pelos eventuais murmúrios de meu pai, o riso baixo de Malo com suas leituras, o ressonar do cão, o ronronar dos gatos, o crepitar do fogo. Tudo ficaria bem.

Para sempre.

No entanto, não me movo. Não sei de onde tiro forças para resistir a essa tentação.

Meu pai me olha e diz, amoroso:

— Ah, Henri, passou. Veja!

Ele faz um gesto para mim. E, de repente, uma onda de sensações me atinge, tão intensa que invade cada uma de minhas células. É tão abrangente, ela me preenche, sou inundado por imagens, sentimentos e conhecimento.

E então vejo. Agora vejo tudo.

Vejo as coisas pelas quais nos arrependemos mais profundamente quando estamos à beira da morte, aqueles últimos segundos nos quais mais nada, absolutamente nada, pode ser feito.

Vejo, e é tão lógico. Que burra é a humanidade, pois se esquece *disso*, sempre, de morte para morte e de vida para vida! Eu também me esqueci. Mais ainda: sempre que tive a chance de avançar para o centro da minha vida, eu me esquivei.

— Seu tempo acabou, Henri. Se solte!

Claro. Minha existência teria merecido exatamente isso — eu me soltar e ser esquecido, pois isso não foi uma vida.

O que eu daria para não ter hesitado quando deveria ter pulado, não ter fugido quando precisaria ter ficado, não ter me calado quando deveria ter falado!

Algo em mim fica perplexo comigo mesmo.

Sigo devagar, passo a passo, para trás, de volta ao pequeno barco azul. Meu pai fica imóvel às margens da ilha, os braços caídos ao lado do corpo, uma tristeza sem limites em seu grande e tranquilo rosto de mar.

— Henri! Você não pode voltar tão fácil assim. Você vai se perder no "entre"! Entre tudo, entende?

Não sei o que ele quer dizer com "entre tudo". Não sinto a areia embaixo dos pés, não sinto mais nada. Mesmo quando lanço o barco no mar, é como se eu não o empurrasse com a força dos músculos, mas como se ele se movesse por força da minha vontade.

Meu pai despenca na areia. Seu olhar voltado para mim o tempo todo. Ele retorce as mãos.

Inseguro, entro no barco e pego os remos. O mar quer arrancá-los das minhas mãos à força, então seguro com mais firmeza.

— Cuidado! Não saia do barco e evite as tempestades! — grita meu pai para mim. — E, se você for para a água, se a noite vier, então...

Não ouço mais o que ele diz, pois o mar dos mortos já me envolveu e rapidamente me carregou.

Puxo os remos, eles tremem, eles resistem, mas quando os puxo várias vezes energicamente pelo mar espumante, estrondeante, eles seguem meus movimentos.

Não sei a quem devo rezar para me deixar voltar, mesmo que seja só para abrir os olhos e ver Eddie. Eddie, cujo rosto quero ver como a última coisa na vida antes de fechar os olhos para sempre. E Sam, para lhe dizer que eu estava indo. Eu estava indo.

A ilha com a porta aberta começa a desaparecer no azul cintilante do horizonte.

Eu me viro e vejo alguns recifes, cujas formações de granito, como punhos escuros, se erguem sobre as ondas. Parece que uma forma humana está sentada em uma das pedras distantes com formato de baleia. Parece uma menina com cabelos longos e loiros, que simplesmente está lá sentada olhando o mar.

— Olá! — grito.

A garota não se vira.

Não vejo nenhuma linha costeira.

Na direção de onde eu vim, o céu é azul e amistoso, mas às minhas costas se amontoam a escuridão em montanhas de nuvens gigantescas. Troveja, e quanto mais tempo eu olho, mais certo fico de que há algo dividindo a água ali.

Lá! Protejo os olhos. *Sim, lá atrás!*

Penhascos indiscerníveis, sobre os quais as ondas saltam, se jogam, quando recuam como um borbulhar branco, se dissolvem, de novo se estilhaçam no fundo, nas pedras e em um obstáculo invisível.

O mar resmunga.

Uma linha de penhascos sem fim, uma parede de vidro, e dentro dela... névoa?

Sento-me no banco do remador.

Preciso resgatar a menina, penso, mas quando olho para a rocha-baleia, onde antes vi a criança, não há menina nenhuma.

Embaixo da proa do barco azul, sinto uma resistência cada vez maior. A maré se inverte. Está baixando.

O resmungo fica mais alto, como se o mar tivesse se transformado em uma queda-d'água gigante e caísse milhares de metros em uma profundidade estrondosa, escura.

Eu me viro no barco azul.

As ondas se assomam como montanhas, altas como prédios de vários andares que se raspam, quebram e estilhaçam contra a barreira. Agora vejo que é uma espécie de tubo que está quebrando as ondas, não um tubo de vidro, mas um cheio de névoa e noite.

Meu medo tem gosto de sangue.

No inverno, a costa do Mar de Iroise dava a impressão de que o mar cinzento, pesado e agitado queria saltar em um impulso sobre a terra, correr sobre a grama e arrancar as pessoas da cama.

Tão violentas as ondas se lançam nesse tubo de escuridão e névoa. Quase acho que consigo ver estrelas sendo sugadas através dele, copas de árvores, picos de montanhas e sombras de cidades aparecendo aqui e ali, mas tão rápido que não tenho certeza se estou vendo direito. O tubo se estende de um lado ao outro do horizonte sem terra. Ao longo de toda a trilha, as ondas se lançam contra essa parede e estouram brancas e espumosas. O céu também se retraiu, tem uma cor amarela purulenta, cinza esfumaçada e venenosa.

O barco sobe e desce e pende ameaçadoramente à esquerda e à direita. Salpicos correm pela borda.

Eu me inclino para a frente, olho para o redemoinho que se forma bem diante da parede. O que protege essa fronteira que separa o mar dos mortos?

É um lugar onde a vida termina — ou começa?

O que há atrás da parede?...

... ou dentro dela?

O redemoinho se abre embaixo de mim como uma cachoeira.

Ele começa a puxar meu barco para baixo, em direção ao tubo. E tudo o que consigo pensar é: sim! Eu quero saber. Eu quero saber o que tem lá.

Por um único instante, o barco se equilibra na última crista da onda — e depois se quebra com o impulso. Tenho a sensação de que estou sendo despedaçado. A cabeça, os braços, a espinha.

Por favor. Por favor. POR FAVOR!

Um frio grande e extenso se ergue sobre mim, e então a sombra me atinge com força, uma enorme mão d'água que me derruba com firmeza para dentro do mar e do tubo. Caio, fluo, luzes e cores e vozes me envolvem, eu afundo, me dissolvo, caio, cada vez mais rápido, caio e...

Sam

Ouço o coração dela batendo perto do meu ouvido. Sinto o cheiro do perfume dela e sinto a ponta de seus dedos, que pousam de leve em meus cabelos, como se minha cabeça fosse feita de um vidro fino. Sinto o estalo de seu pânico e uma onda de esperança dentro dela. E mais alguma coisa embaixo disso.

Está quente. É bom. Faz com que eu consiga respirar.

Ouço a respiração dela, e então minha alma se inclina em seu coração. Ouço sua respiração se transformar num som.

O som se torna uma melodia, uma brisa, mas diferente do piano de Madelyn. É um vento que há muito vasculha a terra e agora se ergue lentamente e fica mais claro enquanto continua sua busca sobre o leito congelado, prateado pela geada, de um rio largo, amplo, parado. Ele se transforma num raio de sol quente que capta a faísca do silêncio e depois se instala sobre uma escultura de gelo imóvel com um coração batendo no meio. Meu coração.

O canto de Eddie aquece o gelo até o som envolver meu coração. E o vento suave me carrega, mais de mil montanhas e florestas negras de volta para onde tudo é claro e bom.

Dois segundos depois, a porta da capela se abre.

O Dr. Saul vem até nós, senta-se no chão, encosta a cabeça na parede e fecha os olhos.

Eddie para de cantar.

— Samuel — diz o Dr. Saul, e sei que não é um bom sinal quando Deus me chama pelo nome, e não pelo sobrenome.

DIA 17

DIA 17

Eddie

Saul vira, na mesa à sua frente, o exame de imagem do cérebro, o eletroencefalograma e um papel de aparência muito complexa, com muitas caixinhas e itens, para que Sam e eu possamos vê-los. Leio as palavras "Escala de Coma Innsbruck" e "Escala de Edimburgo". Vejo que a pontuação de Henri está fixada em seis na "Escala de Coma de Glasgow". Ao lado dessa pontuação está: "Coma moderado a grave." Se fosse um três, ele estaria com morte cerebral. Com quinze pontos, seria o homem que conheci.

Olho para Sam. Sua expressão facial é grave e adulta demais. Ele cutuca a unha do polegar embaixo da mesa. É a única coisa que se move nele.

— O senhor Skinner entrou em coma após uma parada cardíaca de dezoito minutos. O coma em si não é uma doença, é uma reação protetora do cérebro. O paciente recua para dentro de si mesmo e se separa do mundo que está lhe causando dor e medo.

Crio na minha mente uma imagem de Henri recuando da vida com as mãos levantadas e formando um escudo. Basicamente, então, o coma é só a extensão lógica de sua reação típica às coisas da vida: *É melhor eu dar o fora!*

Não quero pensar isso. Mas estou tão brava com ele. Queria poder quebrar alguma coisa agora. Não sei se consigo lidar com isso tudo sozinha. Gostaria de ligar para Wilder, implorar que ele venha até o hospital. Mas Wilder nem sabe que estou aqui, nem sabe que Henri fez parte da minha vida — e que ainda faz parte dela, de um jeito conturbado e surreal.

É sempre a mesma coisa. Sempre a mesma ladainha: Henri, o homem que nunca está lá e, mesmo assim, sempre está.

Dr. Saul puxa uma folha de papel e começa a desenhar círculos nela.

— Já expliquei este modelo para o Samuel. — Ele toca o centro, que representa o estado de *vigília*. Ao redor do ponto estão, em círculos de dentro para fora, *torpor, sono/sonho, inconsciência, coma e morte*. O Dr. Saul primeiro traça uma cruz na zona da *inconsciência*. — Ele estava aqui — então uma cruz na área da morte — e aqui também. — Ele coloca a última cruz em *coma*. É muito perto da borda para o meu gosto, perto demais da *morte*. Está exatamente no limite.

— São lugares. Não estados — sussurra Sam.

Digo a primeira coisa que consigo extrair do emaranhado de meus pensamentos frenéticos.

— Ele vai voltar desse lugar?

O Dr. Saul leva um segundo para responder a esta pergunta.

Um segundo. O tempo de um batimento cardíaco de um ser humano adulto que não esteja com medo, o tempo que a luz precisa para percorrer 299.792 quilômetros, o tempo de saber que não se quer ESTAR sem uma pessoa.

Mas como pesa um segundo de medo!

Por que Saul não foi mais rápido? Considerou mentir para nós? Não. Eu não gosto dele, mas ele não é mentiroso.

Por fim, o Dr. Saul fala devagar e com tato:

— Não sabemos.

Ele não diz que sim.

Também não diz que não.

— Mas ele está quase morto agora? — pergunta Sam com a voz rouca e falha de adolescente, apontando a pequena cruz solitária na borda externa dos círculos concêntricos.

O Dr. Saul faz que sim com a cabeça.

— Sim, Sam. Mas está vivo. Apenas de um jeito diferente. Entende? Coma *é* vida ainda. Apenas de um jeito diferente, é uma situação-limite. Uma crise, sim, mas não é uma vida menos importante do que a que você, eu ou a senhora Tomlin levamos. É por isso que dizemos aqui que alguém *vive* em coma, em *vez de estar* em coma.

— Mas dois dias, isso... isso não é o começo do para sempre?

O Dr. Saul fica de novo por muito tempo em silêncio depois da minha pergunta, tempo demais.

Por favor, diga que é possível que Henri acorde hoje à noite. Ou amanhã. Ou algum dia.

A dor voltou — a dor de nunca mais ouvir meu pai fora do meu corpo, e sim apenas na minha cabeça. Só nas minhas lembranças. Lembranças como estrelas que morrem lentamente.

Quando penso em Sam, isso parte meu coração. É cedo demais para perder o pai antes de conhecê-lo. Essa saudade é incurável. Gostaria de pegar a mão do menino, mas ele ainda se agarra a si mesmo. Nisso é um pouco como o pai.

Mais uma vez eu havia prendido a respiração, e minha exalação involuntária dá ao Dr. Saul uma impressão errada de ceticismo.

— Coma é um dos fenômenos menos pesquisados, senhora Tomlin. Não sabemos o suficiente sobre ele e nos atemos a estatísticas que pouco nos dizem por que ou como acontece. Os números dizem que dois dias são geralmente o começo de sempre. Mas nem sempre.

— Ele está com medo? — pergunta Sam. Nesse meio-tempo, seu polegar sangrou de tanto cutucar. Agora ele morde os lábios.

— Não sabemos o que um comatoso sente, Samuel. Espera-se que ele sinta *alguma coisa*, sim, como mostram os exames. — O Dr. Saul aponta para as impressões diante dele. — Alguns dos meus colegas acreditam que, durante o coma, o cérebro é inundado pelas mesmas palavras, imagens e emoções que invadem nossa mente durante um relaxamento profundo normal, quando não estamos em coma. Existe a turma que acredita que o cérebro límbico e o cérebro reptiliano tomam as rédeas, salvaguardando uma quantidade mínima de funções cerebrais. E ainda tem os engenheiros. Eles consideram que tudo o que sentimos e pensamos, como amor, ódio, preocupação, música dos Rolling Stones, é um falatório eletricamente produzido por nossas sinapses e a ideia de alma é coisa de conto de fadas. Para eles, coma é uma queda de energia no sistema.

Sam toca a cruz novamente. Seu indicador treme.

— Ele pode ver os mortos de lá? — pergunta ele, sussurrando e tocando a cruz.

— Não — responde o Dr. Saul, dessa vez sem hesitar um segundo. — Seu pai, Sam, estava clinicamente morto. Muitas vezes, pacientes que foram ressuscitados me dizem que viram o que nos espera do outro lado. São todos relatos semelhantes, de túneis de luz, de uma sensação de flutuação, vozes, parentes que esperam, relaxamento. Mas... — Os olhos do Dr. Saul se estreitam — ... podemos explicar a maioria dessas sensações e experiências muito bem. A falha da capacidade de visão em caso de falha física explica as luzes no fim do túnel. A sensação de voar ou pairar sobre si mesmo é um sintoma típico quando a área do cérebro responsável pelo equilíbrio é afetada. A dissolução dos limites do próprio corpo também se deve à falha de...

— Acho que já entendemos — interrompo. Sam enterrava as unhas em sua cadeira enquanto o Dr. Saul despejava sobre nós toda a sua sabedoria acadêmica. Essas informações são inúteis para Samuel. Ele quer outra coisa. Talvez esperança. E a esperança não é feita de conhecimento. — O senhor acredita em suas estatísticas e rejeita o restante.

— Não acredito em nada, senhora Tomlin. Nem em estatísticas, nem em especialistas e, se tranquiliza a senhora, não acho que eu saiba tudo.

— Sim, isso me tranquiliza horrores.

Ele dá de ombros.

— O que a senhora quer ouvir? Experiência de quase morte? Anjos, Deus, reencarnação? Ou se as pessoas em coma deixam seus corpos para viajar no tempo e no espaço? O que devo dizer? Eu sou neurologista! Nós simplesmente não sabemos quem Henri M. Skinner está vendo ou não agora, onde ele está no momento ou o que está sentindo. Só temos nossos exames, que nem sequer nos dizem se ele consegue nos ouvir, ver, sentir ou cheirar.

Sam engole em seco e ruidosamente. Quando viro rápido para o lado, vejo os olhos dele marejados de lágrimas que tenta conter. Coloco minha mão no braço de sua cadeira, com a palma para cima; eu queria poder abraçá-lo com toda força.

— Mas — ele sussurra, rouco —, eu *consigo* senti-lo.

— Isso é o que você talvez deseje, Sam, mas é impossível — diz o Dr. Saul, o tom de voz compassivo.

Agora o filho de Henri está chorando, e sua voz falha quando ele diz mais alto:

— Não é!

— Sam, se iludir não ajuda.

Sam cobre o rosto com as mãos, e eu fico muito brava pelo fato de o Dr. Saul não ter a sensibilidade de poupar o menino desse tormento.

— O senhor é um filho da puta desgraçado, doutor Saul — digo.

— É possível que eu seja mesmo, senhora Tomlin. Minha mulher me disse isso pouco antes de me enviar os papéis do divórcio. Por e-mail, só para não precisar falar comigo de novo.

Ele organiza os documentos na mesa bege.

Ainda assim, vejo que ele é afetado pelo choro silencioso de Sam. Os ombros do menino sobem e descem, e o restante da sala fica em silêncio.

É um momento de solidão compartilhada. O único amor do Dr. Saul é seu trabalho. Sam está sentindo falta do pai. E eu... não percebi o quanto os últimos dois anos e meio sem Henri me endureceram.

Eu me levanto e me ajoelho na frente de Sam, abraçando esse pacotinho de tristeza. Ele chora e se agarra a mim, e sei nesse instante que, não importa o que aconteça, eu preciso fazer aquilo.

Em algum momento, Sam para de chorar e sussurra:

— Tudo bem. Estou bem.

Eu me sento de novo.

O Dr. Saul empurra para mim e para Sam, que agora está sentado na beirada da cadeira, o testamento vital assinado por Henri dois anos atrás.

Olho para a data: foi pouco depois que declarei meu amor por Henri. Um amor que ele não quis.

E, mesmo assim, ele me incluiu em seu testamento vital? O que esse idiota estava pensando?

Mas há uma coisa faltando nesse processo: a minha assinatura.

— Henri Skinner vai precisar de reabilitação caso continue vivendo em coma. Mas, acima de tudo, de continuidade emocional. E não apenas por alguns dias. Mas por semanas. Meses. Talvez por toda a vida, não importa se for curta ou longa.

O Dr. Saul inclina-se para a frente, e seu olhar bicolor brilha agora.

— Sam, você tem treze anos. Eu gosto de você, você é mais esperto do que a maioria das pessoas que eu conheço. E é por isso que sempre me recuso a mentir para você ou a tratá-lo como um idiota e falar sobre anjos e Jesus no fim do túnel. — O Dr. Saul se volta para mim. — Mas não vou pedir ao Sam o que vou pedir à senhora.

Ele dá umas batidinhas no testamento vital.

— Estar tão perto da morte sempre significa burocracia, um acúmulo interminável de processos burocráticos torturantes. Se a senhora assinar isso, vai assumir a responsabilidade pelo pai de Samuel. Consegue fazer isso, Tomlin? Consegue assumir a responsabilidade? Por uma vida? Ou por uma morte?

O Dr. Saul se inclina para trás. A cadeira de couro range.

Que inferno!, quero gritar para Henri. *Estou sentada aqui e tenho que responder a um babaca se quero ser responsável pela sua vida! Por que você fez isso, Henri?*

— Pense com cuidado se quer e pode fazer isso. Apoiar Henri Skinner. Falar com ele, movimentá-lo, ajudá-lo onde quer que ele esteja. Se quiser, morar com ele. Vai ser mais intenso do que viver com qualquer outro ser humano. Todos os dias. Por tempo indeterminado.

Para sempre. Para sempre, nesta e em todas as outras vidas.

Quero dizer alguma coisa, mas o Dr. Saul não me deixa, levanta a mão, parece a mão calejada de um carpinteiro, e continua imediatamente:

— Não, não! Não precisa me responder agora. Hoje não. Eu não levaria a sério o que me dissesse hoje. Agora a senhora está quase em estado de choque, mergulhada em emoções e adrenalina, vai querer me confrontar e provar a sua integridade. E sabe de uma coisa: isso é bom! Revela que a senhora é uma fera que não se deixa abater tão rápido. Difícil, irritante, mas confiável.

Ele me empurra o contrato que eu, como representante de Henri, teria que assinar com o hospital. Meus olhos devoram as letras.

Um leito de reabilitação no Wellington custa meio milhão de libras. Por ano. O seguro-saúde de Henri cobre dois anos de tratamento.

Então dois anos é o tempo médio que a Inglaterra dá a uma pessoa para se recuperar da morte. Tenho uma ligeira vontade de destruir alguma coisa — por exemplo, a delicada coleção de caranguejos, tartarugas e cavalos-marinhos de jade do Dr. Saul, que ele mantém enfileirada nas prateleiras diante de suas centenas de livros.

Eu leio a passagem "O responsável legalmente designado pelo paciente tem direito..." e leio de novo mais devagar.

Eu teria o direito de decidir sobre todos os tratamentos e procedimentos. Teria o direito de desligar as máquinas de suporte à vida. Teria o direito de deixar Henri morrer.

— Dê a si mesma no mínimo vinte e quatro horas, três dias seria ainda melhor. Converse com alguém que seja capaz de dizer se a senhora está dando um passo maior que as pernas. Conhece alguém assim?

— Sim — digo. — Conheço pessoas assim. O senhor também?

O Dr. Saul abre um sorriso rápido.

— Poucas. A propósito, a senhora o ama?

— Como?

— Amor — repete o Dr. Saul. — A senhora ama Henri Skinner?

— Isso é uma precondição?

O Dr. Saul balança a cabeça devagar.

— Não. Isso torna as coisas mais difíceis, na verdade.

Eu seria louca se ainda o amasse. Henri pode não ter me desejado para sua vida, mas para administrar sua morte até que dou pro gasto.

Amor? Não sou tão louca. Não. Acho que uma dose de uísque cairia bem agora.

— Cuidar de alguém em coma é como se casar com alguém que nunca dirá que te ama — explica o Dr. Saul, mais calmo. — E ainda assim você deve lhe dar tudo o que tem de afeição e força. Todo o seu amor, se você sente algum por ele. Sem final feliz. Gastaria uma grande parte da sua vida com alguém que não está presente.

Ah, é?

Nada de especial até aí.

Quando se trata de Henri, estou acostumada.

O Dr. Saul se recosta na cadeira. Eu enrolo o testamento vital e o contrato não assinado juntos, firmes e apertados.

Aqui estou eu, e tudo que eu queria fazer há três semanas passa a ser completamente irrelevante. Henri invade meus dias com o poder de um cometa. Não há saída. Sam olha para mim, em seus olhos há tudo: esperança, medo, confiança e uma profunda determinação. Ele olha para mim como se pudesse com o olhar me forçar a decidir.

Mas... não rola. Não quero me viciar de novo nessa droga. Eu era viciada em Henri. Era uma viciada. Meus sentimentos se transformam em um animal selvagem que deixei com fome para domesticá-lo. Mas ele está acordando.

Vamos, rosna ele, vamos nessa!

Todas aquelas centenas de noites! Todas aquelas centenas de milhares de lágrimas! Todas aquelas vezes em que fugi de homens cuja aparência ou jeito de andar se pareciam com Henri, que usavam o mesmo perfume que ele, que eram xarás dele ou que gostavam de Zaz, Amy Winehouse e Bob Marley.

Todos os momentos em que pensei nele sem querer.

Todo o território de lembranças que evitei.

Meu animal chamado amor declara que essas dores são irrelevantes.

Vamos, rosna ele. Vamos amar.

Não.

NÃO!

Sam

— Vou ver seu pai. Vamos juntos? — Eddie me pergunta.

Sua voz treme entre raiva vermelha e saudade faminta, azul transparente, ao mesmo tempo que uma lágrima cintilante rola de um dos olhos. Impaciente, ela a enxuga com as costas da mão, deixando uma marca preta nos dedos e na bochecha. Uma segunda lágrima escorre do outro olho. Esses olhos brilhantes dos quais o mar invernal agora flui. O som do canto dela permanece em meus ouvidos. Eu a imagino cantando para o meu pai também.

Meu pai e ela juntos.

É como se ela soubesse de tudo, e eu, de nada. Quero lhe perguntar mil coisas, mas, na verdade, tenho apenas uma questão: *algum dia ele falou de mim?*

Quando ele morreu, olhou para mim, e eu soube por um instante infinito quem ele é. Pude ver os anos de sombra, o calor e a benevolência sendo drenados dele, e senti que ele me conhecia.

Foi um reencontro.

Talvez eu esteja apenas imaginando tudo isso. No passado, também imaginava amigos invisíveis.

Como assim, no passado? Apenas alguns meses atrás...

"A racionalidade não é um dos pontos fortes do seu cérebro, *mon ami*", diria Scott.

— Não, não vou porque... — Procuro uma desculpa. Tudo está uma bagunça. Tudo em mim é dolorido e quente, mas ao mesmo tempo entorpecido e frio, como se tivesse nevado sem parar e, ao mesmo tempo, houvesse um sol de rachar no consultório do Dr. Saul.

A ideia de que Eddie vá embora dói.

De que ela talvez ame meu pai também dói.

Da mesma forma que a ideia de que ela talvez não o ame, mas isso dói de um jeito diferente.

As lágrimas de Eddie lavaram seus olhos.

— Ok. Está bem. Eles não vão precisar da gente mesmo na UTI. Sua mãe vem buscá-lo?

— Sim, claro — minto.

— Ótimo. Eu não gostaria que você ficasse sozinho agora. De verdade, Samuel.

Ela olha para mim, é difícil olhar nos olhos dela e mentir.

— Ou então você poderia ir comigo à minha editora, e eu te levo para casa mais tarde. Você lê ficção especulativa?

— Fantasia? — Faço que não com a cabeça.

— Fantasia, não. Ficção especulativa. No sentido de realidade aumentada, por assim dizer. Fantasia, por outro lado, envolve histórias com elfos, vampiros ou ogros, Falkor, Gandalf, gárgulas, bruxas. A ficção especulativa está mais próxima da realidade. — Sua fala fica mais verde agora, não tão vermelha. — A ficção especulativa conta aquilo que é teoricamente possível, fissuras no *continuum* espaço-tempo, viagens no tempo. *De volta para o futuro*, por exemplo. A ficção especulativa é um *reality crash*, um choque de realidade. E este é o nome da minha editora, Realitycrash. Então, você lê ficção especulativa?

Faço que sim com a cabeça e absorvo aquelas palavras. *Editora. Casa. Ficção especulativa. Choque de realidade.* Elas descrevem um mundo completamente diferente, mas ao mesmo tempo próximo ao meu. Como se fôssemos dois livros que estão lado a lado em uma prateleira quando há um incêndio e as capas derretem, nossas letras se fundindo. Não faço ideia do que Scott diria disso. Provavelmente: "Uma mistura de Marty McFly com Elizabeth Bennett?"

O elevador do hospital chega, a porta se abre, Eddie a bloqueia com um pé e espera.

Se eu for com ela, vai querer esperar até que minha mãe me busque. Mas minha mãe não vem me buscar. Porque não sabe que estou aqui. E também não deveria saber. Pelo menos ainda não.

A porta começa a se fechar, Eddie a segura com o cotovelo, a porta de correr recua rapidamente.

— Sam. Por que sua mãe não acompanhou você hoje?

— Ela... ela teve que levar meu irmão, Malcolm, ao dentista. — Minha voz fica tão branca quanto as mentiras podem ser. — Ele tem medo de ir sozinho, e eu, bem...

— Você não tem.

Faço que sim com a cabeça. Seria possível um abismo se abrir bem aqui, no qual eu pudesse cair?

— Eu... vou lavar minhas mãos de novo — murmuro.

Eddie olha para mim, pensativa. Então finalmente entra no elevador. Enquanto as portas estão deslizando, Eddie ergue a mão direita. Em seguida, abre o indicador e o dedo médio para um lado, e o anelar e o mindinho para o outro. A saudação vulcana do Sr. Spock.

Automaticamente, faço o mesmo gesto e, enquanto seu elevador desce, eu ainda fico lá, mantendo a mão erguida como o último trekkie esquecido na galáxia de Andrômeda, e só depois do que parecem mil anos aperto o botão para pegar o segundo elevador.

Ela está sentada, inclinada sobre um caderno, no qual registra algo com uma caneta esferográfica, a mão firme. Ainda não me viu, e eu poderia seguir meu caminho. Provavelmente seria o melhor a fazer, mas como Scott *le Cérebro* diria: "Você não pode ignorar que existem outras vidas que você poderia viver. Elas estão apenas a meio minuto e uma expulsão da escola de distância."

Ela olha para a frente quando bato na janela da sala de enfermeiras.

— Ah, olá! Olá, jovem desconhecido.

— Olá, senhora.... — Rapidamente leio o nome de novo, está escrito em letra cursiva bordada no bolso da blusa violeta-escura da enfermeira. — Olá, enfermeira Marion.

Ela coloca um marcador de página no caderno e o fecha. Sobre a capa há um nome: *Madelyn Zeidler.*

— E seu nome?

— Samuel Valentiner, enfermeira Marion.

— Valentiner? Não creio que tenhamos um Valentiner aqui que você queira visitar, temos?

Faço que não com a cabeça.

— O que posso fazer por você, Samuel Valentiner?

— Eu... eu queria perguntar como está Maddie. — Acontece no momento em que digo o nome dela: uma quentura nada familiar sobe pelas minhas bochechas. — E pedir desculpas por ter espiado. No outro dia. Desculpe.

A quentura se esgueira por toda parte, nas bochechas, embaixo das raízes do cabelo, pelo pescoço, e acho que até debaixo da sola do pé.

Como Scott explica a puberdade? "Provavelmente o período mais embaraçoso de um homem. Termina mais ou menos aos setenta anos."

A enfermeira Marion não tem pressa. Inclina-se para trás na prática poltrona azul de rodinhas, cruza os braços, me observa e, no fim do suspense, que parece durar cem horas, pergunta:

— Por que quer saber como está Maddie?

Por quê, por quê? Por que tenho pensado em meu pai e em Madelyn o tempo todo há dois dias e duas noites, o tempo todo, mesmo em sonho? Visualizei o nome dela em minha mente, respirei seu nome.

— Não consigo evitar — respondo, por fim.

Mais uma vez a enfermeira Marion me olha daquele jeito, e em seu rosto vejo duas mulheres, a jovem e a que está envelhecendo, e é quase como se a mais velha dissesse à mais nova o que ela finalmente fala com um sorriso:

— A vida é uma montanha difícil de escalar, não é mesmo?

Não sei exatamente, então fecho o bico, e a enfermeira Marion de repente se lança para fora da cadeira e diz:

— Venha, vamos perguntar a Maddie se ela gostaria de nos dizer como está hoje.

A enfermeira é um pouco mais alta que eu, e seus cachos vermelhos balançam à minha frente enquanto ela caminha pelo corredor em direção ao último quarto.

— Aliás, eu coordeno a enfermaria. Quando não estou aqui, ou faço o turno da noite ou inspeciono os casos da UTI.

Não tenho tempo para ficar com medo, pois Marion já está batendo na última porta, empurrando-a um pouco e dizendo baixinho para dentro do quarto:

— Olá, Maddie, temos visita. O jovem de dois dias atrás voltou. Seu nome é Samuel. Podemos entrar?

Maddie responde:

— Claro, estamos nos aquecendo.

Mas não é Maddie quem diz isso, e sim a mulher de calça branca e blusa azul com o nome bordado — Liz — que está prestes a fazer algo muito estranho com Madelyn enquanto ela está deitada em um colchonete no chão, de lado, e olhando para mim.

A mulher está com um pé de Maddie na mão e o massageia, torcendo-o suavemente, flexionando-o para a frente e para trás.

Uma música clássica toca ao fundo.

— Tchaikovsky de novo, Maddie? — pergunta a enfermeira Marion.

— Oi, eu sou Liz, a fisioterapeuta de Maddie — diz ela, estendendo o dedo mindinho esquerdo num cumprimento enquanto flexiona o pé de Maddie em todas as direções e depois começa a dobrar a perna.

— Olá, Madelyn — eu digo, mas de repente parece que tenho um biscoito seco invisível gigantesco na boca e não consigo mais falar.

Minha língua, minha boca e minha voz desaparecem por completo quando olho para Maddie. Seu rosto. Suas bochechas. Seus pulsos. Tudo é macio e maravilhoso.

Há um cateter sob o camisão de malha e a calça de moletom de Maddie, e dois tubinhos estão conectados a seu indicador. Sobre a mesa ao seu lado há colírios. Em uma mesa perto da porta estão outros medicamentos em frascos conta-gotas. Ao lado de sua cama, máquinas monitoram sua oxigenação e seus batimentos cardíacos.

Madelyn também é alimentada por uma sonda que desaparece em sua clavícula. Há um tubo em sua garganta. A máquina de respiração está conectada a ele.

Mesmo assim, em Maddie, vejo quase tão pouco quanto qualquer não sinestúpido. Não consigo ver quem ela é. Tudo é gelo num rio silencioso. Maddie está envolvida por algo que parece uma bolha de ar gelado eletricamente carregada. E ela olha para mim, mas não me vê.

Pelo menos temos isso em comum.

— Liz, este é o Samuel. Ele queria perguntar a Maddie como ela está hoje.

Não, eu gostaria simplesmente de me enfiar num buraco.

— Estamos dançando agora, mas logo vamos terminar o primeiro ato. Maddie ainda vai ter fono e terapia ocupacional, o dia está bastante cheio.

Liz é muito cautelosa, muito cuidadosa e, no entanto, fico com medo. Com medo de que Maddie esteja sentindo dor.

Mas o rosto de Madelyn permanece imóvel, os olhos fixos numa distância infinita, para além dos limites dessas paredes.

Tento me concentrar com mais energia neles. A enfermeira Marion pega uma prancheta da mesinha próxima à janela. Hoje as tulipas no vaso são cor de laranja. Enquanto Liz move os pés e as pernas de Maddie, o rosto da garota permanece imóvel.

A enfermeira de cabelos ruivos se ajoelha, toca suavemente os dedos de Maddie, coloca uma bola macia em uma das mãos, depois na outra, e acrescenta algo à folha da prancheta a cada vez.

Não tão rápido, penso, *vai assustá-la*. Mas então a enfermeira Marion pega uma pena e percorre os antebraços nus de Maddie com ela.

Só de ver já fico com cócegas.

As mãos dela, penso. *É preciso pegar as mãos dela.*

Exatamente quando isso me ocorre, algo se agita nela, nas profundezas de seu ser.

— Volto mais tarde para o teste tátil. Como está a dança de Maddie hoje? — diz Marion, como se na pergunta houvesse um tipo de código.

Liz, a fisioterapeuta, está ajoelhada atrás de Maddie e balança a cabeça negativamente, de forma quase imperceptível. Maddie não pode ver isso, eu sim.

— Nenhum sinergismo — Liz faz com a boca sem emitir som.

Olho para Maddie, que deixa seus braços e pernas serem movidos como uma marionete, e, dessa vez, nada se move sob a superfície espelhada de seu olhar.

Seu coma parece ser bem diferente do coma do meu pai, na verdade. Ela fica tão imóvel que é como se não quisesse ser encontrada, mas não está tão distante nem tão imersa quanto ele. Está lá em algum lugar, torcendo para ninguém achá-la, como se brincasse de esconder.

Não preciso perguntar como ela está.

Ela não está bem. Nada bem. Está completamente sozinha, onde quer que esteja.

Fito seus olhos e me esforço para sentir mais ou lhe dizer que sei como ela está se sentindo.

Ao mesmo tempo, tenho dúvidas. Talvez eu esteja apenas imaginando isso...

— Posso voltar amanhã, Madelyn? — pergunto a ela depois de um tempo.

Como ela não diz "não" imediatamente, considero o silêncio como: "Tudo bem."

— Sam, vou levá-lo ao elevador agora — diz Marion, gentil e calma, mas sob seu tom cordial eu percebo um zumbido de irritação.

O que foi que eu fiz? Fiz alguma coisa errada?

Assim que chegamos à sala das enfermeiras, Marion rosna:

— Samuel Valentiner, se sua intenção for visitar uma menina em coma de vez em quando só em busca de algum tipo de emoção, ou, quem sabe, para fazer fotos dela escondido e tirar onda na escola com seus amigos, até um dia perder o interesse e a vontade de vir, então nunca mais, repito, *nunca mais* deve voltar. Está claro?

Faço que sim com a cabeça e sinto de novo uma quentura subindo pelas minhas bochechas.

— Ótimo. Fico feliz. Nos últimos anos, isso não ficou tão claro assim para algumas pessoas que vieram ao quinto andar fazer excursões para visitar pacientes em estado vegetativo. Pois se está claro para você, nem vou precisar falar com seu pai e dizer que o filho dele anda tirando onda com crianças indefesas e...

— Meu pai está no segundo andar. A senhora nem precisaria ir muito longe.

Marion exala por um bom tempo, fechando os olhos por um instante, como se estivesse se recompondo. Sua raiva dissolve-se como um comprimido efervescente.

— Sinto muito, Samuel. Sinto muito, muito mesmo.

Ela me olha, e seus olhos azuis estão cheios de calor. Mas também de perguntas.

— Aqui, nós não desistimos tão facilmente, Sam — diz ela com seriedade.

— Posso voltar? — pergunto antes de continuar a falar sobre meu pai, porque falar dele é como andar sobre cacos de vidro. — Eu peço permissão aos pais de Maddie.

Marion massageia a ponte do nariz.

— Ah, meu querido — responde ela, cansada. — Se fosse assim tão fácil. — Ela respira fundo outra vez. — Madelyn é especial.

— Eu sei — afirmo.

— Não, não sabe. Você não sabe de nada, Jon Snow. — Ela sorri e abre o caderno no qual havia escrito antes. Ela me entrega um recorte de jornal. Então continua: — Madelyn Zeidler tem onze anos de idade. É bailarina da Elizabeth Parker Dance Company, de Oxford, há sete anos. Ganhou dezesseis prêmios e uma bolsa de estudos para a Royal Academy of Dance, em Londres. Dançou em dois videoclipes da cantora francesa Zaz, que foram vistos um milhão de vezes no YouTube. Ela sabe dar saltos-mortais e ficar sem respirar debaixo da água por dois minutos. Mas, infelizmente...

Eu li o "infelizmente" no artigo. Durante as férias da família, há sete meses, na Cornualha, a kombi dos Zeidler entrou na contramão da autoestrada depois que um dos pneus estourou, colidindo com um caminhão semirreboque que transportava quatro cavalos de competição. Três cavalos e quase todos os ocupantes da kombi morreram. A mãe de Maddie, Pam, o pai de Maddie, Nick, o irmão de Maddie, Sebastian, a avó de Maddie, Catherine, a tia de Maddie, Sonja, e o tio de Maddie, Nigel.

Maddie não.

Nem uma égua, cujo nome era Dramatica.

FAMÍLIA DIZIMADA, APENAS MADDIE SOBREVIVEU é o título da matéria.

— Madelyn está sozinha no mundo, Samuel. Nenhum parente foi encontrado. Nem mesmo um padrinho, um primo ou uma tia rica, solteirona e escandalosa com brincos grandes demais. A Grã-Bretanha tornou-se guardiã de Maddie.

Então a Rainha é a guardiã dela, penso, porque todos os outros pensamentos doem.

— No início, a ex-professora de dança de Maddie, Elisabeth Parker, veio algumas vezes de Oxford e mostrou a Liz e a outros fisioterapeutas de nossa equipe como manter o corpo de Maddie em movimento. Ela mostrou para nós e para Maddie alguns vídeos dela dançando e anotou para nós um pouco do que Maddie gosta e não gosta. — Ela ergue o caderno. — Mas então... então a senhora Parker tropeçou em uma pedra solta da calçada, quebrou o fêmur, e agora ninguém mais vem.

— Nem a Rainha — murmuro.

A enfermeira Marion me olha, preocupada.

— É aniversário de Madelyn daqui a vinte dias. Ela vai fazer doze anos. Será seu primeiro aniversário sem família, em um lugar que não é sua casa, com pessoas estranhas.

A voz de Marion falha, tal é sua compaixão. É de um dourado grande, quente como o sol. Uma cor rara no mundo.

— Você entende, Sam? Ela não tem ninguém. Ninguém. E se você estabelecer um vínculo de amizade com ela, então...

— Então vou me tornar responsável por ela?

Os olhos azuis de Marion brilham.

— Sim — diz ela. — Exatamente, Samuel. Pode fazer isso? Quer fazer isso? Realmente quer assumir a responsabilidade por alguém que você não conhece?

Foi o que Deus perguntou a Eddie antes.

Agora entendo como ela deve estar se sentindo. É como se o ar parecesse mais pesado e muitas coisas que antes tinham importância não fizessem mais sentido.

Cinco minutos depois, estou em pé no C7. Não sei como nem por que vim aqui ou o que quero do meu pai. Contar a ele sobre Maddie. Sobre Eddie. Sobre tudo. Que não sei de nada, que sou como Jon Snow.

"Valentiner, ele está em coma. Aceite!", ouço a voz de Scott na minha cabeça.

Mas com quem mais eu deveria falar sobre isso?

Não consigo pensar em ninguém com quem eu pudesse falar sobre o fato de não querer deixar uma menina desconhecida sozinha no fim de um corredor.

Exceto com ele.

E... Eddie. Ela manja muito de *reality crashs*.

Mas se eu lhe contar sobre Maddie, vou ter que contar para ela da minha mãe e de todo o resto, então... então estou aqui, coloquei o avental farfalhante, coloquei a máscara idiota que me faz parecer o Darth Vader com resfriado. Porque meu pai olhou para mim, e em seus olhos havia algo que me segurou e não queria mais soltar.

Agora o rosto do meu pai é uma terra de ninguém. Suas rugas não dizem mais nada. Não riem mais, não sofrem mais, não pensam mais.

Seu corpo também está mais curvado do que antes, como uma velha casa abandonada.

Procuro por ele. Ainda há pouco, em Maddie, detectei um brilho de solidão e expectativa.

Penso nos círculos de Deus. Meu pai está na borda externa da vida. Tento encontrá-lo.

— Oi, pai — digo baixinho.

Quando as pessoas estão doentes, muito, muito doentes, os outros se esquecem de quem elas são para além da doença. Certa vez um colega de turma nosso, Timothy, teve um câncer raro e morreu depois de um ano. E tudo que todo mundo que se lembrava dele falava era como ele foi corajoso, como se o câncer tivesse sido a única ocupação dele. Ninguém mencionava que Timothy tinha sido o melhor de todos em cair como bomba na piscina ou que uma vez ele tinha salvado um gatinho de uma árvore. Então tento não ver meu pai apenas como doente. Como um quase morto.

Em algum lugar ali dentro há um homem que salvou uma garotinha. Ele saberia o que eu devo fazer.

Deus vem até o leito. Perco minha concentração.

— Valentiner.

Nós dois olhamos para meu pai juntos, e eu toco sua mão e a aperto de leve. Ele não reage.

— Ele não está aqui — sussurro.

— Não. Sua alma saiu da casa dela. — O Dr. Saul soa diferente do habitual, como se ele próprio tivesse acabado de acordar de um longo sono.

— Ela vai encontrar o caminho de volta para casa de novo?

— Se cuidarmos bem dela, sim.

Eu me inclino para a frente, beijando meu pai de leve no rosto imóvel através da máscara protetora, e, baixinho, para que Deus não ouça, sussurro em seu ouvido:

— Vou cuidar da casa da Maddie. E da sua também. E vou encontrar vocês.

Quando saio do Wellington para o mundo, que é muito diferente do segundo e do quinto andares, demoro alguns segundos para reconhecer a pessoa com a jaqueta de couro.

Ela está apoiada numa moto possante e olha para mim com ternura.

— Oi, Sam — diz Eddie. — Sua mãe não vem te buscar, né? Porque ela não te deu permissão para vir aqui, não é mesmo?

— D-deu s-sim — gaguejo.

Eddie me entrega um segundo capacete. Ele é um pouco grande demais para a minha cabeça.

— Você é igual a mim. Não sabe mentir. Venha, vamos dar o fora daqui — diz ela.

Eddie

As ruas cinzentas de Londres correm embaixo de nós, rios de asfalto fervendo com o sol. Sinto a vibração da aceleração entre minhas pernas, na barriga, nos braços. Os cheiros típicos da cidade passam, cheiro de comida, em toda parte, sempre, de rosquinhas, batatas fritas, arroz frito, sopas quentes e waffles crocantes. Não há outra cidade no Ocidente que cheire sempre a uma mesa recém-posta.

Mantenho a BMW 500 mais controlada que o normal enquanto o garoto se aninha nas minhas costas. Tenho uma carga preciosa a bordo, o filho do homem que um dia foi para mim sol e lua, respiração e sono, desejo e ternura. Meu maior fracasso. Meu grande amor.

Seguimos na hora do rush pela autoestrada M25 — o famigerado e "maldito" rodoanel que circunda a ilha de 8,6 milhões de habitantes de Londres. E o atol central busca, em vão, a paz.

Sam mantém o equilíbrio e não demonstra medo. É surreal, mas por um instante sou inundada por uma alegria insana. Por eu ter podido conhecer esse garoto, ter sido levada até ele por meio de uma catástrofe.

Coincidências, dizia meu pai, são acontecimentos surpreendentes, cujo significado só se revela no fim. Eles lhe dão a oportunidade de mudar o rumo da sua vida, e você pode aceitar ou recusar a oferta.

Minha mãe odiava essa atitude. Tinha medo de coincidências. Para meu pai elas eram fonte de alegria e curiosidade.

Fui ver Henri sem Sam. Fossy ficou relutante em me deixar vê-lo.

— Mas só um minuto!

Como um minuto passa incrivelmente rápido.

Henri parecia tão vazio. Eu lhe disse o que queria ter dito dois anos atrás, mas não disse. Agora sussurrei para seu corpo silencioso. A mesma oração.

— Não vá!

Sempre buscávamos a mão um do outro. Ao caminhar, ao conversar, enquanto comíamos. Ou quando líamos, cada um com um livro diante de si e, ao mesmo tempo, mantendo contato com a ponta dos dedos. Ainda consigo sentir o indicador de Henri no meu enquanto me acariciava. Se o livro dele ficava mais empolgante, o carinho era mais rápido; quando ficava menos tenso, o ritmo diminuía.

Sua mão me amava. Sua mão, seus olhos, sua risada, seu corpo. Tudo. Quando ele disse que não me amava, foi como me abater a tiros. Como se simplesmente puxasse uma arma enquanto ainda estávamos de mãos dadas e atirasse no meu coração.

Sam e eu viramos na Columbia Road, no East End. Quando Sam salta da moto em frente ao café Campania, que fica na casa ao lado do antigo depósito de tulipas que agora abriga minha editora e meu apartamento nos dois últimos andares, acima de uma agência de publicidade e uma alfaiataria, ele olha em volta com aqueles olhos grandes de menino.

Seu rosto está corado pela carona de moto, seus olhos estão brilhando, e ele parece mais jovem agora que antes. Quando saiu do Wellington, parecia um velhinho sério, de terno azul, pensativo e muito determinado a peitar com todas as forças a vida indomável e uma morte ainda mais intransponível.

Agora, parece o menino de uniforme escolar e mochila que ele é.

— Você já tinha vindo ao East End?

Ele faz que não com a cabeça e sorve o mundo com mil olhos. A Columbia Road é metamorfoseada num mercado de flores nos fins de semana. É uma das poucas ruas de Londres que ainda não foi transformada numa típica zona de pedestres com lojas como Zara, Urban Outfitters e Primark. Existem mais de oitenta pequenos negócios gerenciados pelos proprietários aqui. Cada loja tem uma fachada ou toldo de cores diferentes. Em dias ensolarados, parece o café de rua mais longo do mundo.

Às vezes, esqueço que a experiência em outras ruas de Londres é mais sem graça e menos caleidoscópica. Elas são mais padronizadas.

Sam, com seu uniforme da Colet Court que o categoriza como integrante de uma classe próspera, agora dá passos cuidadosos para dentro deste mundo. Ele me lembra um gato muito cabreiro, à espreita, tateando com bigodes e patas.

Ponho meu capacete debaixo do braço e entro no Campania para pegar um chá oolong fresco e alguns *scones* para mim e para Sam. A equipe editorial da Realitycrash vem sempre tomar café aqui. Deixei um crédito para eles com essa finalidade como forma de compensação pelo salário relativamente baixo que recebem.

No Campania, encontrei dezenas de autores e autoras sentada a uma das mesas de sala de aula e de cozinha de segunda mão reformadas e decoradas com vasos de plantas por Benito e Emma. Esses autores me descreveram seus mundos. Todos esperavam que eu publicasse seus livros e os transformasse em pessoas que poderiam dedicar a vida à escrita.

Eu gostaria de ter feito isso por todos.

Todo mundo com quem marquei uma reunião após a primeira avaliação do manuscrito demonstrou talento para contar algo que vai além do que pode ser expresso em palavras. Essa é a magia da literatura. Lemos uma história e algo acontece. Não sabemos o quê, ou por quê, nem qual frase foi responsável por isso, mas, mesmo assim, o mundo muda e nunca mais é o mesmo. Às vezes, só percebemos anos depois que um livro abriu um rasgo em nossa realidade, através da qual nós, inocentes, escapamos da mesquinharia e do desânimo.

Emma prepara para mim uma bandeja pequena e, quando Sam se aproxima timidamente — seu olhar, como de costume, grudado no chão —, ela lhe estende a mão e diz:

— Oi, meu nome é Emma. E quem é você, lindo acompanhante da minha editora favorita?

Sam enrubesce e murmura seu nome.

Ele está em pé a poucos centímetros do canto no qual Henri e eu costumávamos ficar: a mesa com um globo terrestre escolar antigo. Nós nos sentávamos ali quando ele voltava de suas viagens, nas quais conhecia as pessoas mais incríveis, e eu não tinha o suficiente em casa para um café da manhã a dois.

Ele pegava a chave do nosso esconderijo secreto num buraco na parede do pátio e entrava no meu apartamento enquanto eu ainda dormia, pois com frequência seu voo pousava muito cedo de manhã. Quando eu abria os olhos, ele estava sentado diante da minha cama, encostado na parede, me observando.

Foram muitas as noites em que fiquei sozinha esperando que ele estivesse lá na manhã seguinte quando eu acordasse.

— Sam?

Ele se vira para mim e, por um momento, vejo o jovem Henri no rosto jovem de estudante. A saudade de Henri, de seu corpo quente, sua pele, seu cheiro, sua voz, despedaça meu coração.

Nós nos sentamos um de frente para o outro à mesa com o globo. Eu o giro. Ele é revestido de papel, e os continentes imitam a cor sépia dos mapas antigos.

De repente, paro de girar. Sudão do Sul. Bato com o indicador em um pequeno ponto de tinta azul.

— Seu pai esteve aqui — digo baixinho.

Continuo a virar o pequeno globo, "aqui", Canadá, Montanhas Rochosas, "e aqui", Cabul. Colômbia, Terra do Fogo, Moscou, Damasco, Tibete, Mongólia. No globo do café Campania, Henri me mostrou os lugares onde esteve. Marcou pontos a caneta sobre eles.

Sam arrasta os dedos pela superfície.

— Tenho todas as reportagens e crônicas dele em casa — diz Sam suavemente. Seus olhos são muito claros, muito translúcidos. — Ele aprendeu a cavalgar na Mongólia. No Canadá, conheceu o professor que um dia abandonou a família para viver na natureza. E em Damasco encontrou o ex-tutor de príncipes e princesas árabes.

Mais uma vez, Sam acaricia os pontos.

— Como ele é? — pergunta ele baixinho.

Ele diz "é". Não "era".

Olho para os pontos a caneta e me lembro de cada momento nos quais Henri os desenhou. Ele nunca fez isso como um grande gesto, nunca como um "Veja todos os lugares aonde fui". Mas sério, consciencioso, como se esse pequeno globo fosse o único registro de sua busca.

Apenas agora percebo que era uma busca.

Henri estava buscando a si mesmo no mundo inteiro.

— Ele era... — começo, engolindo em seco e corrigindo: — Ele é o melhor ouvinte que já conheci. Quando seu pai ouve alguém, é como se não houvesse ninguém mais importante na vida. Ele faz todo mundo falar. É como se você conseguisse se ver melhor na presença dele. Como se apenas a presença dele fizesse com que você dissesse coisas que realmente acha importantes e que nunca disse antes porque tinha medo que rissem delas, ou que revirassem os olhos, ou não te entendessem. Henri faz as pessoas mostrarem quem elas realmente são.

As lembranças me invadem, como a da cadência na voz de Henri na ocasião em que ele se esqueceu de disfarçar o fato de ser um francês que mudou seu sobrenome de "Le Goff" para "Skinner".

— Seu pai é bretão. Na verdade, ele é um bretão que fugiu de sua pátria e deixou tudo para trás: a língua materna, o pai morto, o avô morto e as sepulturas da mãe e da avó. Só entendi o quanto um ser humano pode ser solitário quando o conheci: não ter ninguém que te conheça desde antes de você se conhecer, ninguém que te ame simplesmente porque você existe. É uma coisa que te aparta do mundo, se você só tem a si mesmo.

Seu inglês era perfeito, mas Henri nunca falava sobre si nem sobre seus sentimentos. Quem sabe, talvez não seja possível expressar quem realmente somos numa língua estrangeira.

Eu me lembro da última conversa. Nós a tivemos aqui, e Henri não só bebeu chá, mas uísque também. As rugas ao redor dos olhos eram profundas. Ele era impulsivo, fugia de si mesmo e se buscava ao mesmo tempo. Era rápido em escapar do momento em que se encontrava. Percebo que pessoas realmente especiais nunca sabem que são especiais.

— Estou escrevendo uma matéria sobre traficantes em Mianmar que dividem o mundo entre pobres, ricos e viciados. Vou me encontrar com uma mulher que empresta a barriga para outros casais e divide o mundo entre culpados e inocentes; o casal não tem culpa de seu destino sem filhos, mas ela pensa que assim vai pagar a dívida que acha que carrega consigo de uma vida passada. Falei com um gênio do piano de onze anos que já é melhor que Coltrane e Cincotti. Jack. Jack diz que, se você ama uma coisa, tem que praticar, e, quando souber fazer bem essa coisa, deve continuar praticando. Por que outro motivo temos uma vida longa? É o que o garotinho diz, e ele sabe mais do que ninguém.

Foi o que Henri relatou da última vez que conversamos. Quando ele chegou a Londres havia uma ânsia e um desespero nele que fiquei com vontade de gritar: "Droga, qual é? Vamos ficar juntos. Eu te amo. Eu te amo tanto, com tudo o que você é. Vamos ficar juntos nesta vida e em todas as outras, nunca vou me encher de você."

Enfim. Ele me contou sobre dezenas de pessoas. Mas nunca sobre o filho Samuel.

Eu giro o globo. Leva apenas algumas rotações, e ainda assim é uma viagem no tempo que me catapulta para dois anos atrás.

— Eu escrevo e viajo, bebo e tento evitar as noites. O amanhecer é a linha inimiga. Na Islândia, conheço Etienne, o cartógrafo náutico canadense que se mudou para a Islândia e vê o mundo como a maioria dos humanos nunca verá: o planeta azul, cuja característica mais forte é o fluido, e não o sólido. A realidade mesmo não é sólida — disse Henri, tocando os contornos dos continentes no belo globo. — O que já pesquisamos é muito menor em área do que o que não conhecemos. Ou, em outras palavras, nós vemos o mundo, mas ele nos é desconhecido. A realidade é maior que nós.

E é essa frase que estou dizendo para Sam. Ele balança a cabeça, e eu vejo em seu rosto a pergunta: *E de mim? Ele falou de mim?*

— Seus chás estão prontos! — grita Emma.

Sam carrega a bandeja enquanto empurro a BMW para o pátio. Então pegamos o elevador da editora, o antigo elevador de carga do depósito de tulipas. Ele é pintado por dentro com folhas, flores e bulbos de tulipa. Para no quarto andar, onde Rolph, Andrea e Poppy têm seus postos de trabalho. De lá, uma escada de metal em espiral leva ao meu apartamento.

Ao lado de cada mesa coberta de papéis há um sofá (Rolph), várias poltronas (Poppy) ou um banco de camponês com almofadas bordadas (Andrea). Rolph gosta de se cercar de móveis orientais e, além de sua mesa de luz, também tem uma mesa de ateliê, onde às vezes cria aquarelas para nossas capas ou gravuras em chapa de cobre com uma prensa manual. Poppy envolve-se com tudo que tem gótico na descrição, e Andrea fica cercada por livros e guarda manuscritos em caixas de acrílico cuidadosamente etiquetadas.

No meio fica nosso "sino", como chamamos a grande mesa de produção, onde trabalhamos juntos no livro durante as etapas anteriores à publicação. Texto de capa, citações, preparação para impressão. Aqui fica sentada a Blue, nossa revisora, que só vem quando há material para ela — impressões em A4 de um manuscrito montado no qual procura erros de ortografia. Ela devora as páginas enquanto ouve músicas do Metallica ou de Hector Berlioz com seus enormes fones de ouvido.

Sam anda devagar, de novo o gato farejando, e finalmente para em frente à "área do espólio": na parede mais longa do depósito, com as capas voltadas para a frente, é possível ver todos os livros que a editora Realitycrash publicou em vinte anos. Edições originais, traduções, edições especiais, reimpressões, livros de bolso.

Seu rosto assume uma expressão de reverência enlevada. Eu me flagro com vergonha por estar orgulhosa.

— Só publicamos ficção especulativa. Não somos grandes, mas somos altamente especializados. Dois de nossos livros mais bem-sucedidos são *Gato de Schrödinger* e *A casa de mil portas*. Comecei a Realitycrash quando eu tinha 23 anos. Era fã de Michael Moorcock.

Sam olha para mim e sussurra:

— As *Crônicas de Jerry Cornelius*!

Eu respondo:

— E *Nômades do tempo*!

Sam retruca em êxtase com outro título de Moorcock:

— *Campeões eternos*!

— Eu os amava, os Campeões Eternos, que...

— ... equilibram o multiverso e garantem que os mundos paralelos não se unam.

Nós nos olhamos, felizes e surpresos, e por um momento volto aos meus 13 anos, uma nerd mirim, com uma queda por temas que em sua grande parte eram obscuros para minhas contemporâneas. Elas liam histórias românticas, eu lia steampunk; elas liam as revistas adolescentes *Hit!* ou *Bravo*, e eu, livros sobre velocidades superluminais e teorias temporais de Ursula K. Le Guin. É dela a frase da minha vida: "A verdade é uma questão de imaginação."

Eu ficava sozinha com esse passatempo exótico e, sem pestanejar, teria dado mundos e fundos para ter um parceiro de leituras como Sam.

Pegamos nossas xícaras de chá da bandeja e brindamos com elas.

Ele se vira quando ouve um som de salto alto se aproximando e, com ele, chega uma verdadeira aparição.

— Winnie, querida? Você não falou nada ainda sobre o design de capa da edição comemorativa de *Mil portas*.

Poppy sopra sua franja Bettie Page preta e sedosa, cortada com precisão. Minha assessora de imprensa e gerente de marketing é uma *rockabilly girl* de carteirinha com uma leve pitada de pin-up. Hoje está de vestido preto com bolinhas brancas e barra vermelha, meia-calça com costura atrás e sapato de salto alto com tiras.

— Poppy, este é Samuel Noam. Sam, esta é Poppy. Sam lê ficção especulativa.

— Ah, perfeito. Não consigo suportar os outros gêneros literários — diz a arma secreta da minha editora, estendendo a delicada mão branca coberta por luvas meio dedo pretas.

Não digo a Sam que Poppy consegue fazer qualquer coisa. Mimar autores, cuidar das relações públicas, enfeitiçar a imprensa e ainda tuitar frases ótimas depois de sete doses de gim Hendrick's. Conheço Poppy desde que fundei a Realitycrash, ou seja, há vinte anos, e ambas compartilhamos o gosto por realidades alternativas — assim como Rolph, o designer gráfico, e Andrea, a editora-chefe.

Poppy é famosa no mercado editorial por sua tatuagem nas costas. Trata-se de um livro aberto, no qual ela coleciona frases favoritas que manda escrever na pele. Para alguns autores, é mais importante ser imortalizado nas costas de Poppy do que receber o Man Booker Prize.

Ela entrega uma impressão para mim. Vamos publicar *A casa de mil portas* de novo depois de dez anos.

— Sobre o que é o livro? — pergunta Sam.

— É uma história de multiverso — responde Andrea, que também veio de sua mesa, a que contém manuscritos em caixas de acrílico. — Um dia, um jovem advogado de defesa ansioso encontra em seu escritório uma porta que nunca tinha visto antes. Quando entra por ela, se vê de novo em seu escritório, só que os parâmetros de sua vida haviam mudado um pouquinho: ele tem...

— ... um caso com a esposa de seu chefe — acrescenta Rolph, que percebeu a reunião em frente à parede dos espólios. — Uma diva incrivelmente mal-humorada, mas, bem, que homem resiste?

— Quando ele sai, não percebe que está passando pela porta secreta do *segundo* escritório — continua Andrea.

— E, em busca da "melhor" vida, ele corre desesperadamente entre as mil portas, entre os milhares de possibilidades de viver a vida — conclui Poppy.

O que não digo a Sam: este é o livro cujo manuscrito, ainda não editado, li para meu pai há mais de dez anos. Enquanto velava seu corpo. Sei o livro quase todo de cor e, sempre que o vejo, penso no silêncio naquele cômodo. Como a vida ficou vazia sem ele. Acho que só quatro anos depois consegui rir de novo sem chorar logo em seguida.

— O que você acha da capa? — pergunto a Sam.

Ele larga a xícara de chá, pega a impressão com grande seriedade e a examina.

A capa é clássica. Uma porta azul que flutua acima do mar, que, quando se olha mais de perto, também contém portas. Capas são como rostos. Nem todo mundo gosta e nem sempre refletem a natureza complexa do livro.

Gostaria de ter uma porta através da qual pudesse encontrar uma vida onde Henri e eu nunca tivéssemos nos conhecido.

Ou na qual somos um casal.

Na qual temos uma filhinha.

Na qual ele não esteja em coma.

Sam olha para cima e diz:

— A capa é para meninas, e a história é para meninos. Acho interessante, mas a imagem é muito estranha.

Andrea faz "Ai!", Rolph diz "Eu sabia!" e Poppy coloca o braço nos ombros de Sam quando sugere:

— Ei, Samuel Noam, você gostaria de participar das apresentações de capa no futuro? Acho que o olhar externo de um leitor de verdade daria uma arejada no nosso cérebro. Então, o que me diz?

Envergonhado, Sam olha para ela; na verdade, ele a encara, e sussurra bem baixinho:

— Tá! — E parece que está prestes a explodir de felicidade.

Eu disse: Poppy consegue tudo. Até transformar meninos infelizes em jovens adultos — e muito felizes por um minuto.

— Também acho uma boa ideia, Sam — intervém Rolph —, e se você conhecer mais alguém que leia ficção especulativa e que...

— Meu amigo Scott!

Ah, eu te amo, garoto, penso, *você quer logo compartilhar as coisas boas em vez de aproveitá-las sozinho.* Meu coração se derrete por Sam.

Seu olhar se volta para o grande relógio que pende da parede no canto de nossa pequena copa e que fica ao lado da TARDIS — a cabine telefônica do Dr. Who — estilizada.

— Preciso ir — diz ele, triste. — Tem reunião do SIG na Forbidden Planet e depois com Kister Jones.

— SIG? — pergunto.

O que é Forbidden Planet todos sabemos: a maior e mais importante livraria de ficção científica, ficção especulativa e assuntos nerds em geral em Londres.

— É a sigla do Grupo de Interesse Especial — responde Poppy rapidamente. E então para Sam: — Você é um integrante da Mensa? Uau. Quantos anos você tem? Quinze?

— Tenho treze. Quase catorze — ele responde, empertigando-se.

Poppy e seu pó de fada.

— Ah, e você vai à casa do Kister? — diz Rolph. — Bem, mande um abraço para ele. Está me devendo uma bebida e um manuscrito.

— Desde quando publicamos Kister Jones? — questiono.

Dificilmente poderíamos pagar por seus direitos autorais.

— Desde que ele perdeu uma aposta. E não vou revelar detalhes. Acordo de cavalheiros.

— Podemos pelo menos saber sobre o que é o livro, ou é segredo até que ele seja impresso? — pergunto incisivamente.

— Ah, o título provisório é *Slackline*. Trata de pessoas que são colocadas em coma induzido para viajar no tempo dentro do sonho de pessoas mortas.

Nem preciso olhar para Sam para perceber que sua alegria infantil, que havia ressuscitado na última hora, acaba de ser golpeada pelas palavras de Rolph.

É assim com a dor, ela reage a certas palavras da mesma forma que um bicho de circo obedece a comandos. Coma é a palavra com a qual Sam e eu perdemos nossa coragem, e nosso medo pula através de buracos de pneus em chamas.

— Vou te levar à Forbidden Planet — murmuro.

Poppy dá um tapa em Rolph de forma repreensiva.

— Tudo bem, vou procurar outra capa para o *Mil portas* — diz Andrea.

Sam só me deixa acompanhá-lo até o metrô. Fissuras surgiram em nosso frágil relacionamento. Estamos em pé diante da escada de acesso, quando sobe uma lufada de vento carregado com o cheiro típico de diesel e de muitas pessoas juntas, além do calor gerado pelos trens.

Quando nos despedimos, ele me fita diretamente nos olhos.

— Toda quarta-feira a gente tem reunião do SIG da Mensa — sussurra Sam. — A gente se encontra na Forbidden Planet e depois vai até a casa do Kister Jones. Minha mãe me busca lá. Ela acha que eu estava na rua com Scott o dia todo. Ela não quer que eu veja meu pai, que eu nunca tinha conhecido antes de isso tudo acontecer. Obrigado pelo chá, e, bem... *bye.*

E, com esses comentários enigmáticos, ele me deixa para trás e desce correndo a escada.

— Ei! — eu o chamo de novo. — Traga Scott da próxima vez!

Ele se vira nos degraus e ergue a mão fazendo a saudação vulcana.

Eu teria amado ter tido um filho com Henri.

Eu teria amado ter tido tudo com Henri.

Já está escuro quando estou cansada demais para beber mais uísque Talisker. Seu cheiro de anestésico usado em casos de amputação me deixou entorpecida. Faço as mesmas perguntas várias vezes a mim mesma, mas elas circulam cada vez mais devagar na minha cabeça.

Será que eu quero isso? Será que consigo fazer isso? Consigo cuidar de Henri do jeito que o Dr. Saul quer? Posso pedir a Wilder que aguente essa situação? Posso pedir a mim mesma para deixar Henri sozinho? Será que posso recuperá-lo? E se um dia eu ficar furiosa? Se quiser me vingar? Se quiser deixar que ele morra? E por que diabos Sam nunca tinha visto o pai?

O Dr. Saul me aconselhou a conversar com alguém que seja capaz de dizer se vou dar "um passo maior que as pernas".

Tá, mas o único que me conhecia bem o suficiente, a fundo, está morto. Mesmo assim, eu lhe pergunto, pergunto a meu pai em silêncio: *O que devo fazer? Posso fazer isso? Devo fazer isso?*

Meu pai era inspetor de farol. Não só era responsável pelas torres da Cornualha, mas também pelas do outro lado do canal, de Cherbourg a Saint Mathieu, pouco antes da Baía de Brest. Ali, o mar era coberto de faróis.

Ele conseguia ouvir quando não havia ar suficiente nos recipientes que alimentavam a centelha, ouvia como o som do vento soprava através da torre e das janelas abertas, se era prenúncio de tempestade. E nunca subia em uma torre sem se preparar. Principalmente nos meses de inverno, quando era como se ele estivesse subindo até a ponta de um dedo frágil e em riste emergindo das ondas espumosas enquanto a água ao redor o golpeava sem parar, formando um enorme colar de borrifos e fúria marítima.

Meu pai me aconselhava a nunca olhar para a escada inteira antes de subir em um farol, apenas para o primeiro degrau. E então para o degrau seguinte.

"É assim que você enfrenta um desafio que, num primeiro momento, parece inalcançável. É assim que se administra o desafio."

Redimensione o tamanho do mundo, seja precisa, não pense na longa noite à frente, apenas no segundo seguinte. Era o que ele dizia.

"Você precisa ir até o fim do caminho para ter uma visão do todo, Edwinna."

Eu abraço o travesseiro e enfio meu rosto nele. Uma eternidade depois, finalmente cochilo, e então Henri está lá e beija minha barriga. Sinto seus lábios, sua respiração, sinto-o beijando minhas costelas, meu pescoço, sua boca roçando a minha, e então ele me beija nas pálpebras fechadas. Como só Henri fazia, mais ninguém.

Quando abro os olhos para encará-lo e lhe dizer que estava sonhando, tendo um pesadelo, um sonho terrivelmente longo e hediondo em que o afugentei e ele entrou em coma depois de um misterioso acidente, Henri não está lá.

Apenas minhas pálpebras, que estão frias, pois o vento soprando pela janela aberta secou uma película delicada de umidade sobre a pele fina, como se tivessem sido beijadas, realmente beijadas.

109

Tenho quarenta e quatro anos. Henri me rejeitou muito tempo atrás. Não devo nada a ele. Certamente não a ponto de sacrificar minha vida pela dele! Não, eu não sinto nem culpa nem vontade de fazer sacrifícios. O que sinto é que qualquer decisão que eu tomar será errada.

Posso me decidir contra o Wilder. Ou contra Henri.

Ou contra mim.

Sam

Toda noite minha mãe toma banho antes de dormir. Ela se besunta toda de hidratante corporal, um que tem o cheiro de um biscoito que ela encomenda de Paris, e se senta de calcinha e sutiã na cozinha até que o hidratante seja absorvido pelo corpo. Enquanto isso, lê um desses romances água com açúcar que são vendidos em promoções do tipo "leve dois e pague um" no supermercado.

A cada novo livro, ela lê a última página primeiro para saber se tem final feliz, do contrário nem começa a ler "essa porcaria". Também bebe um copinho de Crémant. Durante esse ritual, ninguém pode falar com minha mãe, Marie-France: nem eu nem Steve, só Malcolm podia quando era bem pequeno — não mais.

Agora sei por que ela faz isso. Porque esses são os únicos instantes em que se sente segura. Em que sabe que está tudo bem. Não há nada que minha mãe precise com mais urgência do que ver as coisas terminando bem. Passou tempo demais em lugares do mundo onde nunca mais haverá segurança, nunca. Ela conheceu todos os infernos.

Vou para o jardim e me sento lá no escuro. Olho para a casa, o caixote onde vivemos. Uma casa pequena em Putney, onde a luz do banheiro é ligada com uma cordinha. Minha mãe comprou a casa de tijolos vermelhos por causa desse "jardim", que consiste em um trecho de gramado e uma cerca viva. Através das janelas iluminadas vejo *maman* na cozinha e Steve sentado em frente à TV. Está passando futebol.

Uma vida na casa-caixote, pequena e segura.

Eu brinco de "Se meu pai estivesse aqui". É assim: eu fecho os olhos e imagino, e tudo que imagino vira realidade quando abro os olhos.

111

Então haveria ali uma enorme biblioteca repleta de livros de ficção. Teríamos um cachorro que se chamaria Winterfell ou Lobsang. Eu teria um chapéu pontudo preto como o de *sir* Terry Pratchett, *e* meu pai citaria Douglas Adams no Dia da Toalha e passearia de roupão listrado o dia todo. Meu pai me mostraria como se libertar de um campo minado com a ajuda de um pauzinho de comida japonesa e uma lata de spray.

Eddie viria com sua motocicleta.

E Maddie também estaria lá.

Mantenho os olhos fechados enquanto imagino Eddie saltando da moto BMW e entrando em casa. Meu pai iria... ele iria...

Eles se beijam.

E Maddie?

Maddie viria até mim, as mãos cobrindo os olhos, como se estivesse brincando de cabra-cega sozinha. Ainda assim, saberia exatamente aonde ir. Então ela ficaria na minha frente. Bem perto.

E aí tiraria as mãos bem devagar e olharia para mim.

Quando abro os olhos, os únicos livros da casa ainda são os do meu quarto e os romances de supermercado da minha mãe. Steve vê futebol, Malcom joga videogame.

"O *virtuose* da lixadeira orbital", Scott descreveu Steve certa vez. Ele é azulejista e trabalha em uma loja de ferragens.

Não é um cara ruim.

Mesmo que sempre me chame de "fã de esportes", como se não conseguisse lembrar meu nome.

Scott sempre o chama de Steve-fã-de-esportes.

Conto até cinco, engulo em seco duas vezes, conto novamente e me forço a voltar para dentro de casa.

— Sam, você já fez o dever da escola? — pergunta minha mãe em voz alta. O copo dela está vazio.

Quando?, quero gritar para ela. *Quando?* Vou para meu quarto sem dar resposta. Um pouco mais tarde, ela está em pé à porta, um roupão ajustado ao corpo. Cheira a panqueca e um pouco de álcool.

— Estudou o vocabulário de francês?

— Hum.

— As provas vão começar em três semanas.

— É.

— Você sabe o que elas significam, não é, Sam?

— Sim, *maman*.

É exatamente esse diálogo que temos todos os dias, e foi o mesmo que tivemos no carro mais cedo, quando ela me buscou na casa do Kister Jones. Minha mãe tem muito medo de que eu leve uma vida não estruturada.

— Sam, essas provas são muito importantes se você quiser ser alguém no futuro.

— Então Steve não passou nessas provas na época dele, né?

Ela respira fundo.

Não sei por que falei isso. Não é justo, e não é culpa dela o fato de que eu gostaria de estar em outro lugar, em qualquer lugar, só não aqui, não nesta vida encaixotada, não com Steve, que me chama de fã de esportes.

— Samuel, eu sei que você matou aula hoje à tarde.

— Não! Não matei!

— Aonde você foi? — Minha mãe se empertiga na minha frente.

— Fui dar uma volta — murmuro. — Eu fui até a... Forbidden Planet. O novo livro do Pratchett foi lançado.

— Samuel, você matou aula. Você não estava na Forbidden Planet, eu liguei para lá. Eles te conhecem muito bem. Então! Onde você estava?

Minha mãe se sentiria traída se eu dissesse a verdade. Se eu confessasse: no hospital, como nos últimos dezessete dias, todos os dias. Era sempre assim. Sempre que eu sugeria, ainda que de passagem, que poderia gostar do meu pai, minha mãe ficava magoada e em silêncio por dias. E é por isso que continuo a mentir para ela e digo:

— Scott e eu fomos fumar.

Scott rolaria de rir.

A única vez que dei um trago em um de seus Lucky Strikes, precisei me deitar por meia hora porque fiquei tonto.

A bronca que recai sobre mim é sempre melhor que o silêncio triste e decepcionado que com certeza se seguiria se eu admitisse que estive no hospital com meu pai. Seu discurso raivoso ultrapassa a proibição estrita de continuar a comprar essas porcarias de livros de fantasia e termina com a suspensão da minha mesada e a proibição de ver televisão.

Na porta, minha mãe se vira de novo.

— Sam, você está estragando sua vida!

Ela fecha a porta, e eu fico lá sentado, querendo gritar: *Não é nada disso que você está pensando! Meu pai resgatou uma criança, ele está com a pulseirinha, estava morto e agora está em coma. E tem uma garota no hospital, a Maddie, que eu quero para sempre na minha vida. Minha vida nunca vai poder ser tão estragada quanto a dela! Maddie nunca fará outra prova, e a vida não lhe dará nenhuma oportunidade.*

Mas, em vez disso, fico apenas sentado em silêncio à minha mesa, pressionando os punhos sobre o tampo.

Minha mãe é uma mulher sofrida. Vejo a sombra de sua alma desde que vim ao mundo. Não há necessidade de magoá-la. Às vezes, quero protegê-la, dizer o quanto a amo, mas não sei como.

Ouço Steve zapeando pelos canais, ouço minha mãe chamando-o para ir para a cama. E, depois de um tempo, um raspar rítmico vindo do quarto. É a cabeceira da cama roçando no papel de parede enquanto Steve se deita com minha mãe.

Leva nove minutos toda vez. Depois disso: ruído de descarga.

Malcolm entra no meu quarto. Ele ainda não sabe o que causa esses barulhos e se deita na minha cama.

Ele olha para mim e depois diz baixinho:

— Você não está com cheiro de cigarro, Sammy.

Não respondo imediatamente. Malcolm está "do lado deles". Do lado da família feliz. Isso é obviamente uma bobagem. Mas, sempre que olho para ele, me sinto um intruso nessa família. E, ao mesmo tempo, sei que faria qualquer coisa pelo meu irmão. Ele é uma das poucas pessoas que não conseguem entender por que os outros mentem ou são maldosos.

Malcom se senta na minha cama.

— Você não fumou, Sammy. Onde você estava?

Onde eu estava? Essa é uma boa pergunta. Eu sofri um *lifehack*: minha vida foi hackeada e reformatada em outra vida, uma na qual eu queria "realmente" viver. Com um pai que perdeu toda a sua família.

Mas e se não foi exatamente isso o que aconteceu?

Se não tiver sido um *lifehack*? E se o mundo inteiro estiver *fora de ordem*? Talvez eu seja como aquele advogado, que entra pela porta secreta do escritório e perambula pela vida até não saber mais qual é a sua de verdade...

Paro de seguir meus pensamentos por esse labirinto. Conto até quinhentos. Meu irmão dorme agora, e eu tento descobrir se ainda estou no mundo real ou não. Para isso, pego duas caixas de botas de esqui do meu guarda-roupa, sem fazer barulho, nas quais estão escondidas duas pastas pesadas.

Abro a primeira e repasso as manchetes das reportagens nos jornais:

```
Perdidos na Europa: as crianças esquecidas da
    guerra dos Bálcãs

A menina com a mochila-bomba

A guerra reivindicada: como jornalistas são
    censurados pelos militares dos EUA

Sequestrados por rebeldes: repórteres como
    moeda de troca
```

E assim por diante: reportagens de guerra, crônicas, fotos.

Até meu nascimento, treze anos atrás, meu pai fazia reportagens de guerra, e eu tenho quase todas reunidas. Impressas da internet, recortadas de jornais, de revistas antigas que encontrava em mercados de pulgas ou no eBay. Da escola, escrevia para as redações dos jornais e pedia cópias de arquivo.

Na segunda pasta está o perfil da revista *Time Atlantic* de 2002. O rosto do meu pai na foto da capa emoldurado pelo quadro vermelho da *Time*. Abaixo se lê: "O homem sem medo."

Meu pai olha para a câmera. Seus olhos azuis parecem estar observando algo ao longe. Sua pele está bronzeada, descascando, seu queixo angular é pontilhado por uma barba rala e grisalha. A sobrancelha esquerda tem uma cicatriz no meio, onde não crescem mais pelos. A faca de um soldado bêbado em Vukovar o cortou ali durante uma batida policial à beira da estrada, disse ele na entrevista. Meu pai ficou ajoelhado diante dele por duas horas, se mijou e foi ferido, então foi autorizado a continuar. Estava escondendo um menino órfão sérvio no carro e passando com ele ilegalmente pela fronteira.

Uma vez contei isso a Scott. Ele permaneceu em silêncio por um bom tempo. Então algo estranho aconteceu: seus olhos ficaram marejados de lágrimas.

"Você tem um pai que é um homem de verdade, *mon ami*. Ninguém nunca vai conseguir ser mais importante que ele. Ninguém que venha com essas bobagens de: eu tenho isso, eu faço aquilo, eu posso comprar esse relógio. Seu pai, meu amigo idiota especialista sabe-tudo, seu pai é alguém que vive de verdade."

A revista *Time* fez um perfil de Henri M. Skinner como "Personalidade do Ano", representando repórteres e correspondentes de guerra que arriscam a vida diariamente para contar o lado sombrio da vida.

Quando nasci, meu pai parou de fazer reportagens de guerra.

Minha mãe diz que não teve nada a ver comigo, mas por que não haveria de ter? Ela nunca leu a entrevista da *Time Atlantic*, eu li. Sei a entrevista de cor. O lugar onde meu pai diz: "Um repórter de guerra não deve ter família."

Folheio de trás para a frente. Esta reportagem sobre crianças--soldados no Sudão do Sul. Há uma foto de um homem caído em um jipe. No fundo, meu pai está encolhido com um garoto que segura um rifle nas mãos. Em primeiro plano, um colar de conchas lascadas.

A foto foi tirada pela minha mãe. Quando não tinha tanto medo de estar viva.

Eu fiz os cálculos. É isso mesmo.

Pode ter acontecido lá na África.

Minha mãe nunca fala sobre quando conheceu meu pai e o que aconteceu depois. Nem por que se mudou para cá, vindo de Paris, quando eu tinha quatro anos.

Malcom, bêbado de sono, pergunta:

— O que você está lendo?

Pego a pasta, me sento na beirada da cama e mostro a *Time* com o rosto do meu pai.

— É o Daniel Craig? — pergunta Malcolm.

— Mais ou menos — respondo.

Meu pai se parece um pouco com Daniel Craig, sério, solitário e como se não soubesse sorrir, mas o cabelo dele é mais escuro.

— E o que ele está fazendo?

— Ele está dormindo. Como você agora.

Malcolm fecha os olhos, obediente; pouco depois, volta a dormir.

Quando, no estágio entre a vigília e o sono, as letras se confundem diante de meus olhos, coloco cuidadosamente as pastas de volta nas caixas de botas de esqui e as enfio de novo no fundo do armário.

Escrever sobre o mundo para entendê-lo. Escrever sobre as pessoas para torná-las visíveis. Escrever sobre meus pensamentos para não enlouquecer. Comprei um caderno no ano passado. Mas ainda está fechado ali. Como se me perguntasse: o que você tem a dizer?

Bem devagar, empurro Malcolm mais para perto da parede e me deito na estreita faixa de cama ao lado dele.

O que teria acontecido se meu pai e minha mãe tivessem ficado juntos?

Imagino que ele ainda estaria vivo.

Não sei como Eddie se encaixaria nesse cenário, mas talvez ainda estivesse lá de qualquer jeito.

E enquanto tento imaginar meu pai, minha mãe, Malcolm, Maddie e Eddie, adormeço sonhando com Maddie, cujo rosto flutua sob uma pesada manta de gelo e olha para mim. Abaixo dela, um mar escuro ondula. O mar se abre, e eu caio num sonho que tinha antes de ir para a escola, um sonho que o pediatra dizia ser um *pavor nocturnus*, terror noturno, e a psicóloga infantil, uma reação de estresse a uma experiência com o medo.

Mas eu nunca vivenciei aquilo que sonho.

Um trem está se aproximando, vindo de um longo túnel escuro, e eu tenho medo, um medo terrível, porque no meio dos trilhos da estrada de ferro tem alguém deitado que está prestes a ser atropelado. Sonhei com isso várias vezes, e quando o trem chega e seus faróis tocam meu rosto, eu acordo e fico deitado com o coração palpitando alto nos meus ouvidos no meio da noite.

DIA 20

DIA 20

Henri

Caio do jipe em movimento e cubro o corpo de Marie-France com o meu, levando minhas mãos à sua cabeça. Ela grita embaixo de mim, a areia está quente e queima meus joelhos através das calças.

O jipe continua por alguns metros e depois bate em uma parede. Nelson, nosso motorista, cai para a frente sobre o volante.

Os dois soldados de capacete azul estão caídos ao sol do Sudão do Sul, mortos, na grama ressecada à beira da estrada de Wau, Bahr el Gazal.

O garoto com a metralhadora sai tremendo do buraco onde estava agachado e de onde atirou em Nelson, um buraco no chão coberto por um papelão.

Marie-France choraminga.

O atirador é jovem, talvez tenha treze anos, mas seus olhos são tão velhos quanto a morte. Está tão assustado quanto eu.

O garoto se agacha e segura o rifle caído diante de si, fechando os olhos.

— Não vá, não vá, não vá! — grita Marie-France quando percebe meu peso diminuindo em seu corpo.

Eu me levanto e, bem devagar, me aproximo do garoto, as mãos espalmadas à frente. Ele sequer olha para mim, mas solta o rifle na mesma hora. Esvazio o pente de balas e o jogo fora. Então me agacho ao lado dele.

Ele balança o corpo para a frente e para trás, para a frente e para trás, e, ao nosso redor, reina o silêncio. O Sudão está paralisado com medo e calor. Eu tenho trinta e um anos, já passei tempo demais em guerras, e já vi muitas dessas crianças velhas, muitas. Na semana passada, o Unicef tinha levado duas mil e quinhentas delas daqui, e outras estão se reunindo nas Aldeias Infantis SOS montadas às pressas na savana. Lá elas são desarmadas e recebem novos passaportes e identidades. Não são mais chamadas pelo nome do dia da semana em que nasceram. Mas o que é, afinal, um nome? Você não é nada sem as pessoas da sua comunidade.

No Acampamento Infantil SOS, nossa intenção era conversar com esses soldados mirins retirados de serviço, que não sabem ler nem escrever, mas conseguem mirar, atirar e localizar minas terrestres. Nenhuma das leis que conhecemos se aplica aqui; a lei da arma é a única que vale.

Marie-France está toda encolhida atrás do jipe do qual eu a empurrei quando os primeiros tiros foram disparados. Não nos damos muito bem, mas nossos editores de Londres e Paris nos botaram para trabalhar juntos.

Num determinado momento, eu a vejo pegando a bolsa verde contendo o equipamento fotográfico e puxando-a sobre o chão de areia. Ela se deita de lado e segura a câmera, que cria uma distância entre ela e o horror que testemunha. Ela fotografa Nelson, os capacetes azuis e a mim, me agachando ao lado do assassino mirim e colocando minha mão nos ombros trêmulos dele.

De repente, sinto como se tivesse visto essa foto antes. Como se eu tivesse me visto, de fora, nessa foto que Marie-France acabou de tirar. O colar de conchas de Nelson ensanguentado em primeiro plano e, ao fundo, o soldado mirim e eu.

O calor cintila diante dos meus olhos, e o momento de déjà vu, a certeza de ter vivenciado esses segundos e saber exatamente como é a foto, se esvai.

— Qual é o seu nome? — pergunto.

Ele olha para mim, diz baixinho "Garoto" e desvia o olhar.

Eu me agacho ao lado dele enquanto as sombras mudam de lugar e Marie-France fotografa. Não há mais nada nesta estrada, como se fôssemos as últimas pessoas neste canto da África, talvez até do mundo. Moscas e cabras, carrocerias de carro dilapidadas, garrafas plásticas, lixo, e mais ninguém.

Garoto diz, um tempo depois, que seu pai o chamava de Akol, mas o pai estava morto, a mãe também, e a irmã mais nova também. A mais velha ainda vive, com os comandantes, cozinha para eles. À noite, ela tinha autorização para dormir nas barracas com os líderes, enquanto ele tinha apenas uma lona plástica entre dois troncos de árvores mortas, sob a qual se deitava todo encolhido.

Pergunto se ele sabe que o Unicef ajuda meninos como ele.

— Mas, e ela? — pergunta ele. — O que vai acontecer com ela?

Garoto diz que tem medo de que, se ele não trabalhar para os milicianos que o treinaram, sua irmã seja vendida para a Itália por eles.

Não consigo mais aguentar isso, penso. Sempre tentei levar essa realidade para quem não está aqui e revelar tudo para aqueles que só conhecem a guerra pela televisão.

Mas eles desviam o olhar. Sempre desviam o olhar quando veem demais dessa realidade.

Eu entendo por quê.

Deixo Akol fugir, e agora tenho um fuzil sem munição ao meu lado, uma Marie-France dentro da qual algo se petrificou e uma caminhada de duas horas de volta ao acampamento pela frente. Marie-France se recusa a tirar o pesado colete de proteção com a palavra "Imprensa" e deixar que eu o leve, mas fica agradecida por eu estar levando sua bolsa verde com os equipamentos fotográficos.

O medo salta sobre nós, nos carrega para fora deste mundo real demais. No mundo da guerra sem lei, o medo é a única coisa que temos em comum, como uma doença grave da qual não podemos nos curar.

À noite, na tenda da imprensa, no catre com uma manta extra de pelo de camelo e duas velas finas, Marie não quer dormir sozinha.

— Quero fazer amor uma última vez antes de morrer — diz ela.

— Você não vai morrer aqui — respondo.

— Por acaso você não me quer, seu babaca arrogante?

Não sei que importância é essa que as pessoas dão ao amor que pensam nele quando estão morrendo de medo. Eu prefiro um colete à prova de balas e um uísque.

Quando digo isso, Marie-France me bate. Ela bate em meu rosto e em meu peito até que seguro seus pulsos e a puxo para junto de mim. Marie-France está chorando. Há tanto ódio e tanta tristeza em seu olhar que acabo lhe dando um beijo.

É um desses momentos.

Que momentos?

O pensamento cessa quando os lábios de Marie-France reagem aos meus. Ela me beija, e é como se ela conseguisse respirar melhor a cada beijo. Eu retribuo seu beijo, eu a abraço, acaricio suas costas e, sob o meu toque, seus ombros relaxam. Coloco minha boca em seu ouvido, sussurro e beijo seu pescoço. Quando estou prestes a parar porque ela já não está chorando mais, suas mãos me agarram e ela me puxa mais para perto.

— Faça amor comigo — sussurra ela.

E como seus toques fazem aflorar minha solidão e me colocam em contato direto com a solidão dela, e porque não quero magoá-la nem humilhá-la de novo, e porque, de repente, sinto aquela mesma fome de viver, eu faço sua vontade.

Sinto o corpo dela relaxar, sinto como ela cede, como se entrega ao prazer. Eu a beijo até afastar o medo, me movo devagar dentro dela, cantarolando uma música encostado em sua bochecha. *Somewhere over the Rainbow.*

Ela se entrega completamente.

Quando sinto aquela suavidade, aquele prazer sedutor e atraente que se abre entre suas pernas, vislumbro a alma de Marie-France. Por um segundo, me sinto muito próximo a ela.

— Não saia! — diz ela, quando sente que meu peso vai deixá-la pouco mais de um minuto depois. Ela me puxa de volta pela lombar com mãos quentes. Há algo de reconfortante em estar dentro dela, mas mesmo assim sinto o impulso de me afastar antes de me perder completamente. É um reflexo, e nós estamos desprotegidos em três sentidos: estamos nus com nossas almas sofridas, somos jovens e...

— Goze — sussurra ela. — Goze dentro de mim!

Isso é um passo além do que planejamos. Só um.

Só desta vez, penso, *vou fazer as coisas de forma diferente.*

Então, não penso em mais nada.

Permaneço dentro dela enquanto gozo, e é como uma exalação, longa, profunda e redentora.

— Eu ainda te odeio. — Marie-France geme em desespero e me abraça, e sei que nunca nos amamos e nunca nos amaremos.

Por alguns instantes, de conchinha com Marie-France, durmo um sono tão profundo quanto possível neste calor e sob a vigilância opressiva do acampamento. Sonho que temos um filho. Ele me pergunta se eu posso ir à sua escola no Dia de Levar o Pai à Escola. Porque ele não me conhece. Digo que sim. Depois eu morro, me afogo em um rio que tem gosto de mar.

Não digo nada a Marie-France sobre esse sonho absurdo. Ou déjà vu. Essa estranha sensação de estar em uma encruzilhada. Como se eu já tivesse estado naquela cama de campanha, tivesse tido a opção de beijar Marie-France ou não. De gozar dentro de Marie-France ou não.

No dia seguinte, voamos para Paris via Cairo. Marie-France adormece em meu ombro enquanto sobrevoamos o Mediterrâneo. Quando acorda, fica envergonhada e, durante o resto do voo, se aconchega junto à janela coberta de condensação.

Quando nos vemos frente a frente sob a luz azul-acinzentada do aeroporto Charles de Gaulle, entre viajantes de férias, pessoas de terno, malas e aeromoças da Air France com suas saias curtas risca de giz, pergunto:

— Você quer me ver de novo?

Marie-France dá de ombros. Aquilo poderia significar: não sei. Ou: me pergunte de novo. Não sei muito sobre ela. Sei que tem vinte e sete anos, não gosta de crianças, adora pintura, nunca bebe vinho rosé.

— Não é necessário — responde Marie-France devagar. Ela coloca o cabelo para trás da orelha de um jeito todo particular e me encara com seus olhos grandes e inseguros de menina.

Penso no assassino que se chamava Akol, até que perdeu sua identidade e se tornou Garoto.

Penso que há mulheres que dizem "não" por quererem ser persuadidas e porque não querem ser aquelas que disseram "sim", pois seria um sinal de fraqueza.

Penso em um caminho que só se revela quando você depara com ele. Como em *Indiana Jones*.

Passo minha bolsa para o outro ombro. Posso sentir meu instinto de fuga me persuadindo a dar meia-volta e ir embora. Depressa. Essa parte de mim não quer explorar o caminho que está se abrindo entre os portões de embarque e desembarque ao longo dos extensos corredores do aeroporto. Essa parte só quer voltar para Londres, tomar banho, ir a um pub, beber até ficar com sono, dormir por um mês e depois partir para qualquer outro lugar.

É sempre assim. Quando durmo com uma mulher, logo depois já estou em rota de fuga.

Imagino como seria não nos vermos mais, nunca mais. As primeiras horas trariam um misto de alívio e vergonha. Seria perdoável: a maioria dos jornalistas dorme junto em viagens.

Mas Marie-France poderia estar grávida. Do nosso filho. Ela provavelmente abortaria por eu estar prestes a embarcar no próximo avião da British Airways com bastante gim a bordo, em vez de ficar e constituir família.

Devo ser louco!

— Muito bem, então — diz Marie-France, curvando-se para pegar a bolsa com os equipamentos fotográficos e a mochila.

Agora, penso. *Fale, Henri! Faça diferente desta vez.*

Mais uma vez isso de "desta vez".

— Se cuida — murmura ela, inclinando-se de leve para que eu possa lhe dar os beijos de praxe na bochecha.

Beijo no ar à esquerda, beijo no ar à direita.

Partir?

Ficar?

A curiosidade recai sobre mim, as possibilidades totalmente novas que eu poderia descobrir se ficasse com Marie-France em Paris em vez de voltar para Londres ou ir para Cabul. Um solavanco interior: *Anda logo! Seja adulto para variar!*

E...

Ainda assim.

Não sei de onde vem o "ainda assim". Ele é acompanhado pela noção de "desta vez, deste jeito".

No terceiro beijo eu digo, junto à bochecha de Marie-France:

— Eu gostaria de ficar com você — e, mesmo enquanto digo isso, sei que não é verdade.

Não dou muita bola para a perplexidade que sinto, concluindo que isso deve ser normal; todos os homens devem se sentir assim quando resolvem ficar pela primeira vez.

Ela me abraça, me abraça forte, e sussurra:

— Eu ainda te odeio, mas não tanto. — E não me solta.

Perco meu voo para Londres, não viajo para Cabul, e fico em Paris.

Três meses depois, Marie-France me mostra a imagem de ultrassom.

— Eu quero a criança, mas não quero você — diz ela.

— Claro que você não me quer, você diz isso o tempo todo, mas vou ficar de qualquer jeito, porque não acredito em você.

Ela me abraça e diz:

— Verdade. — Mas nunca diz "eu te amo". Ela não consegue, e nem eu.

A essa altura, conheço bem Marie-France para saber que está testando minha afeição por ela. Sempre. Ela quer provas de que eu a quero.

Fica me mandando embora para que eu possa voltar. É só assim que parece ser *quase* amor, pois nós dois sabemos que amor não é.

O que temos é o milagre daquela noite.

Nosso filho, Samuel Noam, é um filho do medo.

Sem saber o que fazer diante da questão de como lidar com este milagre se não ficarmos juntos, nós ficamos juntos. Marie-France impõe apenas uma condição:

— Quando a criança nascer, você não vai mais a nenhuma guerra. Não quero que ela fique com medo de você morrer.

Eu cumpro minha promessa.

Passei três anos e meio garantindo a Marie-France que vou ficar com ela, embora ela diga que não quer isso. Ela ganha um prêmio pela foto do colar de conchas de Nelson, e eu consigo um emprego de meio período no *Le Monde*. Não vou mais a nenhuma guerra.

Samuel é uma criança sensível. Às vezes Marie-France fica meio desesperada quando nosso pequeno, do nada, se recusa a continuar a andar, ou quando começa a gritar na hora de entrar num lugar novo. Nunca se cansa de acordar à noite quando ele é atormentado por pesadelos, quando fica apontando para as sombras e se encolhe no canto mais distante do berço. Ela o pega no colo, ela o consola, mas não sabe o que sei sobre os pesadelos. Logo me mudo para o quarto de Samuel. Marie-France fica com ciúmes e, ainda assim, grata por ser fácil, para mim, cuidar do nosso filho. Sua gratidão é sincera. Nós passamos horas agradáveis juntos. Eu nunca acho que Sam é uma criança difícil de lidar — nem por um segundo. Ele fica um tempão sem conseguir falar direito, e, quando fala, saem coisas estranhas, é o que dizem as professoras do jardim de infância. O fonoaudiólogo também está preocupado. Só eu não acho confuso o que ele fala. Talvez soe um pouco como tibetano, ou como se ele tivesse aprendido palavras nos sonhos que, de repente, são descrições lógicas das coisas que vê durante suas aventuras noturnas. Só que ninguém entende essa língua aqui, no mundo real.

Marie-France está tendo um caso com o chefe dela. A mulher dele me conta isso um dia, e até sugere que deveríamos ter um caso um com o outro — "para equilibrar as coisas, *mon cher*". Mas penso em Sam, e no fato de ele já estar reagindo com violência aos esforços da mãe em esconder algo de nós dois — algo que faz bem a ela, mas que, ao mesmo tempo, lhe traz uma enorme preocupação. Sim, Sam consegue sentir a mãe, e ter empatia por ela, e talvez essa seja uma das razões pelas quais eu não a culpo: meu filho me ensina a ter empatia. Quando Marie-France o trata com indiferença, ele não reage com rebeldia, e sim amorosamente. Anda até ela com suas perninhas gorduchas e sobe em uma cadeira para fazer carinho na bochecha dela. Às vezes, sinto que ele pega o humor dela da mesma forma como pega uma gripe.

Eu declino a oferta da mulher do chefe de Marie-France.

Fico observando Marie-France por um tempo, ouvindo as desculpas que ela inventa, as mentiras sobre onde está e com quem. Ela, como muitas mulheres, comete o erro de querer dormir mais vezes comigo do que antes. Como se toda hora lícita comigo compensasse uma hora proibida com ele. Sua agitação interna mexe comigo. Às vezes, desejo que ela se envergonhe da situação, mas, no fim das contas, eu gostaria mesmo é que fôssemos honestos um com o outro.

Às vezes me recuso a fazer sexo com ela, e ela fica aliviada e, ao mesmo tempo, inquieta, desconfiada.

— Com quem você dorme, se não comigo? — pergunta ela depois que ficamos sem nos abraçar nus por três ou quatro meses.

— E você? — retruco. — Ainda dormindo com o Claude?

— Eu te odeio — sussurra ela. E consigo entender por quê. Nós odiamos aqueles que não parecem se importar quando estão sendo traídos. E a verdade é que isso não me afeta. Eu realmente não me importo. Até espero que ela o ame: faria bem a ela amar alguém.

Ela sofre com o fato de eu não a amar, mas o milagre que nos aconteceu é forte o suficiente para nos manter juntos. Nossa criança-milagre, mesmo Sam sendo mais estranho para ela do que eu.

Suponho que, se o chefe dela, Claude, largasse a mulher, Chantal, amanhã pela manhã, Marie-France estaria se mudando para a casa dele amanhã à noite. Mas Chantal não torna as coisas tão fáceis para o marido quanto eu torno para Marie-France.

Eu amo muito o Sam, ele é o milagre do não amor entre mim e Marie-France, e, às vezes, quando Marie-France chega em casa exausta e relaxada e cheira a vinho branco, à loção pós-barba de Claude e ao amaciante dos lençóis da cama do hotel em que estiveram, eu me levanto silenciosamente e vou ver Sam dormindo.

Então, esse é o sentido da vida.

Pela primeira vez entendo homens que não abandonam a família, mesmo que nem gostem mais da mulher. Porque existem essas pessoinhas. Essas pessoinhas puras. Amá-las é tão fácil e incurável.

Sam é extremamente sensível ao mundo exterior, e seus únicos meios de resistência a ele são gritar, dormir ou rastejar. Eu o vejo virar a cabecinha quando ouve vozes ou sons agradáveis, mas vira a cara para o outro lado quando detecta um tom de voz de que não gosta. Ele detecta mentiras, por exemplo, além de exageros e tristeza. Ele quase não consegue suportá-los. Por isso chora.

Quando estou com Sam, é como se eu pudesse ver melhor o mundo.

Ele também reage a espaços e lugares. Não podemos andar por certas ruas, e uma vez, diante de uma porta, ele teve um ataque histérico. Mais tarde, descobri que havia acontecido um assalto seguido de morte diante daquela porta.

Ele é meu pequeno sismógrafo de mundos invisíveis. Sam olha para mim e para tudo ao seu redor com uma sensibilidade singular, quase primitiva. É capaz de perceber a quinta dimensão da realidade — algo que é invisível para tantos humanos modernos da nossa era digital.

A quinta realidade. Assim a chamou um pesquisador de espíritos, que, em sua primeira vida, foi físico e biólogo, e em sua segunda vida explorou o irracional.

"Entre o céu e a terra, sabe, existem estranhas coincidências. Alguém morre e uma criança nasce, você pensa em um amigo que conheceu há trinta anos e, de repente, o telefone toca e é ele. Sentimentos estranhos que lhe acometem quando visita construções antigas em ruínas, ou quando dirige por um lugar que foi palco de guerras no passado. A costa da Normandia ainda está coberta por uma sombra de sangue. O senhor já esteve lá?"

Sim, eu já estive lá. Com Malo e Yvan, e é verdade: o céu era mais cinzento, a relva mais exaurida, as velhas casas de pedra, com mais de cem anos, pareciam mais descaídas, mais tristes. A terra era assolada.

Naquele momento eu atribuí essa percepção ao fato de saber dos muitos milhares de mortos, e não à memória da própria terra.

Uma sombra de sangue.

O pesquisador de espíritos explicou que há muita coisa que as pessoas não percebem com a mente e com seus sentidos limitados e civilizados. Ou porque não conseguem, física ou mentalmente, ou porque não querem. Não mais.

"Crianças, cães e gatos veem e sentem o que negamos. Crescer nem sempre significa ficar mais inteligente. Em geral, é ficar mais burro."

Sam ainda consegue ver tudo isso. Seus sentidos têm mil olhos e ouvidos a mais que os meus. Provavelmente mais que de todos os seres humanos.

Certa vez, algo estranho aconteceu. Sam apontou para um canto e disse: "Papy! Papy!" A palavra bretã para avô.

Para Malo. Ou para Yvan.

Eu não estava vendo nada, mas Sam gargalhava e dava risadinhas. Ele consegue ver meu pai? Meu avô? As crianças veem os mortos?

Em um dia de maio, quando estava tentando ensinar Sam a contar, e tentando representar o número quatro de diversas maneiras — quatro dedos, quatro sapatos, quatro lâminas de grama —, ele disse, de repente, em alto e bom som: "Amarelo."

"Não, Sam. Quatro. Não amarelo."

Ele balança a cabecinha, toca meus dedos e repete energicamente: "Amarelo."

Ele aponta para a escala numérica que desenhei com um galho comprido na areia, à margem da Bacia de la Villette, não muito longe dos jogadores de bocha.

Sam aponta para o oito e diz "Vêêdi", sua palavra para verde, e para o cinco e diz "Zu". O seis é vermelho e o sete é verde-claro, o três é amarelo-azulado, o dois é cinza-avermelhado. Ele não gosta do um.

"Arrá. E amarelo mais amarelo é...?"

"Vêêdi", diz ele imediatamente, apontando para o oito.

Ele ama o oito, ama tudo o que é verde-escuro.

Brincamos o dia todo de "números são cores", e à noite eu entendo que meu filho não só vê números em cores, mas também atribui sons a números e cores, ou características como simpatia, força ou maldade. O som do metrô chegando — "onzibanco", significando "onze branco" — ou o barulho do batimento cardíaco nos ouvidos quando se cobrem as orelhas — "Zu, sonho, papa!", significando "sonho azul". Sei também que Sam atribui cores às emoções que percebe nos outros. E em objetos, mas ele não consegue me dizer que objetos. Ele aponta para sombras e poças, e acho que poderia passar minha vida inteira aprendendo a língua dele.

Quando passamos pela Place de la Bastille, ele no meu colo com suas perninhas gorduchas, Sam fica muito pálido e silencioso. Sinto o sol nas minhas costas, está quente.

— É vermelho e branco aqui — diz Sam, apontando para paredes e pilares que estão ali há centenas de anos, e diz: — Ai, alto! — E seus sábios olhos antigos se enchem de lágrimas.

Naquele dia começo, enfim, a entendê-lo de fato. Meu filho tem alguns receptores sensoriais a mais que outras pessoas. E ele é inundado por impressões que as pessoas comuns sequer registram. Ele é sinestésico. Decido contar a Marie-France com a maior calma possível. É um dom que exigirá de Sam muita coragem e esforço para lidar com ele. Este mundo "extra".

Escolho uma rota de volta para casa pela qual Sam e eu não passemos por esquinas, praças e peitoris de janela onde tenham acontecido atos de violência, assassinatos, revoltas, suicídios ou linchamentos. No meio do caminho, compro para Sam um sorvete de caramelo com manteiga salgada, do tipo que comíamos em Finistère, no Mar de Iroise, na Bretanha.

Enquanto ele lambe o sorvete, prometo a ele e a mim mesmo que vou fazer qualquer coisa para ajudá-lo a sobreviver neste mundo "extra".

Sou inundado com tanta ternura pelo meu filho que tenho que morder a bochecha por dentro. Dói, mas pelo menos me impede de cair no choro.

De repente, ele olha para cima e diz:

— Papa Zu?

Eu concordo com a cabeça. *Papa Zu. Mas um bom Zu.*

Não posso mais contar a Marie-France.

Estamos esperando pelo metrô, Sam e eu, e quando aquele ruído de "onze branco!" se aproxima, também se aproxima um acordeonista bêbado e triste.

Ele tropeça numa alça de couro que pende de seu instrumento e me dá uma trombada com o ombro. Perco o equilíbrio, e minha mão se solta da de Sam. Caio nos trilhos bem em frente ao trem do metrô que se aproximava...

Ainda não! Por favor, ainda não! É...

DIA 25

Henri

• • • caio do jipe em movimento e cubro o corpo de Marie-France com o meu, levando minhas mãos à sua cabeça. O jipe continua por alguns metros e depois bate em uma parede. Nelson, nosso motorista, cai para a frente sobre o volante e morre à beira da estrada de Wau, Bahr el Gazal.

O garoto com a metralhadora é jovem, tem talvez uns treze anos, mas seus olhos são tão velhos quanto a morte. Eu já vi muitas dessas crianças velhas e cansadas. Nós nos encaramos até que ele baixa os olhos idosos, sofridos, o rifle escapando das mãos finas. Como se estivesse exausto, infinitamente exausto, da mesma rotina, de matar, matar, matar. Deve ser um inferno viver a mesma vida várias vezes, repetir cada hora, cada erro, cada vez que não fez o que devia ter feito.

Marie-France está toda encolhida atrás do jipe. Eu a vejo pegando a bolsa verde contendo o equipamento fotográfico. *Sempre profissional*, penso, *mesmo numa situação dessas.*

O calor cintila diante de meus olhos e, por um instante, acredito que sei como a foto vai ficar.

Por mais um instante, também sei que Marie-France se sentará ao lado do editor-chefe à mesa de luz em uma semana, eles passarão pelos slides e pelos contatos fotográficos. Seus corpos vão se tocar e negociar algo. Ao fim desse trâmite, algumas semanas e olhares depois, ambos estarão nus, gemendo e entrelaçados. Anos depois haverá lágrimas.

Tudo isso eu vejo entre um fechar e abrir de pálpebras. Meus olhos estão lacrimejando, minha cabeça lateja, estou com sede. Uma sede insaciável.

Meu editor-chefe, Gregory, marcou uma consulta para mim com um médico que me disse que não havia mais espaço no meu cérebro. Que ele estava transbordando de imagens, de filmagens realistas demais e de emoções politraumáticas que eu teria absorvido ao longo dos anos, como um papel mata-borrão humano. Essas imagens nunca haviam sido processadas, "por exemplo, no contexto de uma terapia, senhor Skinner".

Que terapia consegue tirar a guerra da cabeça?

Eu me agacho ao lado do garoto enquanto as sombras se deslocam e Marie-France fotografa. A criança assassina diz que seu pai o chamava de Akol, mas o pai está morto, a mãe também, a irmã mais nova também. A mais velha ainda está viva, com os comandantes — por enquanto.

— Nahia — sussurro.

Ele faz que sim com a cabeça, e me dou conta de que Akol não havia mencionado o nome da irmã.

Então, como sei o nome dela?

O que é isso? O que está acontecendo aqui?

Tenho malária, penso, *estou tendo alucinações. Vou morrer. Vou morrer.*

Vou morrer?

A realidade cai da beira do precipício. Garoto e Nahia e o sangue de Nelson pingando no assento, em seu colar de conchas quebrado, Marie-France, que um dia dormirá com seu chefe. Estou morrendo, e há uma amargura em mim por eu não ter feito certas coisas.

Akol pula e corre, o rifle permanece caído.

Voltamos ao acampamento. Marie-France permite que eu carregue seu colete de proteção com a palavra "Imprensa", mas ela mesma carrega sua bolsa.

— Não consigo mais fazer isso — diz ela em algum momento. — Acho que nunca mais vou conseguir tirar fotos de pessoas.

À noite, no acampamento, na cama de campanha ao lado de duas velas finas, bebo uísque e em seguida passo a garrafa a Marie-France.

Continuo lhe dando mais e mais, como se fosse leite, ela precisa disso para dormir.

— Quero fazer amor de novo antes de morrer — diz ela em determinado momento. As consoantes já estão meio arrastadas.

— Você vai fazer — respondo, pensando no chefe dela, Claude, que não conheço.

— Por acaso você não me quer, seu babacão arrogante?

Ela fica esperando uma resposta. O uísque deixou meus membros muito pesados, caso contrário eu já teria Marie-France nos braços. Ouço sua solidão chamando, implorando. Vejo sob sua raiva o carinho, o bem. Preciso me segurar para não a consolar. Porque na verdade eu não quero; é só pena.

— Não sei o que as pessoas acham que o amor tem de tão importante que só pensam nele quando estão morrendo de medo. Prefiro um colete à prova de balas e um uísque.

A mão de Marie-France recua como se quisesse me dar um tapa. Mas ela também está exausta e, em vez disso, executa um movimento de desdém com a mão no ar gélido, inclina-se para trás e quase cai no sono.

— Pelo menos me beije — murmura.

Eu me inclino sobre ela. Sua boca é uma fruta. É uma mulher bonita e anseia pelo que também me falta: vida.

Essa sede de vida.

Eu poderia beber a vida diretamente de seus lábios!

É um desses momentos.

Que momentos?

O pensamento desaparece quando puxo o cobertor de pelo de camelo um pouco mais para cima e cubro Marie-France. A noite está gelada em Wau. O desejo de beijá-la passou.

Um vago arrependimento surge em mim por não ter dormido com ela. Mas também um alívio.

No dia seguinte, voamos para Paris e nos separamos na área de trânsito do aeroporto. Uma nova melancolia surge em mim quando olho Marie-France, quando ela segue adiante com passos curtos pelas grandes placas do piso de mármore e para na esteira de bagagem. Perdida em pensamentos, ela acaricia a barriga lisa.

Eu me sinto insatisfeito, vazio, traído por alguma coisa, algo lindo, brilhante. Não entendo meu estado de espírito atual, e o atribuo à diferença de temperatura. E a Wau. Penso em Nelson. Os soldados resgataram seu corpo e o levaram para a família.

Com que rapidez a vida pode terminar. O quanto são estranhos os caminhos que levam à morte ou à vida! A soma de pequenas decisões, apenas pequenos movimentos, e a vida já fica bem diferente do que teria sido uma hora ou um dia atrás.

E eu? Deveria ter beijado Marie-France? Dormido com ela? Essa decisão teria me aproximado da morte ou me afastado dela?

Tento afugentar esses pensamentos, mas eles permanecem, como uma sanguessuga do medo.

Sobreviver. De segundo em segundo. Fazer tudo certo, mas como se sabe o que é certo?

Olho de novo para Marie-France, mas o que eu faria com essa mulher? Não gosto muito dela. Sua crueldade resulta de um ego vulnerável. Desperta um eros agressivo. Também não gosto da sensação de precisar consolá-la, como se o consolo fizesse dela uma pessoa boa.

E ainda assim. A sensação se intensifica de que nosso breve encontro poderia ter aberto uma porta através da qual eu poderia ter passado, e de que, ao bater a porta, eu teria perdido alguma coisa.

Vou ao bar do Hilton, fico bêbado e, em seguida, por pura raiva e despeito, tomado pela desagradável sensação de que estou desperdiçando minha vida à toa, subo no próximo avião para Cabul.

Adormeço. Meus sonhos são agressivos e confusos. Sonho que estou deitado, imóvel, em uma cama de hospital, mudo, surdo, ninguém me olha no rosto. Quero gritar mas descubro que não tenho língua.

Quando desperto por um segundo, pressiono a testa na janela fria do avião. Estou com sede. Minha cabeça dói. A garganta também. Pego no sono de novo, e, logo abaixo da superfície da vigília, estou de volta ao hospital. Rostos estranhos se inclinam sobre mim, mas não me olham.

Um deles pertence a uma mulher com olhos brilhantes. Ela me parece vagamente familiar, mas depois desaparece, e tenho a nítida sensação de que estou enlouquecendo.

Dez anos atrás, meu editor-chefe, Gregory, me deu conselhos que seriam uma espécie de colete salva-vidas para a psique: "Você tem que saber quem você é. Caso contrário, estará perdido na guerra. Você sabe quem você é? Você tem um mantra, uma manchete? Qual é seu título, Henri Skinner? Um que vai fazer você se lembrar de quem é?"

Ainda penso nisso.

Conheço a mulher de Greg, Monica. Ela trouxe de Nova York um cheesecake com calda de morango para o aniversário dele. Gregory compartilhou pedaços do bolo com seriedade e orgulho. E silenciou com um olhar calmo e frio cada um dos repórteres velhos, cínicos e sabe-tudo, hostis a qualquer demonstração de carinho e que poderiam fazer um comentário zombeteiro, dizendo: "A família te salva. Todo homem precisa de uma família que salve sua alma."

Eu não tenho família.

É como se as feridas dos meus antepassados permanecessem no meu sangue e me conduzissem aonde quer que eu vá.

Não tenho mais mãe; ela morreu logo depois que eu nasci. Nem avó; ela se perdeu em um passeio sozinha na tempestade, e durante anos Malo ainda ficou lá fora, nos penhascos, esperando que ela voltasse.

Greg também me disse: "Henri, largue esse trabalho antes que seja tarde! Você deveria constituir família *depois* das suas guerras, não *durante* uma delas. Você nunca deve fazer com que sua mulher e seus filhos vejam você saindo de casa de capacete, colete e passaporte, deixando-os paralisados de medo diante da possibilidade de você nunca mais voltar. Espere até cansar de guerras e até acreditar que pode viver uma vida plena. Então ache alguém que te ame e que consiga suportar o fato de você não conseguir dormir direito à noite por causa da guerra na cabeça. Espere, no máximo, até os trinta e cinco anos, então comece a deixar a guerra de lado. Só assim você terá uma chance de fazer com que ela também te deixe."

Mas como se constitui uma família se não se consegue nem mesmo beijar uma mulher, muito menos ficar com ela?

Quando o avião aterrissa, estou com dor de cabeça.

No caminho do aeroporto militar dos alemães até o acampamento dos EUA em Cabul, bebo água de um cantil. Já estive várias vezes na Cidade Devastada, que é como os afegãos chamam Cabul. Alguns dizem que, se você vai lá com muita frequência, um dia não consegue ir embora.

Penso no vendedor de chá da última vez, que veio a Camp Holland e me levou à Casa do Ópio, em Cabul, para me apresentar a um suposto guerreiro divino que estava sendo purificado. Nós bebemos. Fumamos ópio. Nas casas de pau a pique do Afeganistão não há banheiro nem janelas, mas sempre um armário com um Kalashnikov e um jardim de papoulas atrás da casa.

Talvez eu devesse começar de novo a fumar ópio para encontrar a paz. Nada mais de sonhos, nunca mais, estou cansado de sonhar. Tenho sonhado a minha vida toda e estou cansado, tão cansado.

— O senhor está adiantado demais — bufa o comandante do acampamento norte-americano. — Estávamos esperando o senhor daqui a três dias!

— Esse é o problema da imprensa livre — respondo.

Consigo entender o seu descontentamento. Eles só podem ficar de olho — nos dois sentidos — em um determinado número de jornalistas. Os norte-americanos adorariam ter mais repórteres que pudessem ser mantidos sob seu controle, incorporados às suas fileiras. *Repórteres incorporados,* que já não relatam imparcialmente.

Sigo com um caminhão de mulas para Cabul e saio do caminho do comandante. Greg me manda um e-mail dizendo que a *Time Atlantic* gostaria de me fazer algumas perguntas depois que eu voltasse.

O calor escaldante é diferente daquele do Sudão. Seco e com cheiro de fogueira, gases de escapamento, chá e curry. Ando pela terra poeirenta e argilosa, passando por barracas que oferecem grão-de-bico em sacos cinzentos. "Deutsche Bundespost", o correio alemão, é o que está escrito na maioria, são antigos sacos de correio do *Bundeswehr*, o exército alemão.

Há um cheiro no ar de espetos de cordeiro temperados com especiarias persas sendo assados em churrasqueiras. Os mercadores oferecem, aos gritos, produtos das cestas de seus burros: figos, tâmaras ou melões. Em lojas abertas, vendedores se sentam entre véus de noiva de seda, roupas velhas de aparência europeia e sucata eletrônica, e contam piadas sujas e comentam as manchetes do jornal *Anis*. As mulheres passeiam pelo mercado com burcas azuis até o chão, outras com *niqabs* pretos que mantêm os olhos à mostra, e muitas usam uma *dupatta* da moda — lenços usados para manter o rosto livre e que remetem mais a Grace Kelly com um lenço fashion na cabeça do que a um casamento forçado.

Tenho sede.

Vejo soldados com metralhadoras, mendigos sem pernas em carrinhos. Pipas de papel no ar azul, cintilante, ao lado da torre de uma mesquita. O cerol na linha, que se destina a cortar a linha das outras pipas, brilha ao sol. No horizonte, os picos das montanhas brancos da neve do Indocuche. Brancos como as *perahan wa tunban* — calças esvoaçantes e camisa na altura do joelho — usadas por dois homens que passavam.

Estou procurando o informante da última vez. Meus passos abrem caminho pela multidão, passam por cambistas gordos, cabeças de camelo em carrinhos de mão e vendedores que tentam atrair clientes. Passo por intestinos de ovelhas, que ficam cinza ao sol e ao redor dos quais voam moscas pretas. Compro chá de hortelã fresco e bebo em goles pequenos e ávidos. Minha boca relaxa.

Não sei de onde surge o pequeno. Ele fica no meu caminho, balança a cabeça, levanta as mãos e fala algo para mim.

— O que foi? — Quero perguntar a ele, procuro as palavras persas, pergunto de novo em dialeto dari, que ouvi dos soldados: — O que você quer?

Ele aponta para a garrafa de água. Sim, estou com sede também. Sempre, porque essa sede só para por um instante.

Mas o garoto continua me olhando.

Inquieto, trêmulo, hipnótico.

Como as velas ao lado do colchão no chão, em Wau, na noite em que dormi com Marie-France.

Eu me viro. Estou sendo perseguido?

Não dormi com Marie-France. Imaginei a cena, sim, no avião, antes de adormecer. Mas não dormi com ela.

Estou tonto. O calor. O álcool. A sede.

O garoto sacode meu braço. Parece ter uns doze anos e se parece com um *chai boy*, um menino do chá, em uma das casas da elite de Cabul. Serviçal, mensageiro, garoto pau para toda obra.

E para toda obra mesmo.

Se fosse meu filho, eu mataria seus senhores a bala! Essa raiva cresce repentina e irracionalmente em mim.

O menino não tem o corte de cabelo curto típico dos alunos da escola corânica. Seu cabelo escuro é mais longo, de um castanho avermelhado claro, e espreita debaixo de um boné bordado, que é roxo. Seus olhos, duas bolinhas verdes brilhantes no rosto abatido, mas ainda bonito. O garoto pega minha mão.

— Ibrahim — diz ele. — Meu nome é Ibrahim, vim buscar você.

Eu me deixo ser levado. É mais fácil ser levado e, a cada passo, sinto-me mais leve. Como se flutuasse.

Não deveria deixar o garoto me guiar. Deveria ser eu a pegá-*lo* pela mão, mas algo me diz que não pode ser de outra forma. Não mais. Agora, não mais. Porque eu não a beijei. Então ela começou essa vida, essa vida completamente diferente; se eu a tivesse beijado, estaria em Paris.

Cuspo esse pensamento absurdo.

Peguei algo na África. Dengue? Estou alucinando. Tenho que pedir remédios para o médico do exército mais tarde.

Passamos pelas tendas do bazar, pelas lojas, pelos carrinhos de mão, pelas gaiolas de pássaros. As cores e os aromas abundam. É como deslizar por um tubo sem fim. Vejo uma mochila rosa passando.

Uma mulher de voz grave diz em voz alta na minha cabeça: "Não vá!"

Mas não consigo evitar. Estou perdido e não consigo evitar.

Pouco depois desse pensamento absurdo, sinto cheiro de cabos e cabelos queimados, alguém grita: "Adrenalina!" Meu coração se contrai, se transforma em pedra, a dor me arranca o fôlego.

E, então, um estrondo enorme. Uma explosão, o impacto de uma enorme bomba a poucos metros de mim. O rosa explode.

Sou jogado para trás, batendo contra uma parede de rocha, na minha cabeça dor e escuridão. A mão de Ibrahim é arrancada da minha.

O mundo escurece, a noite vem de todos os lados, de baixo, de cima; e por trás dessa escuridão há sombras que se aglomeram ao meu redor, que me atacam, me cortam, agarram meu pescoço...

Um menino grita, eu o escuto, ele grita: "Pai! Pai!" E sua voz ressoa em pânico.

Então a escuridão recua, e é Ibrahim que grita e grita e grita e de repente para.

O comerciante de camelos, atordoado, olha para a perna que está faltando. Em algum lugar jaz um boné roxo bordado, pedaços de seda e melões.

Da névoa de poeira ensanguentada meu pai emerge.

Ele vem tranquilo na minha direção. Está de calça jeans desbotada e suéter listrado de pescador bretão, como no dia em que estávamos no mar mas só eu voltei para casa. Ele se ajoelha e diz baixinho: "Ah, Henri. Você ainda está 'entre'. Entre tudo, entre todos os tempos e todos os caminhos."

Uma página de jornal passa, eu consigo ler a manchete. "A menina com a bomba na mochila."

Meu nome aparece impresso logo abaixo.

Não entendo.

Ibrahim está parado. Sangue escorre de seus olhos.

Sinto muito, quero dizer ao meu pai, *sinto muito por não saber onde fica o caminho certo, mas não tenho mais coragem, nem força.*

Surge um rasgo na realidade.

Por esse rasgo, vejo mulheres e homens de avental azul curvados sobre mim, vejo um menino atrás deles olhando para mim.

Eu tive isso. Eu tive, mas foi grande demais para aguentar.

A região do "entre".

O hospital.

A garota no rio e essa mulher.

Para ela. Para ela, sempre para ela.

Para lhe dizer algo, algo muito, muito importante.

Este mundo se apaga.

Eu caio no silêncio por trás do nada, eu caio e...

DIA 27

DIA 27

Sam

— O que você está vendo aí, *mon ami*, balé? — pergunta Scott.

Não fui rápido o suficiente em parar o vídeo do YouTube e desligar a tela do smartphone.

— Talvez — minto.

— Talvez? Ou é aquilo que faz meu pai sempre fechar a tela do laptop quando minha mãe bate à porta do escritório?

— Não sei o que tem na tela do laptop do seu pai.

— Nem queira saber, *mon ami*.

A voz de Scott agora é de um tom claro de amarelo. Não combina com sua aparência. Ele está posando de durão no momento, usando um cinto com tachinhas para segurar a calça do uniforme da escola. O estilo nerd ficou para trás.

Scott cai no tapete de grama atrás do campo de hóquei e tira do bolso o maço de Lucky Strike. Fumar é uma das coisas que ele faz para irritar o pai. No mês passado, quis começar a praticar nado sincronizado; antes disso, aprendeu a tricotar e a rendar. Seu pai o odeia.

Ele acende um cigarro e traga, mas a fumaça sai muito rápido de sua boca. Então Scott se recosta na grama e traga mais devagar. Tenta soprar anéis de fumaça. Sei que fica tonto com aquela coisa, mas sei também que nunca vai admitir isso.

— Você vai à Forbidden Planet esta tarde, *mon ami?* Temos um especial de sábado do SIG.

Faço que não com a cabeça.

Scott tenta soprar uma bola de fumaça, mas não consegue.

— Então, vai voltar para a seção de vegetais?

— Hum.

Nas últimas quatro semanas, não só faltei às aulas, mas também à maioria dos SIGs da Mensa. Em vez disso, fui ao Wellington.

— E sua mãe, não percebe nada?

Dou de ombros.

— E esse vídeo aí agora?

— Estava tendo uma ideia aqui de você dizer ao seu pai que vai ser o novo Billy Elliot. Só que com tutu.

— Com meu pulmão de fumante? *Mon ami,* quem quer ver um cisne defumado?

Não digo para Scott que os vídeos de dança a que estou assistindo mostram uma garota que pode ver todos os mundos de olhos abertos, mas não este mundo.

Nos vídeos, ela dança, ri, faz palhaçadas, é linda e a garota mais maravilhosa do mundo. Consegue dançar histórias e contar tudo com o corpo. Seus olhos e seus movimentos pintam sentimentos, florestas e risos no ar. Quando a câmera dá um zoom em seus olhos azuis, eles me encaram. Brilham, olhos de sol cintilando sobre o mar. Olhos como um dia claro de julho.

Também tem uma entrevista no YouTube. Devo ter visto esse vídeo umas cem vezes. Num primeiro momento, meu peito se expandiu, mas depois se retraiu.

— Ei, *mon ami!* E aí, o que me diz?

Não percebi que Scott havia me perguntado alguma coisa.

— Pelo menos você vai ao Kister Jones mais tarde? — repete. — O Kister quer fazer uma leitura em casa hoje. E convidou alguns amigos, Joanne, Dave... e vai ler uns trechos de seu romance inédito, *Slackline*.

Em vez de uma resposta, dou o vídeo para Scott ver.

— Uau — diz ele depois de um tempo. — Então é isso.

Ele olha para mim com o canto da boca levantado e, de um jeito teatral, arqueia a sobrancelha.

— O que você achou? Que *le Cérebro* não perceberia o que está acontecendo? Que você assiste a vídeos de dança durante as aulas de literatura? Então, quem é ela, quando vocês vão se ver de novo e por que ainda não fomos apresentados? Você está com medo de ela se apaixonar imediatamente por *le Cérebro?*

Conto para ele tudo sobre Maddie, ou quase tudo.

Não conto o que faço quando estou para sair do quarto dela.

Todas as vezes, eu me viro depressa. Para tentar pegá-la no flagra, estreitando os olhos, me enxergando e sorrindo às minhas costas.

Nunca sou rápido o suficiente.

— Você já se deu conta, Valentiner? — pergunta Scott depois de um tempo.

— De quê?

— De que a vida é boa para você.

— Boa? Você chama esta vida de boa?

— Sim, idiota. Ela é. Presta atenção. A vida que você está levando é provavelmente a mais animada de todas aqui. Quer dizer, talvez não seja uma vida simples e confortável, na qual tudo o que você precisa fazer é comer, dormir e carregar a bateria do celular. É uma vida real, na qual você pode viver tudo o que você é e quem você é. Em que outra ocasião um homem tem a chance de mostrar quem ele é do que quando está passando por algum tipo de crise? — Ele estreita os olhos e diz baixinho: — Puxa, de onde eu tirei uma bobagem tão brilhante?

Ele abre um sorrisinho malandro, e sei que Scott está certo. Em tudo. Também sei que ele é, na verdade, o mais genial de nós dois, com mais aptidão, mais talento, mais perspicácia e mais coragem.

— Você está com cara de que quer me abraçar ou fazer algo desagradável assim. Estou te avisando, eu não suporto isso — diz ele duramente.

Faço que sim com a cabeça e digo:

— Abraçar você, nem em sonho!

Em vez disso, falo sobre a Realitycrash e que ele precisa conhecer a Poppy.

O sinal da escola toca uma vez.

Nós nos levantamos e olhamos um para o outro.

Sempre tivemos conversas como essa. Mas dessa vez é diferente.

Nós. É como se tivéssemos mudado para sempre entre o momento em que sentamos no chão de grama quente atrás da quadra de hóquei e nos levantamos novamente. Como se algo tivesse acontecido, como se tivéssemos deixado de ser crianças, como se soubéssemos, pela primeira vez, quem poderemos ser.

— Um dia, *mon ami* — diz Scott. — Um dia olharemos para trás e nos perguntaremos o que aconteceu com aqueles garotos. Vamos prometer uma coisa: se algum dia um de nós virar um imbecil preso a uma vida como a de um hamster dentro da gaiola, o outro jura que vai tirá-lo dessa vida. Combinado? Me arranque de lá se eu começar a ficar igual ao meu pai. Me arranque de lá se eu casar com a mulher errada. Me arranque de lá se eu deixar de ser *le Cérebro*.

Eu concordo com a cabeça, e ele diz:

— Não, por favor, abraço não. — Eu o empurro pelo ombro, e nos abraçamos.

Então Scott me entrega as novas cartas de justificativa, nas quais ele pôs a assinatura falsa da minha mãe. Vou até o prédio da administração, ponho uma folha no escaninho da secretária da escola e vou embora.

Quarenta e cinco minutos depois, vou até o quinto andar do Wellington. Ao passar pela sala das enfermeiras, ouço uma mulher que nunca vi aqui antes pronunciar o nome de Madelyn. Paro e finjo amarrar o cadarço.

— Toda recusa psicogênica como a de Madelyn é um protesto. É importante encontrar o canal dos sentidos pelo qual ela deseja transmitir alguma coisa e aquele pelo qual ela deseja receber alguma coisa. É mais fácil se alguém a ama. Amar e ser amado são os estímulos mais fortes de todos, além do medo e do ódio.

Deus olha para a mulher e depois se vira como se me pressentisse. Acho que Deus também é sinestésico.

— Valentiner — diz ele. — Posso te apresentar a Angela? Ela é... terapeuta da empatia.

Na verdade, ela parece legal. Embora Deus preferisse dar um ponta-pé na bunda dela. Toda semana, médicos de todo o país, às vezes até dos EUA ou da França, fazem uma peregrinação para visitar Madelyn.

Maddie é considerada um "caso fascinante", porque seu dano cerebral não é necessariamente a razão de seu estado vegetativo; ou, como alguns chamam, estado de consciência mínima. Deus explicou de novo as diferenças com o diagrama de disco. Ao redor de "vigília" há lugares que estão logo abaixo da superfície da vida. Mas é como se um disco ou filme impenetrável estivesse entre a pessoa e o mundo. Ela pode ouvir tudo e às vezes sentir coisas, mas não compreende as informações e não consegue se expressar.

Então ele cortou os círculos um por um e os colocou uns sobre os outros. Maddie está ao mesmo tempo em "torpor" e em "coma", algo que, na verdade, não é possível. Ela sobe e desce entre os discos sem tocar em "sono" ou "inconsciência". Seus olhos abertos dizem que parte dela está "aqui", mas uma parte mais substancial está em outro lugar. E, entre nós dois, não há disco nem filme, mas uma camada de gelo e solidão.

A enfermeira Marion disse que gosta mais de me ver do que os "luminários" — ela quis dizer luminares — que se revezam na inspeção deste "caso extraordinário" e tentam libertar Maddie de sua "doença".

Marion está convencida de que os especialistas que chamam o caso de Maddie de doença não servem para nada.

— Samzinho, quando os médicos acham que ninguém está ouvindo, falam das pessoas como se elas fossem carros. Mas Maddie não precisa desses luminários espertalhões que querem publicar um artigo pomposo com a foto dela no *Journal of High Brain Medicine*. — Ela me mostra o caderno de fotos e recortes no qual coloca coisas sobre Maddie. — Ela precisa é de coisas que a façam feliz. São sempre as pequenas coisas que mantêm as pessoas que vivem em coma mais próximas da "vigília", essas coisas pequenas e valiosas.

Infelizmente, não há ninguém para contar do que Maddie gosta. Ela gosta de *Gilmore girls* ou de *O diário de um banana?* Gosta de

Taylor Swift ou Bartók? Gosta de literatura ou de desenho, do mar ou das montanhas? De gatos ou de cachorros? Espaguete ou sushi? De alguém falando muito ou não?

A enfermeira Marion chama a unidade de tratamento dos comatosos de "um degrau abaixo do céu".

Então Deus e a terapeuta da empatia estão debruçados nesse assunto agora. Ela está falando sobre o "relógio biológico" e "ciclos do dia", e Deus a interrompe por um instante e me diz:

— Você não pode ir ver Maddie agora, Angela quer vê-la primeiro.

— Posso ver o caderno dela, então? — pergunto.

Dr. Saul o pega para mim. Marion mantém um registro de todos os que "estão no degrau mais baixo". Ela me mostrou esses cadernos, que cria com a ajuda de parentes, enfermeiras e médicos. Preferências alimentares, passatempos, rituais, palavras favoritas. As enfermeiras começam com eles na UTI, e depois acompanham os pacientes.

Não há muito no caderno de Maddie. Sua ex-professora de dança, Sra. Parker, sabia pouco de sua protegida. O que não era desinteresse, mas uma certa concentração no essencial, na dança, aliada ao esquecimento relacionado à idade.

Maddie não gosta de:

- Mozart.

Maddie gosta de:

- compositores russos;
- tudo que é azul com bolinhas;
- o cheiro de um palco vazio quando as luzes ainda não estão acesas: foi o que disse a Sra. Parker certa vez.

E:

- Jane Austen. (Muito provavelmente.)

Orgulho e preconceito foi o livro encontrado na mochila de Maddie depois do acidente. Leio enquanto espero a empatologista desaparecer, e não tenho muita certeza do que se trata. Mas, no final, acho que todo mundo se casa.

Na frente do livro tem um ex-líbris, é um livro emprestado da biblioteca da terra natal de Maddie, Oxford. O prazo de empréstimo expirou.

De repente, sinto uma onda de calor.

Talvez eu possa devolvê-lo. E talvez a bibliotecária possa me contar mais sobre Maddie!

Mas não sei como chegar a Oxford. De trem? Sim, de trem. Mas como vou desaparecer por um dia inteiro sem que minha mãe perceba? Odeio ter treze anos de idade. Aos treze anos você não é ninguém.

Eu enfio o livro na mochila.

Então folheio o caderno de Madelyn.

A enfermeira Marion, Liz, as médicas, todas escrevem alguma coisa lá todos os dias. Sobre os testes que fazem com ela. Sobre o mundo. Sobre o tempo, é claro, nenhum britânico realmente se sentiria vivo sem um debate sobre condições climáticas.

E às vezes aparecem coisas como "Kate Middleton é alérgica a cavalos" ou "Donald Trump quer ser presidente". Algo sobre os sons na enfermaria, sobre o ângulo da cama, sobre o ritmo da máquina respiratória. Tudo para ajudar Maddie a entender o que estava acontecendo enquanto ela não estava lá.

Pego uma caneta da mochila e escrevo, na data de hoje:

"Samuel Noam Valentiner (13) esteve aqui de novo."

Não me ocorre mais nada, e acho que, se ela ler isso um dia, vai me perguntar: "Como assim? 'Esteve aqui de novo?' Banheiros de escola têm frases mais originais que esta."

Então tento de novo.

"No Antigo Egito, era comum os donos rasparem as sobrancelhas de seus gatos quando estes morriam. Os gatos eram, então, enterrados com ratos mumificados. Não se sabe se os ratos também tinham as sobrancelhas raspadas."

Bom, ou melhor, pelo menos. Agora algo sobre ela.

"Você costuma ficar de olhos abertos. Às vezes eles se fecham, mas ninguém sabe se você está dormindo ou não. Você está em um lugar onde ninguém deve encontrá-la. Eu rasparia as sobrancelhas pelo resto da minha vida se você não acordasse mais."

Eu queria escrever "se você morresse", mas não o fiz, porque nunca se sabe se o universo está ouvindo e vai entender mal. Tenho palpitações quando ponho o ponto-final.

Ouço Scott dizendo: "Sua vida inteira é muito tempo, *mon ami*. É sua mais nova política? Prometer uma deformidade tão séria a garotas completamente desconhecidas?"

A leitora de sentimentos não vai embora nunca.

Silencioso e resignado, saio do quinto andar e desço as escadas de emergência até o segundo, onde está meu pai.

Eddie vai estar lá? Eddie, que sempre me traz livros ou os deixa lá para mim. Eddie, que às vezes vem com macacão de couro apertado e às vezes com vestidos de noite. Há alguns dias eu a vi na internet com Wilder Glass, o famoso autor.

Eles estavam de braços dados em algum tapete vermelho, e ele usava smoking enquanto ela trajava o vestido daquela tarde no hospital com o qual lavou os pés do meu pai.

Mas agora meu pai está sozinho. A máquina pulmonar respira para ele, e não há emoção em seu rosto. Aceno para o enfermeiro que o verifica a cada quinze minutos — é o russo, Dimitri. Quando vira meu pai, parece fazê-lo com muita facilidade. Dimitri me explicou todos os dispositivos agrupados em volta da cama do meu pai, que está cercado por suportes de cateteres, máquinas que registram tudo e que parecem se alimentar dele. Dimitri também descreveu os médicos para mim. Existem aqueles que controlam a profundidade do coma induzido: os anestesistas. Ele os chama de "os caras do gás". Outros, que são responsáveis pelo xixi, pelo sangue e pelo resto, são chamados de "encanadores" por Dimitri. Então há aqueles que ficam de olho no cérebro, como Deus e o Dr. Foss, e os próximos, que monitoram a circulação.

Eu não pergunto quem é responsável pelos sentimentos. Disso eu já sei.

Ninguém.

Ninguém é responsável por cuidar do medo. Ou da coragem. Ou da solidão.

Tento não pensar em nenhuma das coisas que agora sei sobre o coma. Alguns têm sorte e podem ir diretamente ao centro de reabilitação acima da seção de vegetais depois de duas semanas. Sete por cento, ou seja, sete pessoas em cem.

Quinze por cento vão imediatamente para o freezer, como é chamada a patologia.

E o resto vive em coma e permanece nele.

Para ser preciso, quarenta mil pessoas na Inglaterra. Por ano.

Aqueles que acordam lembram o que lhes foi dito durante o coma.

— *Salut,* pai — eu digo. Desde que descobri que ele é bretão e que, portanto, tanto meu pai quanto minha mãe são franceses, tento matar as aulas de francês com menos frequência. Procuro na minha mochila o livro que quero ler para ele. Então pego um banquinho, me inclino perto de seu ouvido e sussurro para que minha voz não falhe: — *Salut.* É dia 14 de junho de 2015. Aqui é Sam. Seu filho. Tenho treze anos de idade. Quase catorze. Você é Henri M. Skinner. M de Malo e Skinner... sei lá por quê. Não sei muito sobre você. Seu sobrenome antes era Le Goff. Você tem quarenta e cinco anos e é repórter de guerra. Foi. Até meu nascimento. Sofreu um acidente quase quatro semanas atrás. Está em coma há doze dias e teve uma parada cardíaca. Está no Wellington Hospital, que é muito caro, e aqui eles chamam o diretor de Deus. O clima está quente, e as meninas usam penas vermelhas nos cabelos. Scott está tendo sua segunda fase rebelde agora. Não parou de fumar. Mas ainda quer estudar psicologia. E eu estive com Eddie na editora. Hoje vou primeiro ler uma coisa para você. Então: *As crônicas de gelo e fogo,* Parte 1.

Meu pai está longe, tão longe. Posso vê-lo, a dor escura que sempre o rodeia. Ela o envolve como uma névoa fina. No entanto, continuo falando.

— Deve estar quase na hora do chá da tarde. Você vai receber algo delicioso em seu tubo de alimentação, provavelmente sanduíches de pepino batido e eletrólitos com um pouco de leite. Vou comer meu sanduíche lá da escola. Ah, sim: eu matei aula de novo. Se você ficar bravo comigo, sugiro que acorde e me diga isso você mesmo.

Espio meu pai. Existe outra tensão nele? Ele está exausto e de alguma forma... fora de foco. Sim.

— Tudo bem, se é isso que você pensa. Minha mãe provavelmente vê de outra forma. Seu nome é Marie-France. Ela é fotógrafa, e vocês já dormiram juntos. Mas então algo aconteceu. Você não ficou junto com ela. Acho que nem assistiu ao meu nascimento. Ela me contou, pouco antes do meu primeiro dia na escola, que Steve não é meu pai. Mas ele é legal. Ele é um azulejista e trabalha na loja de ferragens. Tudo bem. Vou ler uma coisa para você, tudo bem? — Então abro o livro e começo a ler em voz alta.

DIA 30

Henri

Caio e bato no chão. É duro e frio. Os restos das velas queimaram até o fim.

Marie-France me empurrou para fora da cama onde estávamos deitados. Eu a segurei em meus braços, nua, e ela se virou em seu sono, me jogando para fora.

As imagens de sonhos do atentado correm pela minha cabeça. A psique dos repórteres de guerra é uma máquina constantemente superaquecida e recauchutada.

Observo Marie-France.

Nós não seduzimos um ao outro, mas nos devoramos por pura fome de vida.

Eu deveria ir ao médico de quem Gregory tanto fala. Até agora me recusei, mas dificilmente há uma noite em que durmo sem acordar várias vezes. E, durante o dia, as lembranças, tão borradas e difusas que não tenho certeza se são parte do passado ou da minha imaginação, às vezes me pegam de assalto. É como se, ao cochilar, eu pairasse logo abaixo do limite da vigília, me perdendo no caminho em uma meia-luz de pensamentos e imagens confusos.

Marie-France não me olha nos olhos quando mais tarde lhe entrego um café quente num copo de lata.

Voamos para Wau e depois de volta para Paris via Cairo. Marie-France cai no sono no meu ombro quando sobrevoamos o Mediterrâneo e, quando acorda, sente-se envergonhada e, durante o resto do voo se recosta na janela coberta de condensação.

Quando ficamos frente a frente no aeroporto Charles de Gaulle, pergunto para ela:

— Você quer me ver de novo?

Marie-France dá de ombros. Ombros magros, delicados, mas podem aguentar muita coisa. Exceto, talvez, o fato de eu ter visto sua alma.

— Não é necessário — responde ela devagar.

Quando não digo nada, ela acrescenta casualmente *"Bon"* e se inclina para pegar a bolsa verde contendo os equipamentos fotográficos. Então o beijo no ar à esquerda, o beijo no ar à direita.

Outro olhar rápido e penetrante de seus olhos escuros. Vejo um toque de vaidade ferida porque não insisto, mas também vejo que ela se pergunta por que *ela mesma* não insiste.

Partir? Ficar?

No terceiro beijo na bochecha eu digo, recostando-me ao rosto de Marie-France, "Obrigado", e enquanto digo isso sinto-me aliviado. Aliviado por ela não querer que eu fique, e por eu não ter que fingir que quero ficar.

— Acho que é melhor assim — diz Marie-France e então balança a cabeça como se essas palavras também a tivessem pego de surpresa.

Quando me afasto alguns passos para longe da esteira de bagagens onde Marie-France está de pé e distraidamente acaricia a barriga, ela grita para mim "Henri!" e, quando eu me viro, pergunta:

— Às vezes você pensa: *eu já vi essa cena? Eu já estive aqui antes, bem aqui?*

— Sim — respondo.

— Tipo agora? — questiona ela.

— Não — minto, mas é verdade.

Tenho a forte sensação de já ter estado bem aqui.

Ela dá de ombros de novo e sai.

Volto para Londres. Meu editor, Gregory, quer que eu dê uma entrevista à revista *Time Atlantic* como um dos doze repórteres representando todos os repórteres de guerra do mundo. Conheço os outros onze, e todos conhecemos as regras da nossa profissão como mensageiros do horror.

1. *Você não pode tomar partido, precisa observar.*
2. *Você não pode salvar ninguém.*
3. *Você precisa abandonar esta profissão antes que seja tarde.*

Fazemos as entrevistas uma após a outra, em dois dias, no Claridge's Hotel, em uma suíte reservada especialmente para a ocasião. Acho isso intrigante e repugnante ao mesmo tempo, pois tudo que vejo são as mãos finas de Akol segurando um cano de arma quente.

A *Time* pede a cada um de nós que diga algo sobre o outro. Sia, do *Washington Post,* me chama de "Sr. Sem Medo".

Se ela soubesse que eu viajo de uma zona de guerra para outra porque fujo de mim mesmo... Não quero sobreviver, e é por isso que sou tão implacável comigo mesmo. Se ela soubesse, como me chamaria? Sr. Sem Vida?

Em Cabul, uma bomba explode na rua um dia depois. Dizem que era uma criança de sete anos.

Greg me manda voar para lá imediatamente.

Tento descobrir o que aconteceu. No processo, conheço um *chai boy*, Ibrahim, um órfão que estava procurando a irmã na tarde da explosão.

Ibrahim tem doze anos, e sua irmã mais nova tinha sido sequestrada.

Os talibãs disseram que ela podia ir à escola, mas, em vez disso, a menina foi ao encontro da morte e levou consigo vinte e quatro pessoas. Estava usando uma mochila da Hello Kitty contendo a bomba.

O garoto não tem o corte de cabelo curto típico dos alunos da escola corânica. Seu cabelo escuro é mais longo, de um castanho avermelhado claro, e aparece por debaixo de um boné bordado, que é roxo. Seus olhos são duas bolinhas verdes brilhantes no rosto ainda abatido e bonito.

Ibrahim quer me mostrar tudo, tudo. Quer trair os talibãs, quer se vingar. Porque não se trata de sua irmãzinha, nem da religião, nem do medo, nem do dinheiro. Na casa onde ele serve, os comandantes do Talibã entram e saem.

Quebro a primeira regra que um repórter de guerra deveria seguir: tomo partido. Quero salvar Ibrahim. Ele vai morrer se agir sozinho.

Fico em Cabul por algumas semanas enquanto Greg me envia a capa da *Time Atlantic* com uma foto minha, e Marie-France me envia uma foto de um teste de gravidez de farmácia com resultado positivo.

— Eu quero a criança, mas não quero você — diz ela.

Peço a ela que me deixe conhecer nosso filho, mas ela responde: "Quando a criança nascer, você não vai mais a nenhuma guerra. Não quero que ela fique com medo de você morrer."

Ela não responde ao meu pedido para ver a criança. É quando abandono a profissão. Tenho quase trinta e dois anos de idade.

Mantenho minha promessa e nunca mais faço reportagens em zonas de guerra. No entanto, Marie-France só me deixa ver a criança uma vez, logo após o nascimento. Ela me envia uma foto em que ele dorme com o dedinho fechado no punho.

É um menino, e ela lhe dá o nome de Samuel Noam.

Aquele que é requisitado por Deus, a alegria, a força.

Escrevo para ela que não há nomes melhores para o menino.

Marie-France não me envia mais fotos. Envio seus cheques todo mês, que ela não desconta. Pergunto, a princípio no começo de cada mês, então só a cada seis meses, se posso ir a Paris. Ela não permite.

É como se Marie-France se ressentisse de eu não ter perguntado a ela no aeroporto se eu poderia ficar.

A história da irmã de Ibrahim é o primeiro perfil que faço como correspondente, só que não mais de guerra. Dali em diante, escrevo apenas sobre as pessoas e sobre como elas se tornaram quem são.

O homem que lê histórias sem parar para manter a humanidade viva. A atriz que viverá o resto da vida em uma árvore. O jovem de dezoito anos que não quer um coração de doador, e sim ir ver Deus. Viajo pelo mundo e ouço as pessoas, e aos poucos desaparece minha obsessão em não permitir que uma guerra aconteça sem ser testemunhada.

A meu pedido, Gregory dá um jeito de mandar Ibrahim para Londres. Greg e Monica levam o garoto para casa e, após alguns anos, o adotam.

Em algum momento, ouvi de um colega que Marie-France teve um caso com o editor-chefe de seu jornal durante vários anos. Seu nome era Claude, mas ele não se divorciava para ficar com ela.

Sam tem quatro anos quando Marie-France se muda para Londres.

Ela ainda não me permite nenhum contato. Greg e Monica dizem que eu poderia entrar na Justiça, mas é assim que as pessoas deveriam lidar umas com as outras? Se processando? Dormi com a mulher quando ela estava perdida e amedrontada. Não vou fazer um inferno e processá-la.

Talvez eu não esteja insistindo como deveria?

Talvez eu devesse pedir a Marie-France sem parar.

É uma dor aguda e agoniante saber que meu filho está na mesma cidade que eu, mas não ter a menor ideia de como ele é. Vejo meu filho em mil garotos.

Quando consigo dormir, sonho em mares que não conhecem terra. Vagões de metrô longos e obscuros correndo por cima de mim. E sonho com guerras sem parar.

— Sua insônia, Sr. Skinner, é sinal de um grande trauma. Sua cabeça está cheia. O senhor se perde porque não tem espaço em sua cabeça para si mesmo.

Por hábito, ainda vou ao médico da empresa, Dr. Christesen, ele é a minha única constante além de Greg, Monica e Ibrahim. Ele me prescreve remédios, mas gostaria de me prescrever outra vida.

Ibrahim tem agora dezesseis, quase dezessete anos, seus olhos verdes e cabelos castanho-avermelhados o fazem parecer mais um irlandês do que um ex-refugiado afegão.

Ele me diz que o pai é a coisa mais importante na vida de um homem. Para ele, sou um "paizinho", é assim que ele me chama, e Greg é seu "segundo pai".

— Paizinho, você também precisa de alguém que seja importante para você.

— É você, Ibrahim. Eu tenho você.

— Eu não sou sua família.

Ele ainda tem o boné roxo de Cabul, desde o tempo em que ele era um *chai boy*. Fica em algum lugar dentro de um armário. A mulher de Greg, Monica, o pôs lá dentro, ele vem de outros tempos, de outra vida.

Se ao menos fosse tão fácil descartar a vida dele como um boné.

Ibrahim só ousou perguntar sobre meu pai três anos depois de nosso primeiro encontro.

Foi quando saímos para seu discurso que encerrava o ano letivo e, a cada ano, o discurso final na igreja da escola era reservado aos melhores da turma.

Eu lhe disse como havia ficado orgulhoso dele, incrivelmente orgulhoso. Enquanto o início do verão de Londres passava pelas janelas do táxi, as fachadas dos prédios banhadas pelo sol, ele perguntou se meu pai tinha dito isso para mim também. Que ele tinha orgulho.

— Quando eu era uma criança bem pequena, sim, Ibrahim.

— E depois disso?

— Depois, meu avô Malo me dizia.

Ibrahim sente que não deve continuar, mas está animado e insiste.

— Mas seu pai, por que ele não...

— Porque ele não estava vivo quando eu tinha a sua idade, Ibrahim.

O jovem afegão fica em silêncio, abaixa a cabeça e diz:

— Me perdoe!

Não estou em posição de perdoar ninguém, quero lhe dizer, mas permaneço em silêncio. Disse apenas a uma pessoa que tenho culpa por meu pai não existir mais. Apenas Malo sabe o que aconteceu lá no mar ao largo da costa da Bretanha, quando eu tinha treze anos. Por que voltei sozinho para casa e não trouxe meu pai, o único filho de *Papy* Malo.

Como Malo olhou para mim. Como tudo estava em seus olhos: nojo e compaixão, tristeza e horror.

Eu não sei como meu *papy* conseguiu querer me consolar. Eu, justamente eu.

Há uma razão por que eu odeio o mar, por que eu odeio a Bretanha, porque eu me odeio.

DIA 31

DIA 31

Eddie

Hoje é o décimo quarto dia desde a minha assinatura. Desde o meu: "Sim, eu aceito."

Adquiri o hábito de ir à pequena capela antes de qualquer visita a Henri. Não porque me tornei religiosa — não, é porque a capela do porão, a três corredores da patologia e dos freezers, é o lugar menos visitado deste hospital labiríntico.

Sento-me no chão e me pinto com coragem como se fosse maquiagem. Separo todos os meus impulsos que lutam, brigam e se agitam entre si até sobrarem apenas três essenciais. Me concentro neles e proíbo que todas as outras emoções se aproximem. Autopiedade? Dúvida? Resignação? Afastem-se, desapareçam! Penso em Henri com toda a ternura que consigo invocar e refuto a culpa em relação a Wilder, que não sabe o que estou realmente fazendo quando digo que vou me encontrar com autores estreantes.

Respiro fundo e penso: *ternura*.

Respiro mais profundamente ainda e invoco: *coragem*.

Respiro e peço: *deixe-me ser como Sam*.

Sam reage a Henri intuitivamente. Fala com ele e o escuta. Eu, por outro lado, com muito esforço, tento afastar a autocensura imposta pela minha inabalável mente racional. Porque, ao contrário de Sam, eu não vejo Henri. Não o escuto. É como tentar me comunicar com um cadáver inabitado. E, mesmo assim, não posso deixar transparecer meu desespero, porque nada é tão tóxico quanto a resignação dos parentes.

Fecho os olhos e me recomponho.

Coragem. Ternura. Ser como Sam.

Ouvir. Ver. Sentir. Não duvidar, droga!

É difícil não duvidar.

Trinta e um dias sem consciência.

Quinze dias de sedação profunda, depois morte clínica. Dezoito minutos de eternidade. Então: dezesseis dias em coma.

O tempo que passa afasta Henri cada vez mais da esperança e o aproxima das estatísticas que aprendi a odiar. Quanto mais tempo uma pessoa fica em coma, menos chance tem de se parecer com a pessoa que foi.

Os médicos examinam diligentemente a consciência de Henri, deixando a sonda da alma descer até ele para espreitar a distância escura que o separa de nós. Usam tomógrafos e medidores. Batem em joelhos e cotovelos, iluminam os olhos, fazem testes de olfato e audição, mudam a luz, a temperatura, o ângulo da parte superior do corpo. Não o deixam em paz nem por uma hora.

Mas as águas continuam paradas.

Meu pai dizia que era sempre assim no farol: o medo não vem com uma tempestade, mas sim quando o mar está estranhamente silencioso.

O próximo estágio de esperança é o limite de três meses. Se sua alma alienada permanecer em silêncio até lá, é aí que a luta realmente começa. Isso foi o que o Dr. Saul explicou, não me poupando de nada:

— Senhora Tomlin, você aprofundará sua briga com o plano de saúde e terá um vislumbre desconcertante da falta de empatia com que eles lidam com essas coisas. Após cerca de dois anos, eles vão se recusar a pagar as contas e tentarão persuadi-la a hipotecar tudo que possui. Depois de você se abater com tudo isso, várias avaliações feitas por peritos bem-intencionados a aconselharão, com frases delicadas, a deixar seu amigo partir em paz, o que significa deixá-lo morrer de sede e de fome ou desligar a ventilação mecânica. Se você demonstrar um mínimo de interesse que seja nessa abreviação da vida, vai ver o contrato de doação de órgãos aparecer debaixo do seu nariz, porque há casos urgentes que dependem de o Sr. Skinner morrer logo. E, obviamente, como você não conseguirá dormir à noite por causa de tudo isso, vai ler tudo que puder encontrar sobre pacientes em coma na internet.

Eu já faço isso agora, todos os dias, todas as noites.

Ele continuou:

— Você vai nos criticar, nos acusar e, com razão e com raiva, vai nos repreender pelo péssimo tratamento que oferecemos e pela falta de pessoal. Sim! Com razão! Por fim, você decide, determinada, a ir em busca de respostas e ajuda externas. A propósito, se me apresentar toda semana a um novo especialista, um desses novos domadores de cérebros, vou até respeitar. Só não acenda uma lareira ao lado da cama.

Ele tem razão. Eu odeio isso.

Por exemplo, vou encontrar uma "leitora de corpos". Uma neurologista especializada em terapia da dor e paramedicina.

Porque se o coma é o sintoma, qual é a causa?

Imagino que, se eu descobrir a causa de sua fuga para seu refúgio, poderei salvar Henri.

Li em algum lugar que isso é normal também, pular de esperança em esperança, da cura a distância à terapia por empatia, sempre procurando uma saída, negando a possibilidade de que talvez ela não exista.

Mas ainda sei tão pouco...

Estou aprendendo a ter um encontro com um homem em coma todos os dias.

Quero tanto tocá-lo.

Tomo tanto cuidado para não fazer nada errado.

— Você não precisa ter estudado medicina para ser importante para ele. Tem duas pernas, duas mãos, um coração valente. Tem todos os requisitos necessários — disse o Dr. Foss.

— Substitua a palavra "visita" por "encontro" — disse a enfermeira Marion. — Visita é uma coisa obrigatória. Um encontro, por outro lado, é prazer. Tente vê-lo menos como uma pessoa que necessita de cuidados do que como uma pessoa com quem você tem um encontro, mesmo sendo de um tipo meio incomum. — Com ela aprendo a usar minhas pernas, minhas mãos e meu coração. E também a parcelar meu desespero. — Não chore todas as lágrimas em uma noite. Você vai ficar tão desesperada tantas vezes que vai querer chorar em algum momento, só que vai estar vazia. O vazio é a pior coisa. Ser incapaz de expressar a dor porque todo desespero já se esgotou.

Ela supervisiona a enfermaria dos pacientes comatosos do quinto andar que não precisam mais de cuidados intensivos, e faz plantão noturno nos fins de semana no andar que a maioria dos médicos chama de "ala dos vegetais".

— Meus andarilhos voltam com mais frequência à noite do que de dia — diz a enfermeira Marion.

Andarilhos. É como ela chama os que vivem em coma. Almas andarilhas.

Marion me ensina a cuidar da pele de Henri, que fica cada vez mais sensível. Cada vez mais fina.

E me mostra como molhar a boca dele.

A sede é o mais insuportável, Marion sabe disso por causa dos milhares de noites que passou com milhares de pessoas em sono profundo e com pacientes com "psicose reativa breve" — a vigília sem reação num estado intermediário. Quando conseguem falar de novo, todos dizem que a sede foi a pior coisa. A sede e os barulhos.

Ela me ensinou a fazer coquetéis "no palito" com cubos de gelo com hortelã ou suco de laranja congelado.

Aprendo a chamar Henri pelo nome, cada vez mais, porque o nome é a linha de pesca mais longa, como ela diz, não importa em que profundidade ele esteja nadando. Imagino uma escada de corda de cinco letras que eu atiro para ele. Sussurro na capela: "Henri."

Coragem.

Ternura.

Ser como Sam.

E um pouco de Chanel Nº 5. Destampo o frasco de loção para o corpo e esfrego um pouco de creme no pescoço e antebraços. Imediatamente a capela se enche de cheiro de jasmim, canela e biscoito amanteigado, flores e minha pele.

O invocador mais poderoso no deserto das almas errantes é a fragrância; dizem que os cheiros penetram a camada onde residem os comatosos. Todas as impressões sensoriais passam pelo tálamo — a porta de entrada para o ego — antes de serem processadas. Se estiver danificado, os comatosos não conseguem nos ouvir nem nos sentir. Aromas, no entanto, pegam um atalho até o sistema límbico, que casa cheiros com sentimentos. Fragrâncias desencadeiam memórias. As memórias formam a identidade.

Então trago fragrâncias para Henri. Das coisas que comemos, bebemos. Coisas de tempos passados. Papel-jornal. Areia úmida. Alecrim. Crepes frescos. Uma vez peguei um torrão de terra no Wellington, molhado de chuva, perfumado de verão. Eu lhe trago lençóis limpos. Busco na minha memória pelo que ele gostava, todos os dias.

Hoje trago para ele o perfume que eu usava quando dormíamos juntos e ele aquecia minha pele. O cheiro de mulher, de vida e de nós.

Fui preparada psicologicamente, mas ainda assim fico abalada ao chegar ao leito de Henri e ver como ele está abatido. A pneumonia que contraiu dez dias atrás arrasou com ele. A febre finalmente baixou, mas a noite o exauriu. Vejo que eles penduraram mais eletrólitos no porta-cateter sob sua clavícula.

O Dr. Foss está testando as reações de Henri. Ele meneia a cabeça para mim, e posso ver pelo seu rosto que não está satisfeito. Silêncio no mar. Nenhum navio à vista.

O Urso Fossy registra alguma coisa no prontuário de Henri.

Sam está de pé junto à parede e exibe um sorriso tímido no rosto. Ele está guardando suas coisas; sua hora clandestina terminou. Tiro um livro do bolso, a cada três ou quatro dias eu trago um novo. Dessa vez é *Temporada de ossos*.

— Vou deixar aqui com meu pai — murmura ele e diz isso de forma totalmente natural, como se Henri pudesse hoje à noite resolver ler um pouco também. Invejo Sam por ser quem é.

Ele não olha para mim quando diz baixinho:

— Se eu perguntasse se poderíamos ir a Oxford juntos, você me perguntaria por quê?

— Experimente perguntar.

Dessa vez ele não desvia o olhar.

— Podemos ir a Oxford juntos?

Faço que sim com a cabeça.

Ele fica visivelmente aliviado por eu não perguntar por quê.

Cada vez mais reconheço Henri nele. Aquele que também ficava tão relutante em se explicar. Aquele que levou a vida de um jeito tão reservado. Gostaria de conhecer a mãe de Sam, mas sei que é muito cedo, cedo demais.

— Posso ficar mais um pouco? — pergunta Sam.

Faço que sim com a cabeça.

Henri está deitado de lado hoje. Suas costas estão nuas.

Costas: a postura das costas é uma expressão de autoaceitação. Aqueles que curvam as costas não querem carregar o próprio peso, não suportam, conscientemente, ter cometido erros, sabendo que os outros os veem. Medo e raiva caracterizam a postura e a rigidez entre o pescoço e a lombar.

Tudo isso vem da correspondência entre mim e a leitora de corpo. Não sei o que estou esperando disso.

— Oi, Henri — digo, aproximando-me em silêncio, esfregando as mãos para aquecê-las e soprando dentro delas, pousando-as em seguida entre suas omoplatas. Sinto os músculos dele sob meus dedos. A pulsação. Ela se altera ligeiramente quando o toco.

Está ficando mais rápida.

— Estou aqui, Henri — sussurro.

E então me concentro em respirar no ritmo de Henri. Ou melhor, no ritmo ditado pela máquina de oxigênio. Oito inspirações, oito expirações por minuto. Fecho os olhos, respiro e espero que algo de minha coragem, ternura e calor chegue até ele.

Depois, pego a mão de Henri e a acarício, os dedos também, nas laterais, ali onde há especialmente muita sensibilidade na pele.

— Estou aqui — sussurro e penso várias vezes: *Coragem, por favor, coragem, caramba!*

Espero até que o Dr. Fossy saia antes de me curvar sobre Henri e repetir o ritual introdutório de todos os dias. Todos, todos, todos os dias.

Coloco o iPod na mesa com o alto-falante sem fio quadrado e escolho a lista de músicas que tenho certeza de que Henri gosta.

Como o tango, ao som do qual ensinei a ele como se avançava e parava. *Solo por hoy*, de Carlos Libedinsky.

Só por hoje.

Na época, meu cabelo era curto e eu nunca usava vestido. Dancei tango todas as noites, com vários homens. Só por hoje, todos os dias.

Parei quando Henri surgiu.

As notas pairam pelo ambiente e nos envolvem em uma ilusão. Quase encosto meus lábios em sua orelha e respiro mais fundo quando digo:

— Oi, Henri. Sou Edwinna Tomlin. Eddie. Dançamos juntos uma vez. Passamos dois anos e meio maravilhosos juntos. Estou aqui porque você pediu. E porque quero. Estou ao seu lado. Você é Henri Malo Skinner. Está vivendo em coma, e eu peço que você acorde.

Posso sentir o cheiro de Chanel exalando do decote da minha camisa.

— Estou aqui — sussurro de novo.

O tango nos envolve.

Quero ficar em silêncio. Como naquela época. A primeira vez que nos vimos e não falamos nada a noite toda.

Como apenas nos entreolhamos. Suavemente nos tocamos com olhares, com gestos. Na primeira noite, apenas nossas mãos se tocaram.

O jeito como ele se afastou.

E depois voltou.

Henri é tango. Proximidade, distância. Paixão, ternura. Confiança, estranheza. Ele não fica, mas sempre volta. Isso é o que eu sabia naquela época, e é isso que motiva minhas esperanças hoje.

Ele está em coma apenas hoje. Só por hoje.

Provavelmente não pode nos ouvir nem nos entender. Isso é o que dizem o Dr. Saul, o Dr. Foss e todas as tomografias idiotas do cérebro. Quero acariciá-lo — seu rosto, braços, barriga, tudo — para dizer com as mãos que ele não está sozinho. Essa é a linguagem mais clara que domino e, com os dedos, tento ouvir se Henri ainda está lá, nesse estranho boneco humano que leva seu nome.

Eu o toco, mas o rosto de Henri permanece como cera, a boca muda, os dedos não se fecham ao redor dos meus. Não agora. Ainda não. Talvez.

Nunca uma incerteza foi tão reconfortante: enquanto nada é certo, nada também está perdido.

A próxima música. *Assassin's Tango*, de John Powell.

Dançamos com ela. Dormimos juntos com ela. Às vezes, dormíamos dançando juntos. Às vezes, com essa música, ficávamos de mãos dadas, olhando para o teto e em silêncio. Nunca falei tão pouco com um homem quanto falei com Henri. E, ao mesmo tempo, eu o sentia tão próximo de mim.

Lentamente, meus dedos deslizam por suas costas, pelas pernas até os pés. Sinto seu pulso, o calor, a tensão leve de seus músculos.

Ele corre, foge? Ele dança, ele mergulha? Ele ama?

— Dance comigo — eu sussurro.

Onde você está? Henri, Henri, Henri... onde você está?

Sam olha para mim e para Henri alternadamente. Nunca tinha estado comigo quando faço o que faço, e faço todos os dias. Todos os dias.

Gentilmente lavo as solas dos pés de Henri, começo a massageá-las com óleo aquecido. Sou como uma serva, uma humilde Madalena. Eu o lavo, eu chamo seu nome. Danço com ele. Movo suas pernas, seus braços, suas mãos. Esperando que um dia ele possa ficar em pé de novo. Mesmo que seja para me abandonar. Tenho que contar com isso. Ficar não é da sua natureza.

Estou totalmente concentrada em relaxar seu corpo sofrido. Os primeiros minutos de constrangimento diário se dissipam. Minha mão em seu peito, a dele sobre a minha, seus olhos fechados, como uma vez unidos na dança. É como se eu nunca tivesse vivido tão intensamente quanto agora. Minha vida está se expandindo a cada carinho no corpo de Henri. Sinto, amo, luto. Tudo que é bonito é mais bonito que antes. E tudo que é insignificante fica distante.

É como se eu estivesse exatamente no lugar certo aqui.

DIA 33

Henri

Sempre fico em Londres só por alguns dias para ver Ibrahim, Greg e Monica. Mas nunca aguento muito tempo e parto de novo, porque posso dormir nas áreas de trânsito dos aeroportos, nos hotéis perto das estações de trem, nas pensões nos arredores dos portos. Onde quer que os ruídos de partidas e chegadas prevaleçam, é lá que durmo.

Caso contrário, não consigo dormir.

E quando não estou dormindo, o medo vem. Um medo indescritível de morrer.

O que me conforta nesses momentos é a lembrança de Marie-France e de como concebemos Sam. Concepção. De duas pessoas tão ineptas, uma nova vida nasceu, harmoniosa e extravagante, como às vezes a criação também pode ser. Como até uma rosa desabrocha da areia, da solidão nasce o amor, da morte surge a vida.

Quando estou em Londres ou preciso ficar em uma cidade grande por mais de três noites, atravesso a escuridão e nela me afogo. Às vezes, vou até o aeroporto para observar o fluxo de pessoas indo e vindo, como as existências se entrelaçam, se tocam, se desconectam.

Depois disso, ando pelas ruas durante horas, ruas estranhas, familiares, sujas, escuras, e olho através de janelas acesas, vendo como a vida segue lá dentro, enquanto a minha fez uma pausa desde que voltei para casa sozinho com o barco azul, quando criança, deixando meu pai para trás. O tempo prendeu a respiração, e eu acabei num "entre". Um entre sem fim e sem começo.

Em uma dessas noites inquietas em Londres, minha agitação me leva a uma ruína de concreto, no meio do East End, em algum lugar entre Hockney e Columbia Road. Do lado de fora a temperatura está mais de trinta graus, mas lá dentro está frio, uma caverna de verão. Nos cantos e atrás dos pilares as sombras são escuras como um rio negro. As únicas fontes de luz são lampiões, velas e tochas.

Junto às paredes nuas há velhas cadeiras de madeira com pernas curvas e encostos quebrados, entre sofás e poltronas que poderiam ter sido roubados de depósitos de hotéis. Sobre caixas de frutas viradas estão tábuas, quadros-negros antigos e portas que fazem as vezes de mesas. Nessas mesas há garrafas e copos, cinzeiros e alguns pares de luvas, umas sobre as outras, como mãos esquecidas e vazias. Em todas as mesas há rosas vermelhas em vasos de cristal. Mulheres, separadas umas das outras, sempre sozinhas, estão recostadas nos sofás ou nos pilares. Os homens, também solistas, vagam pela luz fraca. Morcegos caçam no átrio alto e inacabado, tão perplexos e fugidios quanto os olhares de homens e mulheres.

No meio de uma das compridas paredes de tijolos há dois bando-neonistas, um terceiro homem com um baixo e um quarto com um violão encostado em uma mala fechada. Suas camisas brancas brilham à luz do fogo das tochas.

E lá neste lugar, onde todos estão sozinhos a princípio, sem que eu perceba, e muito lentamente, o tempo volta a respirar.

Os dois bandoneonistas se entreolham. Um tem o cabelo preto e sedoso, usa uma camisa branca e apertada, e os músculos do braço se movem sob o tecido fino. O outro tem um bigodinho e olha para o primeiro como se mergulhasse nele. São de uma masculinidade intensa, erótica e estranhamente irritadiça. O baixista e o violonista mantêm os olhos fechados. Sua devoção possui o eros do autoesquecimento.

O pé do primeiro bandoneonista define o ritmo.

O outro entra. Baixo e violino seguem sem abrir os olhos.

Eles se despejam em música. É vício à primeira nota.

Um homem de terno sai das sombras e entra no crepúsculo de fogo. Ele também está de olhos fechados, os braços cingem uma mulher invisível. Ele dança sozinho e, ao mesmo tempo, não está sozinho.

As mulheres aqui e ali se desprendem dos sofás, dos pilares e das paredes. Os homens começam a se movimentar, é como circular em uma jaula, como flanar sob o céu nu. E, sem que eu entenda como, os primeiros casais se encontram, se seguram ao passar, dançam e se separam de novo.

É como se eu visse em suas mudanças a inquietude dos últimos anos, como me apressei de guerra em guerra, e depois de ser humano em ser humano, e de volta à solidão.

Como o homem que ainda dança sozinho e mantém os olhos fechados, como se só ele conseguisse ver a mulher que está abraçando, eu abraço o ar vazio e não sei quem o rodeia.

Os casais se viram sem palavras e sem grandes poses no chão de concreto. Eles andam, despencam, se afastam. Todos os olhares ameaçam e esperam ao mesmo tempo: *Mais um passo e eu te pego!*

Sua inibição espreita logo abaixo de uma camada de dominação.

No meio da escuridão, como se emergisse das águas da noite, vem a mulher. Eu não a conheço.

Mas já a vi mil vezes.

Não sei quem ela é.

Mas já chamei seu nome sem parar.

Ela dança. Ora com um, ora com outro.

Primeiro, não consigo ver como ela faz isso; ela pega os homens ao passar por eles? A mão dela diz: *Leve-me?* Seu corpo envia mensagens ocultas que se percebem apenas quando se chega perto dela?

E então vejo como faz aquilo.

São os olhos.

Eles não perguntam.

Eles não pedem.

Apenas dizem: *Vem!*

E os homens seguem.

Só quando se inclina junto a um homem ela fecha os olhos.

Seu corpo é magro, nem curvilíneo, nem cheio. É como o corpo de um garoto feminino, uma guerreira, bonita sem que a maioria das pessoas perceba isso de imediato. E quando ela move o corpo de guerreira, eu me vejo. Ela dança minha inquietação, dança meu medo, dança como se não quisesse sobreviver, não dessa forma, e ainda assim luta pela vida. Dança o que eu sinto. Todos os sons da minha vida, os cinzentos, os brancos, os brilhantes, que ardem em todas as cores, e também as intermináveis melodias negras.

Ela dança.

Eu a observo, hora após hora, e me imagino em mil vidas.

Seus movimentos são portos. Eu sou um náufrago.

O que poderia ser possível com ela? Essa mulher que não conheço.

Eu vejo essa mulher desconhecida dançando e paralelamente vejo nossa filha subindo nos pés da mãe para aprender a valsa, pé ante pé e de mãos dadas.

Eu vejo a desconhecida enquanto lhe mostro Ty Kerk, destranco a porta azul e retiro tudo o que guardei por tanto tempo.

Ela vai tomar posse dos quartos e seus olhos brilhantes banirão todas as sombras. É assim que vai ser.

Eu vejo a desconhecida e me imagino beijando seu pescoço terno e ainda assim indomável.

Eu a vejo com um vestido branco na antiga capela de oitocentos anos junto ao mar, os braços arrepiados porque sente que o tempo é diferente aqui.

Há lugares onde o tempo é mais rarefeito, onde ontem, hoje e amanhã estão próximos e sentimos os mortos e o eco do futuro.

E nesse momento a desconhecida me vê, e seus olhos não perguntam, não pedem. Eles apenas dizem: *Vem!*

Faço que sim com a cabeça.

Ela caminha em minha direção depois de todas essas horas, seu olhar é de um azul claro, translúcido, com uma clareza e uma profundidade que só as águas ensolaradas do Iroise têm. Ela carrega o mar nos olhos, e pela primeira vez eu não odeio o mar.

Acho que quero ir para casa.

Me leve com você.

Ela não fala. Ela não me toca.

Ela chega muito perto, e eu vejo seu peito subir e descer. Fica tão perto de mim que sua boca e seu nariz ficam no nível da minha clavícula. Sinto seu calor. Sinto a distância entre nós se aquecendo com o calor do seu corpo, que acabou de dançar. Ela olha para mim, e eu respiro como se estivesse respirando pela primeira vez, e é como se o tempo finalmente se encaixasse.

À noite, deitamos grudados um no outro sobre um lençol branco e limpo em uma cama baixa e larga, em seu apartamento num antigo depósito de tulipas no East End. Um loft que fica logo abaixo de um jardim no terraço onde mora minha guerreira dançarina e onde a grama prateada balança à brisa quente da noite, as buganvílias apontam as flores para as estrelas, e onde há um canteiro que parece um prado bretão em julho.

À luz de muitas velas, olhamos um para o outro, ainda sem palavras, e nos exploramos com os olhos. O mesmo anseio por afeição, mas incapaz de nos conectarmos, pois o medo se aproxima. Um desejo ardente pela distância. Um desejo compartilhado de não sermos "nós". E, no entanto, esse anseio insolúvel nos liga mais um ao outro do que a qualquer outra pessoa.

Em determinado momento ela fecha os olhos, sorri e coloca a mão no lençol entre nós.

E eu coloco a minha mão sobre a dela.

Naquela noite, durmo um sono tranquilo, pois sei que estou no lugar mais seguro do mundo.

DIA 34

DIA 34

Henri

Acordo quando o avião vindo de Vancouver pousa em Heathrow cinco minutos antes do previsto. Minha mão está dormente e formigando. O motor da aeronave soa como um suspiro enquanto rumamos em direção ao portão, e estou com sede. Mas não se vê nenhum comissário de bordo em lugar nenhum.

Londres está envolta naquela neblina matinal que separa dois mundos. O dos notívagos, que percorrem a escuridão com passos inquietos e aos quais eu pertencia no passado. E o dos outros, que precisam acordar cedo para ir trabalhar. Dois mundos paralelos. Onde quer que se encontrem, no metrô, nos ônibus, nas padarias das primeiras horas da manhã, eles se ignoram.

Os notívagos não conseguem suportar a ideia de que outro dia de suas vidas tenha acabado, então o estendem para dentro da escuridão, para não perderem o fio da meada. E os madrugadores não querem perder o dia que vem pela frente.

Sei onde fica a chave do apartamento de Eddie, que também abre o elevador de carga e a porta de sua editora: em um nicho atrás de um meio tijolo no pátio, na bochecha esquerda do grafite do Pernalonga.

Toda vez tenho medo de que a chave não esteja lá esperando por mim, como um sinal claro de que não sou mais bem-vindo ali.

Não sei por que tenho esse medo. Eddie nunca faria isso. Não dessa forma. Ela me olharia nos olhos e me diria. Eddie é a pessoa mais confiável e sincera que conheço. E eu conheço muita gente, e entre essa gente ela se destaca em muitos aspectos.

Com ela não existe talvez.

Sim é sim. Não é não. Ambos válidos, absolutos e inegociáveis. E talvez isso me assuste. Se Edwinna Tomlin disser "não" para mim, não há como eu voltar para sua vida.

E há uma coisa que eu escondo dela desde que nos conhecemos.

Sam.

Escondo meu filho dela.

Ibrahim ela conhece, nós o levamos com Greg e Monica até o aeroporto. Nesse meio-tempo, ele foi estudar direito em Washington, com foco em direitos humanos.

Quando o táxi me deixa na Columbia Road, passa um pouco das sete horas. Será que ela ainda está dormindo?

Em geral, Eddie lê manuscritos até três, quatro da manhã.

Entro no pátio, cuidadosamente removo o tijolo do grafite e tateio a abertura.

A chave, onde ela está?

O pânico cresce, mas então eu a encontro.

Abro a porta, atravesso a editora em silêncio, subo a escada em espiral e me sento no chão do quarto, recostado à parede que o separa do restante do apartamento. Eddie parece jovem dormindo, jovem como uma menina em flor. Sua boca forma um bico, como se tivesse acabado de falar com alguém.

Fico ali sentado e olho para ela, para seu sono, e fico tranquilo. Só com Eddie consigo simplesmente ficar, sem vontade de fugir.

Me perdoe, penso. *Como devo explicar como isso aconteceu? Como Sam surgiu, e que não tive permissão para vê-lo? Como devo te dizer isso na cara sem você ficar chateada comigo?*

Quanto mais eu mantiver silêncio sobre isso, maior será a perplexidade dela, eu sei.

Ela acorda.

A vida invade seu corpo como o verão chegando a uma casa que havia sido abandonada no inverno, e com ele chegam todos os risos, todos os desejos, todas as fragrâncias.

Seu olhar de olhos bem abertos diz: *Venha para mim!*

Eu me dispo diante desses olhos, diante desse corpo, que é como um resort de veraneio convidativo. Não sei como Eddie faz isso, mas eu me sinto bem quando sinto os olhos dela sobre mim.

Eu existo porque esses olhos me enxergam.

— Não tenha pressa — sussurra ela. — Não quero perder nada. — Eu desaboto a camisa, abro o cinto, tiro as calças. Nunca uso meias. Como meu pai.

Quando estou com Eddie, consigo pensar nele de um jeito diferente.

Só consigo pensar nele quando estou com ela. Só agora, aos 40 anos, percebo o que herdei dele.

O formato dos dedos. Meus dedos são como os dele.

O desejo de andar descalço. Sentir o mundo com os pés, não apenas pisar nele.

Eu me deito ao lado de Eddie. Ela tem cheiro de *galette*, açúcar, sal e liberdade, e de uma fruta madura e bonita, damasco, e de uma flor, jasmim, acho. Ela é o mundo inteiro.

Tomo seu rosto em minhas mãos, encaixo-o na moldura dos meus dedos. Ela sorri e mantém os olhos abertos enquanto eu lentamente exploro o calor entre as suas pernas, até nos tornarmos um só.

Meu amor, penso. *Eddie, meu amor, meu amor, como posso respirar sem você?*

Em nosso primeiro verão juntos, nós nos amávamos muitas vezes no telhado do mundo, que é como chamo o jardim encantado de Eddie sobre as cumeeiras de Londres. E certa noite, quando as estrelas respiravam mais livremente apesar do leve nevoeiro, ela me contou por que havia feito um gramado. Estava deitada na curva do meu braço, nós dois no canteiro alto, acima de nós os morcegos voando e uma lua azul no céu, a segunda lua cheia do mês.

— Quando eu era pequena, sempre desejei que a grama da campina atrás da minha casa crescesse tanto que um unicórnio pudesse se esconder nela. Ao amanhecer, ele sairia da escuridão parcial, farejaria a direção do meu quarto e esperaria até eu chegar à janela. Olharíamos um para o outro, só por um momento, e ele me transmitiria seus pensamentos, algo como "Com você estou seguro, sei disso", antes de se deitar na grama, abaixar devagar a cabeça e descansar. Estaria a salvo do mundo. A salvo de ser preso, torturado e espancado até a morte. Porque o maravilhoso sempre é destruído. O que é diferente e especial assusta a maioria das pessoas.

Acaricio sua cabeça. O quanto suas formas me são familiares. O quanto ela se encaixa bem no vão do meu braço. A textura de sua pele já fazia parte de mim. Minhas mãos, meus dedos, minha boca, meu peito, minhas coxas, meus quadris, tudo já conhecia muito bem Eddie.

— Meu pai costumava cortar nosso gramado com a foice, e depois, mais tarde, com um cortador de grama elétrico. Um dia, quando eu tinha cinco anos, tentei impedi-lo e me coloquei diante de seu cortador de grama.

Fiquei comovido com a imagem da menininha parada no caminho da lâmina rotativa para salvar o unicórnio.

— E quando ele perguntou por quê, contei sobre o unicórnio. Meu pai nunca mais aparou aquele gramado depois disso. Nunca mais. E quando minha mãe mandou um jardineiro cortar a grama, meu pai pagou a ele para que a deixasse em paz. Minha mãe não falou conosco por semanas, mas o gramado permaneceu como estava. Para mim. E para o unicórnio.

Ela ficou em silêncio. Então falou muito suavemente:

— O unicórnio nunca veio. Aí parei de acreditar nos milagres inexplicáveis e me ative apenas aos explicáveis. E, quando meu pai morreu, o unicórnio também morreu.

Eu percebo o quanto os pais amam quando conseguem amar. O quanto meu pai me amava e o quanto ele me faz falta.

Neste mesmo momento, meu coração despenca de vergonha.

Sam. Alguém o ama? Existe um pai que o ama quando não estou lá? Mal posso pensar nisso sem enlouquecer. Enlouquecer de culpa e vergonha. Eu me mantenho colado a Eddie, imóvel. Será que ela vai notar?

Nunca menti para ela. Não devemos nada um para o outro, apenas honestidade. Mas eu escondo esse segredo.

— Como seu pai se chamava? — pergunto a ela, minha voz não vacila, embora devesse. Deveria vacilar, assim como meu silêncio, assim como meu coração.

— Edward — responde. — Na verdade, ele sempre foi Ed, e eu, Eddie. Eu era a versão pequena dele, e às vezes me sinto exatamente assim: como se meu eu maior estivesse morto. O mais sábio. O mais amoroso.

Ela pega minha mão e a coloca no lugar sob o qual seu coração bate. Seu coração gentil, amoroso, grande. Como ela pode estar com alguém como eu?

— Muitas vezes ainda sinto vontade de ligar para ele para dizer alguma coisa. Um impulso doloroso, como mover uma perna quebrada, não curada. E às vezes fecho os olhos e tento ouvi-lo. Seus conselhos.

Ela se vira para mim em meu abraço.

O momento não dura muito, mas ela representa tudo o que sempre precisei abraçar.

— E você, estranho? Já sonhou com seu pai? — ela me pergunta assim, sem mais nem menos.

Assim é Eddie. Ela faz perguntas sem timidez, sem medo de causar dor.

Não, quero mentir. *Por favor, não me pergunte isso nunca mais.*

Respiro fundo e faço que sim com a cabeça. O impulso de fugir está sempre dentro de mim, e às vezes é preciso apenas um motivo mínimo para que ele entre em ação.

— Já. Em geral, meu pai não sabe que está morto em meus sonhos — admito. — E eu não conto para ele. Gosto desses nossos momentos juntos, gosto de conversar com ele, dividir um quarto, dirigir um carro com ele.

E navegar no mar, a última liberdade restante, mas não consigo colocar em palavras essa imagem. Quantas vezes tive esse sonho! Tantas e tantas vezes. E em todas elas meu pai não sabe que a onda está para nos atingir, e eu não sou rápido o suficiente, não percebo a onda com antecedência suficiente, não agarro meu pai com força suficiente. Eu só disse a Eddie que ele se afogou pescando, não que eu estava lá.

E nem que estou perdendo cada vez mais a noção do que é verdadeiro e do que não é.

Foi ele que me soltou?

Ou fui eu que o soltei?

Aquele primeiro verão deu lugar a um primeiro outono, inverno, primavera; tornou-se o primeiro ano seguido do segundo; e então culminou no início do último verão.

Eddie nunca disse "Fique!" nem "Não vá!", por isso continuei voltando. Muitas vezes passava as primeiras noites e dias hibernando na casa dela. Porque dormir nas áreas de trânsito dos aeroportos, em *lounges*, em trens e ônibus intermunicipais nunca bastava. E porque, a não ser com ela, eu não conseguia dormir longa e profundamente.

Às vezes eu imaginava como seria passar o resto da vida com Eddie: nunca mais dormiria mal de novo.

Isso era amor?

Ou só gratidão?

Eu não confiava mesmo na minha capacidade de amar as pessoas. Meu amor era impotente e covarde.

Às vezes, quando já havia chegado a Londres depois de viagens para entrevistas, não contava a Eddie que estava na cidade. Ela não merecia ser usada como travesseiro. Também não ia para a minha casa naquelas noites, como costumava fazer antes, evitando a luz e os quartos vazios do meu apartamento. Só quando não aguentava mais de cansaço, e os dias e os contornos das coisas ficavam indistintos, eu ia até ela. A chave estava sempre na parede.

O último dia começa com um sol brando.

Um dia de outubro.

Vejo Eddie enfiando a ponta do indicador na leiteira no fogão a gás para conferir se o leite já está quente o suficiente para seu café. É assim que sempre faz. Há muito tempo se tornou um gesto automático que executaria mesmo se o leite estivesse fervendo.

Quando ela se vira, eu rapidamente fecho os olhos. Não tenho ideia do porquê, pois posso passar horas olhando para ela. Suas pernas nuas sob a camisa, a testa franzida, a boca soprando o leite quente. Muitas vezes nos entreolhamos, do outro lado da sala, conversamos com os olhares, mas dessa vez eu escondo que a observava.

Estou com medo.

Do seu olhar. E do que há nele hoje.

Sinto sua sombra quando ela sobe de pés descalços no lençol branco, além de um leve efeito refrescante provocado pela sombra ao cobrir meu rosto. Tenho a sensação de que estou escorregando em direção a um ponto crítico, como em uma encosta gramada. É um daqueles dias em que a vida pode seguir em uma direção ou em outra.

Sinto o desejo de tirar o cobertor de cima de mim e convidá-la a se deitar comigo, de costas para mim, de conchinha. Para que ela não me olhe nos olhos. Para que fique em silêncio.

Eddie não fica em silêncio.

— Eu te amo — diz ela —, eu te quero, para sempre e além, para esta e para todas as outras vidas.

Eu abro os olhos.

— Mas eu não — digo.

Eddie me encara como se eu tivesse dado um tapa nela sem motivo.

Sei, no mesmo instante, que menti. Mas, envergonhado e confuso, permaneço em silêncio, teimoso, em vez de retirar imediatamente o que disse e gritar: "Eu te amo! Só entrei em pânico. Me perdoe. Eu tenho motivos, talvez nem sejam reais, mas..."

O momento passa, e eu vejo Eddie fechando a porta que manteve aberta, muito, muito aberta, por três verões. E sinto a vida que eu poderia ter acabado de começar se afastando cada vez mais de mim, como um tronco de árvore caído que é arrastado pela correnteza.

— Não — imploro, ante a visão desse futuro à deriva.

Mas sua voz treme de dor quando ela rosna:

— Fora! Sai! Vai embora! Vai!

Minha voz falha, sabendo que acabei de partir o coração de Eddie. Posso ouvir seu coração gritando, embora ela, numa voz fraca, mas totalmente controlada, exija:

— Fora, Henri. Dá o fora daqui!

Eu me levanto e me visto. Ela não me olha. Sinto que estou desaparecendo, pois há cada vez menos de mim, porque aqueles olhos não me olham mais.

Mas não consigo dizer nada, não consigo andar os três metros até ela, onde a ouço respirar. Ela não chora.

Ai, meu Deus, o que foi que eu fiz?

Pego minha bolsa e vou até a porta.

O que estou fazendo?

Eu me viro e encaro seus olhos gélidos, e desejo, não, eu REZO para que ela diga alguma coisa. Que ela diga "Fique!" ou "Não vá!" ou "Você estava mentindo, não estava?".

Porque eu estava.

Sinto minha dor crescer, e só agora reconheço o sentimento.

Então é isso que é amor?

Sou incapaz de dizer qualquer coisa.

Minha vida se encolhe em silêncio, como se eu tivesse acabado de negar a mim mesmo uma vida inteira de oportunidades. Amor, filhos, noites nas quais poderia dormir bem de novo. Nada mais de medo da morte.

Quando procuro a chave no buraco da parede sete dias depois, ela não está mais lá.

Sam

— Cara! — diz Scott quando atravessamos a ponte e caminhamos até a Estação de Hammersmith. Ele não consegue conter sua empolgação, porque estamos indo até a editora de Eddie, a Realitycrash. Mas tenta disfarçar, segurando um cigarro apagado na mão, usando óculos escuros e vestido como os existencialistas franceses naquelas fotos dos anos setenta: gola alta preta, calça cinza, gola do paletó erguida. — Cara! — repete Scott. — Estamos totalmente despreparados para a vida real, *mon ami*. Quer dizer: aluguel, seguro, morte... temos alguma noção dessas coisas? — Ele segura o cigarro entre o polegar e o indicador, gesticulando como se desenhasse no ar. — Em vez disso, nos passam exames sobre geometria vetorial e aminoácidos. Só você, meu rebelde acidental, em você ninguém consegue mandar. Por acaso está planejando fazer os testes em algum momento ou vai continuar ignorando o declínio de seu futuro imediato?

Não respondo. Não perdi todos os testes de admissão na St. Paul's, só os menos importantes, ainda que minha mãe provavelmente deva ter uma opinião diferente. Mas não me importo. Não posso ficar na escola enquanto meu pai luta pela vida. E enquanto Maddie talvez só esteja esperando alguém que descubra do que ela gosta.

— Espere — murmuro. Paramos na Ponte Hammersmith. Olho para o local onde meu pai foi atropelado pelo carro.

Não muito longe de nós, um homem com um smoking que visivelmente já foi usado com enorme frequência está sentado em cima de um papelão encostado ao parapeito da ponte. Está com os olhos fechados e o rosto ao sol. É o mendigo do vídeo.

Não há nada de especial neste trecho de pista. Existem milhares de lugares com trechos de asfalto como este no mundo. Milhares de lugares onde algo chegou ao fim. Uma vida, uma crença, um sentimento. E de nenhum deles se pode dizer que são cemitérios.

O homem de smoking não está mais de olhos fechados. Ele nos observa com atenção.

Scott se inclina no parapeito verde da ponte de ferro ao meu lado, que está quente por causa do sol.

Medo e calor num único lugar. Penso em Maddie, e o que sinto remete exatamente ao que este lugar emana: calor e medo.

Olho para baixo.

A água fica longe pra caramba.

Scott continua falando.

— Tudo o que nos ensinam, *mon ami*, é uma manobra diversionista. Fórmulas binomiais, ciclo do ácido cítrico, gramática francesa, desenho em perspectiva, ovulação, evolução, deriva continental, haplotipagem, tudo isso só para que nenhum de nós sinta vontade de perguntar: "E como é quando se morre? Como encontrar um apartamento? Como achar a mulher certa? Qual é o sentido da vida?" Ou até: "Você pularia lá embaixo se fosse o caso, e como saber que é o caso?"

Scott tira os óculos escuros e olha para mim com seriedade.

— Você sabe, *mon ami*, eles estão escondendo a coisa mais importante.

— E o que seria? — pergunto.

— Como ser feliz.

Eu pisco ao sol. Sinto o parapeito debaixo de mim.

Sinto as vibrações do mundo, em todos os lugares, ao mesmo tempo. Olho para o Tâmisa, que ninguém vê que é feito de mar, Atlântico e Mar do Norte. Acho que a maioria das coisas e das pessoas não sabe do que são feitas. De medo, saudade, tristeza, desejo. De infância ou ternura. Não ensinam isso na escola também.

Como é possível que todos esses mundos coexistam? A escola. A cidade. Meu pai em coma. Esta ponte da qual meu pai saltou para resgatar uma menina. Esta rua onde foi atropelado depois. Há lugares ao redor do mundo onde vidas estão sendo despedaçadas.

— O problema está nesses lugares? Se você passa por eles por acaso, eles te mandam para uma outra dimensão? Ou pode ser então que um dia você leia ou pense algumas palavras, e então, de repente, é retirado da própria vida como alguém que salta de um ônibus que parou fora do ponto?

— Uau — diz Scott —, eu não faço ideia, nenhuma mesmo, mas muito obrigado por dialogar comigo mesmo assim. Talvez, da próxima vez, seus comentários possam ter mais a ver com as minhas dúvidas e considerações existenciais.

Nós dois olhamos para o rio em silêncio.

Não tenho nada do meu pai. Xícaras de café, relógios de pulso, lembranças. Não sei ao que devo me agarrar.

É injusto ter treze anos. É desnecessário. É o momento em que a vida mostra seus quinto e sexto pontos cardeais: engano e desespero. Como se espera que eu saiba o que é certo? O que é importante?

Não sou mais criança. Mas também não sou adulto. Estou no meio. Não sei o que faz você acordar um dia, olhar para as meninas e achar que elas não são tão sem graça assim. Bem, no caso, uma menina em particular. Não sei por que comecei a me preocupar com a minha aparência e com o que devo fazer da vida. Tenho certeza de que nunca beijarei uma garota sem pensar em Maddie.

Pressiono os lábios um contra o outro; sei que parece bobagem, mas é assim que seguro o choro.

A agonia. O prazer. O coração palpitando.

A alegria de pensar em uma garota e sentir falta dela sem realmente conhecê-la.

A agonia de não saber se ela sequer percebe a minha presença.

O calor no coração quando penso nela.

Tudo ao mesmo tempo agora.

— Não — finalmente respondo à declaração de Scott de que eles, os professores, os adultos, o mundo em sua totalidade inescrutável, estão silenciando sobre o que é mais importante para nós: como sermos felizes. — Não, não é isso. O que eles mantêm em segredo é como nós *percebemos* que somos felizes.

Agora mesmo estou feliz. E não estou.

Medo e calor. Felicidade e desespero.

Entramos na ponte como questionadores, mas saímos dela diferentes, dando os primeiros passos em direção à procura de respostas, sabendo que nunca mais acreditaremos em tudo como antes. Agora temos que aprender a reconhecer as coisas por nós mesmos.

Uma hora depois, estamos no East End.

Scott tenta não demonstrar seu deslumbramento pela Realitycrash.

Eddie estava esperando por nós, mas percebo o quanto está tensa. E cansada. Ela nos leva à estante onde estão todos os livros da editora, e só aí a pose descolada de Scott desmorona.

— Ray Bradbury! — sussurra ele, tão empolgado quanto uma criança de cinco anos, e logo em seguida: — Isaac Asimov! Kurt Vonnegut!

— Bem, pelo menos conseguimos os direitos para livros de bolso — diz Poppy atrás de nós.

Scott dá meia-volta, e eu me torno testemunha de um estranho processo. Sinto o coração do Scott sendo aberto pela primeira vez, como se se desdobrasse como uma pipa de papel e depois caísse no chão. E ele muda. Para sempre. Ele olha para Poppy, e nunca mais verá o mundo como antes, e eu percebo tudo isso e não sei por quê nem qual é a utilidade disso.

Andrea traz chá fumegante, *scones*, torradinhas com pepino e pasteizinhos incrivelmente saborosos, bolinhos quentes recheados com carne, batatas, legumes, picles e molho inglês.

Scott não consegue comer. Quem consegue enquanto está sendo completamente reconstruído em seu íntimo?

Aprendemos o que é *blurb*, aqueles pequenos elogios de outros autores que aparecem na capa e também no verso da capa de um livro, que é chamado de quarta capa.

— Nós discutimos mais sobre a capa e a quarta capa do que sobre as quatrocentas páginas que há entre elas — diz Poppy, e flagro como Scott observa enfeitiçado a boca de Poppy com o batom quase preto enquanto fala. — A maioria das pessoas pega um livro porque gosta da capa ou de certos dizeres na quarta capa.

— Quais? — pergunta Scott.

— Infelizmente, ninguém sabe, rapaz — responde Rolph secamente. — Ninguém entende por que as pessoas compram livros, essa é a verdade.

Poppy pergunta a Scott o que ele está lendo, e, claro, ele causa uma boa impressão com sua resposta: *Clash of Futures*, de Robert Silverberg. Quando Poppy me pergunta a mesma coisa, Scott responde por mim:

— Ele está sempre carregando um livro da Jane Austen por aí.

Então puxa *Orgulho e preconceito* de Madelyn da minha mochila.

— Para com isso! — reclamo.

— Ah — diz Eddie. — Uma edição de biblioteca. Mas que bonita. Posso ver?

É difícil suportar que outra pessoa toque o que Madelyn tocou. Algo com que ela viveu, pensou e sonhou.

Mas Eddie carinhosamente pega o livro de Madelyn como se fosse um bichinho. Ela abre, lê a primeira página, examina os registros, as datas, o nome depois do último empréstimo e depois olha para mim.

— Madelyn Zeidler — diz Eddie com suavidade. — A dama do gelo.

Eu fico olhando para ela: por que está chamando Maddie de dama do gelo? Mas é isso mesmo, é o que ela é. Congelada e por trás de uma camada cristalina de lembranças congeladas e esperanças geladas.

Ouço como os outros já falam sobre os projetos de capa e *blurbs*.

— É a menina do quinto andar — diz Eddie.

Faço que sim com a cabeça, e há tanta pressão em meu coração que ele quer virar do avesso, e eu adoraria contar tudo a Eddie. Mas, quando tento encontrar palavras para o que sinto, quando penso em Maddie, eu as perco. É como a ferida que eu mesmo sou, é como a risada que ainda está esperando para ser ouvida, é esta esperança selvagem de viver com ela e um medo terrível de ter que suportar a vida sem ela.

— Desculpe — murmuro. — Preciso ir ao banheiro.

Quando volto do banheiro, depois de cerca de mil ou cinco mil anos, Eddie está na pequena copa. Ainda com o livro na mão.

— É aniversário de Maddie daqui a três dias — comento. — E ninguém sabe do que ela gosta. Mas é importante saber. É como no caso do meu pai.

Olho para ela, que espera, faz que sim com a cabeça e diz:

— Eu sei do que ele gosta. E espero que goste tanto disso que volte.

— Ninguém conhece Maddie. A não ser, talvez...

— A bibliotecária.

Dou de ombros. De repente parece uma ideia ingênua.

— Talvez devêssemos ir a Oxford — fala Eddie. — E devolver o livro.

— Sim, talvez. Eu poderia ir durante as férias, se...

— Não, Sam. Não estou falando de durante as férias. Estou falando agora. Vamos para Oxford agora. Para essa biblioteca. A biblioteca de Madelyn. Vamos lá descobrir o que ela ainda gostaria de ter lido.

Olho para ela com uma expressão de incredulidade, de queixo caído, mas ela está falando muito sério. Penso no aniversário de Maddie daqui a três dias, de que não há quase nada em seu livro do coma, e no fato de que meu coração ainda quer virar do avesso e gritar e cantar o que sente quando penso em Maddie.

— Sério? — pergunto.

Talvez ela esteja apenas brincando? Uma piada cruel?

Eddie coloca as mãos nos quadris.

— Sério — responde ela. — Simples assim. Vamos sair à procura de Maddie.

E quando ela diz isso, a vida abre uma porta e deixa o sol entrar.

— Eddie e eu estamos indo para Oxford! Nos encontramos de novo hoje à noite, ok? — digo para Scott.

Scott olha para Poppy, dá de ombros e diz com a indiferença de um adolescente de quatorze anos:

— Tudo bem. Minha presença ainda está sendo requisitada aqui. Agora o sol está passando por todas as janelas do meu dia.

Vinte minutos depois, Eddie vira na estrada para Oxford. O tempo é coerente com os clichês sobre a Inglaterra e começa a chuviscar.

— Seu pai nunca foi como uma chuva britânica noturna — diz Eddie de repente. Viro o rosto para observá-la. Ela segura o volante de forma relaxada, mas parece bastante concentrada na estrada à frente. — Se os humanos fossem como o clima, seu pai seria... uma tempestade no Atlântico.

Minha barriga está ficando quente e meu peito está se abrindo, formando um buraco profundo e faminto. *Mais, por favor*, eu peço, mudo. *Por favor. Me conte mais sobre ele.*

O canto da boca de Eddie se contorce.

— Quando nos conhecemos, não conversamos muito. Como se tudo fosse se quebrar com as palavras. Elas são as lixas que desgastam os sentimentos até eles desaparecerem. A primeira vez que vi seu pai foi numa construção em ruínas. Até hoje dançam tango lá, e eu dançava tango quase todas as noites.

Ela sorri, e seu rosto é lindo e livre.

— Quando o vi lá parado, no meio da escuridão, seu olhar, e nele a solidão, o desejo e a intensidade com que me olhava, parecia me mostrar tudo o que sempre foi e sempre será. Ele me olhou como se acabasse de ver algo que abalou sua vida. E esse algo era eu.

Ela balança a cabeça como se não conseguisse entender e fica olhando para a estrada, não para mim, para não estourar sua fina bolha.

— Eu fiquei agitada, como se estivesse em um palco. E fiquei enjoada, como se estivesse prestes a voar de avião. E tonta de desejo de me aproximar dele, de ficar bem perto, de olhar para ele e deixar que ele me olhasse. Eu não teria conseguido dizer nada mesmo que quisesse. Estava paralisada de felicidade e medo.

Ela ultrapassa um ônibus circular que vai do Aeroporto de Heathrow para Oxford.

— No meu apartamento, Henri sempre se sentava na mesma poltrona. Uma velha Eames, que um editor amigo me deu na época da inauguração, vinte anos atrás. Às vezes eu me sento lá e fico olhando para a poltrona e conversando com seu pai, como se ele ainda estivesse sentado lá. Mas isso foi há muito tempo. Muito tempo. E, ainda assim, parece que foi ontem.

Seus olhos estão brilhando agora, e não por causa do efeito dos faróis dos carros que se aproximam.

— O que aconteceu? — pergunto baixinho.

Quero tanto saber. Por que não ficaram juntos? Não conheço meu pai nem Eddie, mas é como se fossem dois lados de uma única palavra.

— Ele não me amava como eu o amava. Só isso.

Agora, uma única lágrima corre por sua bochecha.

— Acontece, Sam. Isso acontece. Uma guerra é travada dentro do seu coração. Você luta com você mesmo e sempre perde.

Ela olha para mim por um instante e diz:

— Às vezes é o contrário, e alguém pensa em você com mais frequência do que você pensa nesse alguém. Ou gosta mais de você do que você gosta desse alguém. O amor é cretino.

Tenho que rir.

— Sério! — ela reafirma.

Ela liga o limpador de para-brisa no máximo.

Seguimos por alguns quilômetros em silêncio. Penso em Maddie. Se ela fosse um tipo de clima, seria o vento de verão. E penso que pode ser que, no fim das contas, a gente acabe não descobrindo nada sobre ela. Talvez possamos tentar encontrar seus amigos, seus professores? Mas como faríamos isso? Meus pensamentos vão para o meu pai. Ele tinha amigos? Eles gostavam dele? Ele já falou sobre mim alguma vez?

Pergunto a Eddie:

— Meu pai era bom em quê?

Ela não hesita, responde imediatamente:

— Ele nunca teve preconceitos, Sam. Era um dos seus pontos fortes. Para ele também não havia "estrangeiros". Era capaz de olhar para o mundo e para as pessoas como poucas pessoas conseguem. Ou querem! E, ainda assim... ele possuía alguns pontos cegos. Você conhece os pontos cegos da alma? É assim que se fala quando não se consegue ver algo de si mesmo, ou quando não se quer ver. Podem ser fraquezas que não se quer aceitar, mas também pontos fortes que são percebidos como desconfortáveis ou assustadores. E seu pai não conseguia ver que se enganava sobre si mesmo. Pensava que não podia amar. Entendi isso nesse meio-tempo, Sam. Que até as pessoas mais inteligentes são burras quando o assunto é amor.

Respiro fundo, pego um impulso no meu íntimo e salto no escuro.

— Ele falou alguma vez de mim para você?

Minha voz se equilibra na linha tênue entre amarelo e medo. Fica firme. Só vacila um pouquinho. Eddie faz que não com a cabeça.

Eu sabia, mas esperava uma resposta diferente.

Ficamos em silêncio e, uma hora depois, chegamos a Oxford. Oxford é um pouco como o mundo de discos do Dr. Saul. Na margem extrema, onde o campo roça a periferia, parece fria e sem graça, então a imagem se adensa. Passamos por ruínas e casinhas bonitas, por tavernas com anúncio do Inspetor Morse da TV, e pelas ruas, que parecem com as do filme *Billy Elliot*. O centro da cidade está desperto. É uma cidade que abriga 38 faculdades e que parece uma mistura de Hogwarts do Harry Potter e um Jardim Botânico. Nos canais laterais do rio Tâmisa, vejo barcaças que são conduzidas com um cajado, como as gôndolas de Veneza.

A própria Oxford está cheia de turistas e músicos de rua, cheia de histórias e de um zumbido sutil que só ouço na minha cabeça. O zumbido de pensamentos e conhecimentos?

Nunca vi tantas torres de igreja e ameias de uma só vez. Cobre, cinzentas, brancas, cor de areia dourada.

— A Cidade das Torres Sonhadoras — diz Eddie, como se tivesse ouvido meus pensamentos. — É como chamam Oxford. Para mim, é a cidade das histórias adormecidas. Há mais escritores por metro quadrado aqui do que em qualquer outro lugar da Terra. Bem, tirando a Irlanda, talvez. Aqui romances nascem, Sam, e alguns até dizem que as histórias ficam esperando aqui, nas sombras dos parques, das casas e das ruas, até que alguém em quem elas confiem que possa contá-las passe. Então elas grudam nesse alguém e não o deixam ir até que ele as conte. Muitos descobriram aqui que podiam ser escritores. Ou melhor: que deveriam. Não se pode decidir ser um escritor. Ou se é ou não é. Aqueles que eram e não se tornaram, ficaram malucos, infelizes ou inquietos.

Suas palavras me atraem da maneira estranha e familiar que sinto quando folheio o caderno de Maddie ou leio as reportagens do meu pai. Ao mesmo tempo, as percepções se agitam cada vez mais em mim. As ruas desta cidade estão cheias de perguntas, respostas, de uma energia inquieta.

Acho que eu poderia escrever sobre meu pai. E sobre aquilo que a maioria não pode ver porque está nos retrovisores de seus limites perceptivos.

Eddie dirige habilmente o carro pelas ruas, passando pelas dezenas de muros altos que serpenteiam ao redor de cada uma das faculdades. Estaciona em uma avenida atrás da Biblioteca Bodleiana, não muito longe do Museu de História Natural.

A biblioteca de Maddie fica em uma rua lateral perto das faculdades Christ Church e Balliol. A maioria das pessoas conhece essas institui-ções sem saber: algumas cenas de Harry Potter foram filmadas por lá.

Imagino que Maddie tenha deixado um eco por toda a cidade. Que ela também tenha passado pela padaria, pelos Ben's Cookies nos corredores do mercado coberto, de onde vem um intenso cheiro de caramelo. Que tenha olhado para cima e visto as estátuas no alto dos muros das faculdades. Que tenha dançado pelas ruas.

Então chegamos à pequena biblioteca.

— Quer que eu entre com você? — pergunta Eddie.

A biblioteca é uma casa aninhada entre duas outras e parece estar aqui há oitocentos anos. As janelas têm arcos pontiagudos, as tábuas do assoalho rangem na entrada. E, claro, a casa tem ameias.

Atrás do balcão há uma mulher pequena, delicada, com um paletó listrado de branco e roxo, com cabelo chanel e um rosto amigável por trás de um enorme par de óculos.

— *Hello, dear*, o que posso fazer por você? — ela me pergunta calorosamente. A placa no balcão diz: Myfawny Cook.

— Eu gostaria de devolver um livro. De... de uma amiga.

Quando empurro sobre o balcão de madeira o livro que preferia guardar para sempre, a bibliotecária olha primeiro para o livro e depois para mim, surpresa.

— Ah! De Madelyn!

— A senhora a conhece?

Myfawny faz que sim com a cabeça.

— Mas é claro. Madelyn não tem... — ela acaricia o livro — ... vindo à biblioteca faz tempo. Não sei por quê, pois geralmente vem a cada duas semanas e pega livros. Ela está em turnê? Está dançando de novo para cantoras famosas?

Pela minha expressão facial, Myfawny percebe que não é bem isso.

— Talvez pudéssemos ir a algum lugar conversar sobre Madelyn? — sugere Eddie, que apareceu de repente ao nosso lado.

A Sra. Cook fica pálida.

— Talvez a senhora possa nos ajudar — insiste Eddie.

— Eu? Mas em que eu posso ajudar?

— Acordando Madelyn — respondo.

Faltam duas horas para Myfawny Cook encerrar o expediente. Ela nos deu dois endereços: da casa de Maddie — "vocês sabem como funciona a lei de proteção de dados, então nunca lhes dei este endereço" — e do New College — "ela costumava se sentar sob o grande carvalho no pátio da faculdade e dizia que a árvore e a música eram suas melhores amigas".

A família de Maddie morava num local afastado do centro da cidade. Não era uma área rica. Ela me lembra de Putney.

— Você dá conta? — pergunta Eddie quando nos aproximamos da casa.

Sei imediatamente qual é a casa de Maddie enquanto seguimos pela rua e procuramos os números das casas: é a mais sombria da vizinhança. As janelas parecem não ter sido abertas há muito tempo, a grama está alta, toda a fachada parece triste. As casas ficam menores quando ninguém mora nelas.

Enquanto estamos na frente dela e não sabemos o que fazer, a porta da casa vizinha se abre.

— Posso ajudá-los? — a mulher pergunta. Usa um avental de cozinha e enxuga as mãos em um pano de prato.

— Claro — responde Eddie, caminhando até ela. Não ouço o que diz para a mulher, mas ela aponta para a casa, para mim, e a mulher cobre a boca com a mão, depois faz que sim com a cabeça e volta para dentro.

Quando reaparece meio minuto depois, está sem o avental e tem uma chave na mão.

— Vamos — diz ela. — Porque logo mais não haverá mais nada. O proprietário vendeu a casa, na próxima semana chegam os contêineres e os caminhões para levar tudo.

De repente me sinto nauseado.

Se não tivéssemos vindo hoje, teriam acabado com a casa de Madelyn. Simples assim.

Linda, a vizinha, abre a porta e diz para mim:

— Por favor. Entre e fique à vontade!

Maddie, eu penso.

E esta é a única coisa que eu ainda consigo lembrar de pensar. Depois disso, não penso em mais nada, porque não consigo mais pensar. Apenas sentir.

A casa inteira está cheia dela.

É uma casa clara, com móveis claros. Maddie está nas paredes — dançando, sorrindo, lendo. Às vezes sozinha, às vezes com os pais. Seus pais estão sempre de mãos dadas e inclinados um para o outro.

O destino funciona assim, desse jeito perverso? No passado, havia risadas nesta casa. Amizade. Confiança e tantos planos. Amor.

A perda desse amor perdura nos quartos como um eco queixoso.

— Vou esperar na cozinha, ok? Fique à vontade. Tem todo o tempo do mundo. — Eddie me deixa explorar o mundo de Maddie sozinho. Eu me sinto meio ladrão, meio arqueólogo.

Há fotos de dançarinos na escada. Eles dançam em palcos, em cordas de equilíbrio, nas ruas...

De baixo, ouço um ruído.

— O que você está fazendo? — grito.

— Estou pegando fotos. Para Maddie. Fotos e algumas coisas que certamente ela quer. Vamos avisar Linda. Ok?

Não tenho ideia se está ok. Ou se vamos para a cadeia por isso. Não me importo.

O quarto de Maddie tem o silêncio que os quartos assumem quando ninguém dorme, ri ou fica de mãos dadas nele. Às vezes, o quarto de Steve e da minha mãe é silencioso assim também.

Há livros ao lado da cama. Presos em uma parede há um espelho e um bastão. Ao lado deles, um tapete de ioga cuidadosamente enrolado. Acima da cama há uma gaivota de metal presa à parede revestida papel, com um bico amarelo, ligeiramente curvado, asas cinza-prateadas com pontas pretas, sob as quais a estrutura dos ossinhos finos fica aparente. Uma gaivota-prateada bretã. Um pássaro poderoso. Não um que se espere para um quarto de menina. Mas tão típico de Maddie.

Meu coração está pendurado por um fio.

Eu me sento com cuidado na cama.

Afasto as cobertas.

Enterro meu rosto em seu travesseiro e choro.

Sinto falta dela, sinto falta de mim, sinto falta do meu pai.

O travesseiro cheira a xampu de coco, a sabão em pó e bem de leve a um calor do passado.

Cuidadosamente me deito perto da beira da cama. Se Maddie estivesse deitada aqui, o que veria?

Shirley MacLaine.

A série inteira de livro *The Famous Five* em um box.

Suas sapatilhas de balé.

A foto de uma pianista. Clara Schumann.

Um pôster dos Rolling Stones.

E garrafinhas com areia e terra.

Eu me levanto. Embaixo de cada garrafinha há um papelzinho. É terra dos lugares onde ela esteve.

Pego uma folha de papel de carta azul-claro da escrivaninha de Maddie e escrevo com muita pressa tudo o que vejo em seu quarto. Então ouço passos. Eddie está em pé, à porta, segurando uma caixa de frutas vazia.

— Vamos levar para ela um pedaço dela mesma, o que acha?

Colocamos livros e garrafas de terra da Escócia, da Austrália, do Central Park de Nova York e de Paris. Com cuidado, descolo o pôster de Shirley MacLaine. Coloco CDs de música e suas sapatilhas de balé na caixa, e por cima o móbile que pendia na janela, feito de conchas e folhas, pedaços de madeira e vidro.

Por fim, levo o travesseiro de Maddie comigo.

— Está claro que ela gosta de piano e de coisas pequenas e bonitas da natureza e, sem dúvida, da cor azul — diz Eddie.

Ela se recosta na porta.

— Ela também gosta de amizades, mesmo que tenha poucas — respondo.

Sinto Maddie tão próxima de mim e ao mesmo tempo tão distante. Mas agora sei que gosta de coco e lê John Irving escondido, que prefere o compositor russo ao italiano, que gosta de azul e que arruma os livros numa certa ordem, mas deixa as coisas da natureza desordenadas mesmo. Ela ama tudo o que tem a ver com árvores, folhas, cascas, galhos, nós de madeira. Há uma foto dela se olhando no espelho, e nessa foto eu vejo a Maddie que ela poderia se tornar algum dia.

Quero estar lá. Quero estar lá quando ela se tornar qualquer Maddie que possa ser. Quero ver todas as mulheres que ela vai se tornar. Até precisar partir. Ao lado dela, serei o homem que posso ser. Eu não sou eu sem ela.

"*Mon ami*, agora você se junta às miríades de homens que vieram antes de nós e que não tinham nada a oferecer em retribuição ao amor além da própria vida. Parabéns", ouço Scott dizer rapidamente.

Eddie e eu carregamos sete caixas para fora da casa, e o carro fica cheio. Linda aperta a mão de Eddie e a abraça.

— Eles eram uma família unida, Samuel. Eram diferentes, mas se complementavam. Há pessoas que ficam mais protegidas dentro de uma família. E outras...

Ela não continua.

A casa de Maddie nos observa.

Só temos mais quinze minutos no New College. O claustro é frio e sombrio. O grande carvalho brilha prateado à luz da tarde. Imagino Maddie falando baixinho com ele ou sentando-se ao pé da árvore, pensativa.

Eu também me sento.

— Maddie? — pergunto. — O que você está procurando?

Fecho os olhos, pouso minha mão no tronco. Maddie está procurando alguma coisa? Sim.

Uma saída?

Em qual direção?

Da solidão para a solidão que ela imagina que a vida reserva; ou ela quer ir embora, se juntar à sua família? Ficar lá, com eles, no lugar que todos apenas esperamos que exista, mas não sabemos se existe?

Recolho algumas folhas grandes caídas do carvalho. Vou levá-las para Maddie. Talvez sua árvore possa atraí-la de volta...

Vamos ao Eagle & Child, um pub em uma casa branca na St. Giles Street, com cabines que parecem cavernas e um balcão surpreendentemente pequeno. Myfawny Cook já está lá e pediu chá para todos nós.

Conto sobre Maddie. Sobre o acidente. O coma. E que é mais fácil se reencontrar quando se tem algo ao seu redor de que se gosta.

A bibliotecária toma um gole de chá e depois faz um sinal para o garçom.

— Oliver, um gim, por favor — diz ela. — Não, melhor ainda, um duplo. — Ela retorce as mãos. Então começa a contar. — Madelyn era bem pequena quando foi pela primeira vez à biblioteca. Adorava histórias, especialmente aquelas de garotas que salvam a si mesmas. Como *Jogos vorazes* ou *Pippi Meialonga*. Nada de histórias de princesas.

A Sra. Cook diz que Madelyn gosta mais de gatos que de cães, da cor azul em vez de verde, que seus pais a amam muito — "amavam", ela se corrige, e então chora, mas de um jeito que as lágrimas fluem para dentro, por fora ela apenas enxuga os olhos e bebe o gim duplo com um longo gole.

A Sra. Cook também diz que Maddie ama a *tarte tatin* francesa.

— Maddie leu sobre ela uma vez, em um livro de receitas francesas. Com canela e caramelo, o caramelo com manteiga bretã salgada no mar e assada de cabeça para baixo.

Ela realmente diz "salgada no mar" e "assada de cabeça para baixo", e é a partir desse momento que não quero mais ficar sem Maddie. Nunca mais. Não durante minha vida toda.

— Posso ir a Londres com vocês? — pergunta então a Sra. Cook.

Eu faço que sim com a cabeça e olho para Eddie. Sem ela, nada daquilo teria sido possível.

— Sim — respondo. — Vamos. Vamos depressa. Maddie está tão sozinha.

— Não, meu querido! — diz Myfawny. — Ela tem você.

E nesse momento não sei para onde devo olhar de tanta felicidade e tristeza.

Mas ainda tenho uma pergunta.

— A senhora pode me dizer se Maddie gosta de alguma coisa especial? Ou algo que quisesse ter?

Ela pensa. Por fim, Myfawny Cook responde:

— Uma festa do pijama.

DIA 35

Henri

Eu estava no começo da vida.

Eu era imortal.

Agora estou morto, ou quase.

Isso mesmo, essa é a verdade: estou quase morto.

Estou deitado de barriga para cima sob a luz da lâmpada de um poste de rua, e embaixo de mim meu coração sangra em grandes jorros.

Toco o asfalto com a mão esquerda, e então peço ao jovem que me encara incrédulo que tire meu relógio e o segure diante do meu rosto. Quero ver a minha última hora. Quero saber a hora da minha morte, no fim de um dia cinzento.

Sem Eddie, a vida perdeu o brilho, a pulsação. É como se aquele último dia brilhante de outubro tivesse se transformado em um único dia cinzento extremamente longo.

Passei esse longo dia cinzento procurando o que era verdadeiro. De novo o mundo parecia instável para mim, como se estivesse cintilando e como se por trás das cintilações houvesse outra coisa.

Mas também podia ser efeito do álcool.

Quando eu estava em Londres sem um novo trabalho para me salvar, eu me sentia como em uma grande jaula urbana. Eu bebia demais e, quando, naquelas noites bêbadas, deparava com mulheres que se insinuavam para mim, ora de um jeito ofensivo, ora de um jeito sutil, sugerindo que eu passasse a noite com elas, eu não ia.

O que deveria fazer se eu as beijasse? Se as abraçasse? Se as despisse? Se elas quisessem ser olhadas por mim? Por mim, aquele que não consegue manter o que ama.

Eu perambulava pela rua, sempre bêbado para entorpecer a dor, mas não bêbado o suficiente para finalmente conseguir dormir sem ter pesadelos. E lá, onde as luzes da rua não estavam mais acesas, ele estava à minha espera na escuridão. Carl.

— Ei, cara, eu preciso de ajuda, sabe? — explicou ele. — Eu me chamo Carl, e você?

— Sou Henri.

— Tenho dois filhos, sabe, mas eu tomo umas picadas, e minha esposa diz que não quer me ver fazendo isso mais, então estou aqui. Pode me ajudar?

Percebi que ele não estava falando de mosquitos. Dei a ele todo o dinheiro que tinha.

— Tem celular não, cara?

Dei meu celular para ele.

— Que merda! Esse é antigo. — Ele jogou meu Motorola Razr nos arbustos.

Realmente parecia um pai atormentado de dois filhos, mas seu rosto na penumbra era a imagem de um drogado.

— Tô cheirando, tô tomando, tô mandando tudo que aparece pra dentro. Me fala que horas são? — perguntou à espreita.

Eu olhei para o relógio.

— Quase três.

— Me dá esse relógio!

— Em vez disso, podemos ir ao caixa eletrônico.

— Nem pensar. Muita gente. — Ele se coçou, seus olhos estavam vermelhos. — Passa logo o relógio!

— Existem uns derivados agora que aliviam os sintomas de abstinência e...

— Cala a boca e me dá relógio!

— Não. O relógio era do meu pai.

— E daí? Ele morreu ou o quê? Dá a porra do relógio ou arranco seu braço!

Eu não lhe dei o relógio, mas dei um soco no queixo dele.

Carl retaliou com uma estocada apressada entre a axila esquerda e o peito.

A faca estava fria e só doeu quando ele a retirou.

Consegui andar até o facho de luz de um poste, e lá um jovem casal de Sussex veio ao meu socorro e chamou uma ambulância. O jovem me mostra o relógio para que eu saiba a hora da minha morte.

A última coisa que vejo é o relógio do meu pai, que parou às cinco para as três.

Então meu coração falha, depois de expelir todo o sangue que tem.

DIA 36

DIA 36

Henri

Toco o asfalto com a mão esquerda e depois digo ao rapaz que me ajude e chame uma ambulância. Ele olha para mim, incrédulo.

Como sempre, eu estava perambulando pelas ruas. Mergulhando na noite, como no passado, no tempo estagnado antes de Eddie. Quando conheço uma mulher nessas noites nebulosas, inebriadas, errantes, deixo que siga o seu caminho. O que eu faria se penetrasse o território desconhecido de seu ser e lá não encontrasse nada igual a Eddie?

Sua bondade.

Sua grandiosidade.

E lá, onde as luzes da rua não estavam mais acesas, Carl me esperava na escuridão.

— Ei, cara, preciso de ajuda, sabe? — disse ele. — Eu me chamo Carl, e você?

— Henri.

— Tudo bem, Henri, tenho dois filhos, sabe, mas...

— Não precisa explicar nada para mim. Você quer dinheiro, né?

— Isso mesmo, cara.

Realmente parecia um pai atormentado de dois filhos, mas seu rosto era a imagem de um drogado. Eu lhe dei todo o dinheiro que tinha no bolso.

— Tô cheirando, tô tomando, tô mandando tudo que aparece pra dentro. Me fala que horas são? — perguntou à espreita.

Eu olhei para o relógio.

— Quase três.

— Me dá esse relógio!

— Em vez disso, podemos ir ao caixa eletrônico.

— Nem pensar. Muita gente. — Ele se coçou, seus olhos estavam vermelhos. — Passa logo o relógio!

— Existem uns derivados agora que aliviam os sintomas de abstinência e...

— Cala a boca e me dá o relógio!

— Não. O relógio era do meu pai.

— E daí? Ele morreu ou o quê? Dá a porra do relógio ou arranco seu braço!

Eu não lhe dei o relógio, embora sua faca estivesse perto da minha barriga.

— Nós estávamos no mar, meu pai e eu — falei, olhando para os olhos vermelhos de Carl.

— E daí?

— Me dá um minuto para eu me despedir dele. Você faria isso por mim? Eu te conto a história e depois te dou o relógio.

Ele assentiu com a cabeça rapidamente.

— Tá, mas anda logo.

Tirei o relógio do pulso devagar e continuei a falar.

— Era uma manhã com mais sol que nuvens, o mar estava suave como óleo. Era temporada de caranguejos. Os mexilhões ainda estavam muito pequenos, as lagostas também. Meu pai costumava tirar o relógio e colocá-lo no bolso do casaco. O casaco estava no banco, fazendo as vezes de almofada. Então veio a onda. Ela foi se formando logo abaixo da superfície lisa até atingir um recife no fundo do mar e começar a subir. Depois de outra linha de rochas, ela cresceu a uma altura de três metros acima do nível do mar, pairou sobre nós e depois quebrou em cima do barco tão rápido que meu pai, que estava estendendo a mão para puxar uma armadilha de lagosta, foi varrido ao mar.

Carl havia baixado a faca um pouco. Eu ainda segurava o relógio. O olhar dele se alternava entre o relógio e o meu rosto.

— Ele bateu a cabeça no casco. Eu agarrei sua mão e a segurei com força. Hora após hora. Meu pai, meio desmaiado, pairava nas ondas.

226

O sangue escorria de sua orelha. O outro braço estava quebrado. Eu tinha treze anos. Então a maré subiu. Uma hora antes do pôr do sol, eu estava cansado demais para segurá-lo por mais tempo.

Parei por um instante. As lembranças me cercavam como abutres.

Na época, meus dedos ficaram frios e azuis, e meu pescoço ficou duro como ferro.

A sensação quando os dedos fortes e familiares de meu pai escorregaram das minhas mãos.

Como meu pai afundou no mar, os olhos abertos, como ele me olhava enquanto era engolido pelas profundezas escuras.

Como hesitei em pular atrás dele.

Não fui capaz de ir atrás dele para salvá-lo. Fui incapaz de mergulhar naquele mar.

Abaixo de mim os olhos abertos do meu pai, que me encarava na escuridão. Eu, do jeito que fiquei lá sentado e prendi a respiração, horrorizado.

E então o deixei para trás.

Ele ficou para trás, e eu, a criatura passiva e sem fôlego, que não era forte o suficiente para salvá-lo, que não era rápida o suficiente para impedir que ele fosse para as profundezas.

Quando consegui falar novamente, disse para Carl:

— O relógio foi a única coisa dele que eu trouxe para casa naquele dia. O relógio e o casaco.

Com essas palavras, entreguei o relógio do meu pai para Carl e falei:

— Se você for passá-lo adiante, dê corda nele primeiro.

Carl olhou para mim com os olhos marejados de lágrimas. Então empurrou minha mão.

— Idiota — rosnou ele e fugiu, cambaleando, para dentro das sombras. Deixou o relógio nos meus dedos.

Quando já havia desaparecido alguns metros na escuridão, sua voz chegou até mim de novo:

— Talvez *ele* tenha soltado você, cara. Não você. Os pais às vezes precisam soltar seus filhos para salvá-los.

Fechei de novo a pulseira do relógio em volta do meu pulso. Meus dedos tremiam.

Olhei para o mostrador. Passava pouco das três da manhã.

Consegui chegar ao facho de luz de um poste de rua com os joelhos trêmulos, onde precisei vomitar, e depois não conseguia mais me levantar de fraqueza, e lá um jovem casal de Sussex se aproximou e chamou uma ambulância.

A médica que pouco depois me atende no hospital central me aconselha a fazer um "testamento vital", ou "disposição de última vontade", para o futuro.

— Para o futuro? Se eu for atacado de novo e, da próxima vez, o bandido me esfaquear? Acha realmente que vale a pena?

— Claro! Se as coisas não se saírem tão bem, ou se o senhor tiver uma doença tão grave que...

— Ou se eu levar um tiro. No metrô, por exemplo.

— Sim, ou isso. Se o senhor se ferir tão gravemente que precise ficar conectado a equipamentos de suporte à vida, ou se entrar em coma profundo e não puder mais articular se quer morrer ou viver. Todo mundo tem o direito de ser deixado em paz quando não quiser mais continuar. O senhor não deve deixar a decisão para médicos residentes cansados e sobrecarregados. Principalmente se o senhor for doador de órgãos.

E acontece que naquela mesma noite eu preencho o testamento vital para uma eventualidade e coloco nele o nome de Eddie. Não consigo pensar em ninguém em quem confie mais do que ela para saber o que fazer.

Ela só precisa assinar.

Só.

Brinco com a ideia de enviar o documento para ela. Para lhe dizer com isso que...

É, o quê? Para perguntar: *Quer ser minha responsável para assuntos de saúde e decidir sobre minha vida ou minha morte?*

Que romântico. Mortalmente romântico.

Em vez disso, fujo de Londres. Nunca envio o testamento vital para Eddie, embora sempre o carregue comigo.

Eddie. Seu "não" estabeleceu uma linha de demarcação entre nós.

Só vou a Londres a cada poucos meses e, quando estou lá, me deixo levar de uma pessoa para a próxima.

Então chega um e-mail que muda tudo.

Querido pai, nós não nos conhecemos, mas acho que deveríamos mudar isso. Se você concorda, venha para o Dia de Levar o Pai à Escola, em 18 de maio, na Colet Court. É a escola para meninos que faz parte da St. Paul's School, em Barnes, bem perto do Tâmisa. Te espero do lado de fora.

Samuel Noam Valentiner

Meu filho quer me ver.

A temperatura no dia 18 de maio é amena, então vou a pé. A escola de Sam fica em uma península do rio Tâmisa, oito quilômetros a oeste do centro. Quatro linhas de metrô convergem para Hammersmith, e de lá eu ando pelo bairro de Charles Dickens, com seus prédios comerciais novos e antigas casinhas de tijolos.

Fiquei acordado a noite toda e teria implorado para que as horas passassem mais rápido, porque prometi a mim mesmo que vou viver uma vida diferente. Vou dizer a Eddie que a amo desde que a vi dançar pela primeira vez. E não vou deixar meu garoto esperando hoje. Nunca vou deixar essas duas pessoas me esperando de novo. Nunca mais.

Sinto vontade de correr!

Tudo fica mais real por um momento quando entro na Ponte Hammersmith sob o portal elevado. O calor do sol. O brilho das ondas em um cintilar piscante, como se o verão já estivesse sorrindo. O aroma delicado e doce das árvores.

Respiro fundo.

Será que Eddie ainda me quer? Será que Sam vai gostar de mim?

Já vejo as cerejeiras ornamentais com suas flores cor-de-rosa nas margens da St. Paul School, que se espalham ao sol cor de mel da primavera.

Sorrio quando vejo o jovem casal se beijando. A alguns metros de distância, um mendigo está encostado no parapeito verde da ponte, com um smoking esfarrapado, e parece estar montando seu "local de trabalho", estendendo uma caixa de papelão sobre um local onde incide a luz do sol.

Quando estou quase terminando de cruzar a Ponte Hammersmith, paro por um instante e desfruto do calor, do ar suave. Logo vou ver meu filho. A vida é tão bela. Por que nunca percebi isso?

Um dos barcos de excursão do Tâmisa se aproxima rio acima, em direção a Oxford. Uma menina está de pé na amurada, no ferro mais alto do parapeito. Ela inclina o rosto para o sol de maio e, quando uma onda levanta a parte de trás do barco, a criança tomba para a frente. A menina não grita. Em seus olhos, uma curiosidade infinita.

Nós a vemos cair. O casal que se beijava, o mendigo de smoking esfarrapado e eu. O mendigo murmura "Ai, meu Deus", o casal fixa o olhar em mim. Nenhum dos três se mexe enquanto a criança desce o rio e é levada em direção à ponte com suas quatro torres de estanho.

De repente, aquilo vira um caso de vida ou morte. Então subo no gradil verde da ponte de ferro fundido. Espero até que o pinguinho de gente surja embaixo de mim.

E salto.

DIA 37

DIA 37

Sam

Maddie faz aniversário hoje. E eu fiz um bolo para ela na cozinha da escola. Minha professora de francês, Madame Lupion, me deu a receita de *tarte tatin* e me trouxe de casa uma frigideira especial que vai ao forno. É mais fácil do que assar um bolo comum. Primeiro coloquei bastante manteiga com sal na frigideira, acrescentei açúcar e levei ao fogo até que virasse um caramelo líquido. Sobre o caramelo — isso era *"Très important!"*, como disse Madame Lupion —, espalhei maçãs em fatias congeladas e depois aquecidas. Em seguida, cobri com a massa, depois assei tudo por mais vinte minutos, só que no forno. Depois deixei esfriar e virei a torta de "cabeça para baixo". Agora sei o que Myfawny quis dizer com isso.

Por fim, embrulhei a torta em papel cor de damasco e a escondi no meu armário no corredor da escola.

A parte mais difícil foi perguntar a Madame Lupion como garotas fazem festas do pijama.

— Que garotas você quer dizer? De dezoito anos, catorze anos, doze anos... — E, como não respondi imediatamente, ela disse: — Isso faz uma diferença enorme. Com doze anos, elas ainda comem bolo, mas com dezesseis elas querem mesmo são *smoothies* veganos, e, com dezoito, uma quantidade imensa de suco de maçã com Bacardi ou outras coisas semelhantes e insuportáveis.

Eu disse a ela que minha prima — que não tenho — está fazendo doze anos.

— Ah! Minha filha e suas amigas alugaram um filme romântico de dança quando tinham doze anos e cantaram as músicas dele no karaokê. Ela apagou velinhas cor-de-rosa no bolo. Ah, às vezes elas também se maquiavam!

— Ah, sim. — Eu me senti um pouco estranho.

— Por que quer saber disso, Samuel?

— Bem, por nada — menti. — Só para comprar o presente certo.

— Você é um rapaz muito sábio, meu querido.

Felizmente, as vendedoras da farmácia do metrô Hammersmith não me perguntaram por que eu queria sombras azuis, brilho labial sabor morango, velas cor-de-rosa e um microfone de brinquedo.

Procurei na iTunes Store, na seção "Romance", um filme em que os atores dançassem e se beijassem. *Dirty dancing* ou coisa parecida, nunca tinha ouvido falar. Mas me parece ser um filme popular. Pelo menos para as garotas.

No Wellington, o tempo permanecia parado. Meneio a cabeça para Sheila na recepção, ela olha para mim, sorri rapidamente e depois se afunda de volta em seu mundo. Sigo para o segundo andar.

De longe eu já vejo. A dor é negra e pungente. E meu pai está deitado de bruços. Por que está deitado de bruços?

Dr. Foss me intercepta e coloca uma máscara na minha mão.

— Só dois minutos hoje, Sam. Seu pai está com pneumonia de novo.

Sinto o chão se dissolver embaixo dos meus pés, fico tonto de preocupação por um instante, mas reprimo o pânico crescente.

— Oi, pai — sussurro, me ajoelhando ao lado dele e olhando para seu rosto. Ainda está impassível e vazio. Uma casa assombrada cheia de tormentos sinistros. — Pai? Vou visitar Maddie. Ela faz aniversário hoje. Quer que eu diga alguma coisa para ela? — Vou contar a ele o que pretendo fazer com Maddie. Imagino que uma festa do pijama vai acordá-la. Isso, ou a Pippi Meialonga.

Como meu pai não faz objeção nenhuma, deduzo que ele esteja de acordo.

— Me deseje sorte, ok?

A máquina de respiração do meu pai chia.

Tirando isso: nada, nada, nada. Nada nele se move, nem mesmo quando lhe digo o que tenho no bolso da calça. Para Maddie.

— Samuel Valentiner — fala Deus atrás de mim. — É um bolo que você está segurando?

Faço que sim com a cabeça.

— É o aniversário da Madelyn — murmuro.

Deus pisca para mim.

— Cante alguma coisa para ela por mim, rapaz.

Se você soubesse, penso.

— Aliás, hoje seu pai recebeu duas visitas — diz Dr. Saul. — Um jovem, Ibrahim, e Greg, um velho amigo de seu pai, para quem ele trabalhou. Você os conhece?

Nego com um balançar de cabeça. Não conheço ninguém. Minha vida e a do meu pai só se cruzaram depois do acidente.

Por um instante, sinto um ódio gigantesco por ele crescendo. Por ele estar doente. Por ele querer escapar. Por ele me fazer tanta falta.

Deus me dá um cartão de visita.

— Aqui. O número de Greg, ele é jornalista. Ligue para ele. Pergunte sobre seu pai. Encha o saco dele, promete?

Faço que sim com a cabeça, ponho minha mochila no ombro, pego o elevador até o quinto andar, sigo pelo corredor e abro devagar a porta do quarto de Madelyn com o pé.

— Oi, sou eu. Sam.

Ela está deitada na cama com os olhos abertos. Passo a torta diante de seu campo de visão.

— Hoje é seu aniversário — falo, sem necessidade. Ela está cansada de saber disso.

Então tomo coragem para fazer o que não gosto nada de fazer. Cantar.

— Parabéns pra você... — eu começo. — Nesta data querida — e, como ninguém além de mim está lá para o aniversário dela, canto um pouco mais alto e com mais animação: — Muitas felicidades, muitos anos de vida! Viva a Maddie!

Ela me olha sem me enxergar, e eu dou uma rápida olhada em sua ficha de médica. Ah, sim. Logo será hora de seus colírios.

— Tudo bem — digo —, isto aqui é uma *tarte aux pommes*, torta de maçã. Bem, *tarte tatin*. Foi inventada por duas irmãs, Stéphanie e Caroline Tatin, que moravam em Orléans, terra da Joana d'Arc. E esta é a primeira torta que eu faço, então, por favor, não crie muitas expectativas. Mas encontrei manteiga francesa com sal marinho de verdade, as maçãs são de Sussex, e, tipo, tudo bem. Posso cortar a torta?

Maddie não responde, então sugiro:

— Ou vamos assistir a um filme primeiro? E depois comer a torta? Tenho aqui tudo de que precisamos.

Tiro da mochila o iPad que secretamente peguei do criado-mudo da minha mãe. Em seguida tiro um pijama feito de cetim, em tons de pêssego, também da minha mãe, e um par de chinelos que Malcolm certamente gostaria de ter: eles parecem do Batman. Coisas enormes. Coloco os dois rapidamente.

— Tcha-nã — digo, rodopiando na frente dela, meu coração palpitando, e me sinto um verdadeiro idiota.

Não importa. Eu faria qualquer coisa para vê-la sorrir. Ou revirar os olhos.

— Você já está de camisola, então eu diria que vai ser uma superfesta do pijama de aniversário. Você quer dançar primeiro, ou primeiro o karaokê? Ou abrir o presente que eu trouxe para você? — Puxo o pequeno pacote do bolso. — Não? Ok, vou deixá-lo aqui embaixo, no criado-mudo. O quê? Poderíamos nos embelezar um pouco? Muito bem. Por acaso tenho algo bem aqui.

Pego a maquiagem da farmácia.

— Pode me ajudar? — pergunto a Maddie. — Sim? Então segure o espelho. — Recosto o espelho no travesseiro dela e tento de alguma forma passar a coisa azul quebradiça nas minhas pálpebras. Faço isso e sinto arder. Realmente não entendo por que as mulheres fazem esse tipo de coisa. Fica parecendo aquele palhaço horroroso do Stephen King. E *gloss* de morango tem gosto de papel tornassol.

Ainda assim, pergunto:

— Como estou? Quase uma Kate Winslet, né?

Espreito e tenho certeza de que Maddie está rindo. Em algum lugar. Talvez.

Definitivamente, Scott está rindo dentro da minha cabeça.

— Quer também? Não? Não é sua cor preferida? Quê? Brilho labial? Esquece. Não tem gosto de morango, eu juro.

Ela quer mesmo assim.

— Sabia que existe um com aroma de morango com serragem? É sério!

Mesmo assim, aplico o *gloss* com muito, muito cuidado em seus lábios. Maddie fica imóvel para que eu consiga desenhar as curvas de sua boca. Então seguro o espelho na frente dela.

— Na verdade, você não precisa usar isso, Maddie.

Porque você já é muito bonita, mas isso eu não digo.

Tenho certeza de que Maddie diria: "Obrigada, Sam."

Eu imagino a cena e fico com vergonha.

— Então. E agora? — pergunto a ela.

Agora eu gostaria de assistir a um filme, Sam.

— Mas é claro, Maddie. Que tal um filme com dança?

Ele é romântico?

— Acho que sim. Sim. Sem dúvida. Tem problema?

Não! Fico feliz que você tenha pensado nisso! Mas espero que não seja brega.

— Você conhece o filme *Dirty dancing*? Não sei se ele é brega, mas podemos tentar ver.

Com cuidado, me sento ao lado de Maddie na cama.

Procuro no iPad, inicio o filme e seguro o dispositivo de forma que possamos olhar para a telinha.

— Você consegue ver?

Ela não diz nada, enfeitiçada.

Então o filme começa.

Ai, Deus.

— O que ela *está fazendo* ali? São melancias? Maddie?

As garotas são assim, Sam. Nós somos tímidas.

— Sim, mas tímidas *desse jeito?*

O filme realmente conta uma história estranha.

— O cara é bem ok, não é? Usa umas coisas estranhas. O que fizeram com o cabelo dele? As meninas acham isso bonito? E que nome é esse: Baby?

A maioria das garotas que eu conheço — que não são muitas, para ser honesto — estão sempre falando tão afetadas, revirando os olhos e dizendo: "Ai, fala sério?" Mas é disso que eu gosto em Maddie: ela é bem legal.

Então a dança começa.

Arrã. Uau. Então é disso que as garotas gostam?

O que Scott diria? "Não é necessário entender as mulheres para gostar delas. Nós não entendemos gatos ou hipopótamos e ainda os achamos maravilhosos."

— Desculpe, não ficou claro para mim por que é tão romântico.

Bem, Sam. Creio que você tenha que compensar isso. Você pode dançar o que eles acabaram de dançar?

— Não.

Ah, por favor!

— Maddie, não é só que eu cante mal, eu também não sei dançar.

Por favor, Sam!

Eu vejo o rosto bonito e inexpressivo de Maddie e tenho certeza de que ela está aqui agora, mas fica quieta para não estragar tudo. É isso. Deve ser isso. Mas não acredito que ela vá conseguir se segurar por muito tempo.

— Tá. Eu vou dançar. Mas ai de você se rir. — *Ah, por favor, por favor, ria! Eu pagaria o maior mico da vida se você risse apenas uma vez.*

Coloco o iPad na mesinha ao lado da cama, empurro o braço mecânico para longe do rosto de Maddie e ponho a cena em que "Baby" sobe as escadas e pratica dança e rebolado. Então tento imitar.

— Então, Maddie?

Eu ergo os braços ao lado do corpo e balanço a bunda. Ou pelo menos tento. Danço a música de *Dirty dancing* com meu pijama cor de pêssego, pantufas de Batman nos pés e sombra azul nas pálpebras.

Acho que Maddie está morrendo de rir.

Eu danço e pego mesmo o ritmo. Danço e, enquanto faço isso e me remexo de um jeito tão idiota como nunca fiz na vida, me apaixono por Maddie. Me apaixono como se ela fosse a música da minha vida, a música que eu sempre vou ouvir, que será a trilha sonora da minha vida, porque é isso que ela é.

Não é surpresa nenhuma que eu não veja a porta sendo aberta.

— Ei, Sam? Ou, ei, garoto que se parece com Sam: você está usando uma sombra azul?

A enfermeira Marion entra, e eu tropeço nas pantufas de Batman e fico vermelho, de novo.

— Acha que a verde ficaria melhor em mim? — pergunto sem fôlego.

— Não dê uma de engraçadinho. O que vocês estão fazendo aí?

— Estamos comemorando o aniversário da Maddie.

— Ah, é?

— Garotas fazem festas desse jeito.

— Ah, sim. Claro. Óbvio. — Seu olhar vagueia para cima e para baixo, e eu olho para a esquerda, para o espelho no armário, e fico impressionado como a gente consegue parecer um idiota sem fazer muito esforço.

Marion aponta para o iPad.

— O que vocês estão vendo?

— *Dirty dancing.* É sobre melancias.

— Sério? É o Batman que está no seu pé?

— U-hum.

A enfermeira Marion pega o colírio, umedece as pupilas de Maddie e se senta do outro lado da cama para ver o filme também. Eu me sento no meu lugar de antes e ergo o iPad, e meus braços aos poucos começam a ficar dormentes, mas isso não importa.

Nesse meio-tempo percebo como fico totalmente vermelho quando começa aquela beijação toda.

— É saudável — explica Marion. — Fortalece o sistema imunológico trocar bactérias.

— Eca — retruco.

Maddie dá risadinhas. Pelo menos eu acredito nisso.

O dramalhão continua seguindo seu curso.

— Ei, por que ele não fala para o pai de Baby que ele não é o pai da criança?

Porque assim o filme acabaria!

— Ah, tá. Ai, cara. — Estou animado. Mesmo com Marion lá, a Maddie continua falando comigo. Bem, só na minha cabeça, mas acho que uma certa dose de loucura não faz mal a ninguém.

Você não acha que Johnny é um fofo?, pergunta Maddie.

— Eu? Não. Por quê? Você acha?

Não, também não. Acho você um fofo, Sam.

Bobagem. Maddie nunca diria isso. Nunca, nunca, nunca. E eu deveria parar de ficar o tempo todo imaginando as respostas dela.

— Toc-toc-toc, ficamos sabendo que tem uma torta aqui?

Chegam mais duas médicas e Liz, a fisioterapeuta. Todas usam minúsculos chapéus bobos de papelão, do tipo que se costuma usar na véspera de Ano-Novo. Liz entrega um a Marion, que ela coloca calmamente.

No momento, não me sinto mais o único idiota.

— O que você está fazendo? Sam, você está usando...

— Sim, é o Batman. Existem pantufas de Super-Homem também.

— Imagino — diz uma médica com voz grave, e as outras mulheres riem. Maddie também. As mulheres são mesmo muito estranhas.

No final, estamos os cinco sentados na cama vendo *Dirty dancing* e todo mundo está fungando, menos Maddie e eu.

Tudo bem, até que é um pouco emocionante.

— Sam, foi você que fez isso? — pergunta a enfermeira Marion depois dos créditos, apontando para a torta.

Faço que sim com a cabeça.

— Isso é uma *tarte tatin*! — exclama Liz com entusiasmo.

— Mas onde estão as velas?

— Primeiro o karaokê — explico e puxo o microfone de brinquedo rosa da minha mochila.

— Ai, gente. Logo quando vai ficar legal eu preciso ir — suspira uma das médicas e olha para seu bipe.

Liz também se despede com um olhar desejoso para a torta.

— Já terminei meu expediente. E eu amo karaokê — diz a segunda médica.

A enfermeira Marion verifica os monitores de Maddie e murmura depois de dois ou três minutos:

— Bem, tudo bem. Mas só porque são vocês. Maddie está bem. Está suando um pouco. Está se divertindo, querida?

— O que tem de música no karaokê? — pergunta a médica.

Vejo no seu crachá o nome Ben. Sheerin. Ben? Ela olha para o iPad, curiosa.

— Aliás, meu nome é Benny — diz ela —, de Benedicta. Não coube no crachá.

— Ah, tudo bem. Sou Sam. Samuel Noam Valentiner. Seria muito longo para um crachá também.

— Pois é. — Dra. Benny percorre as músicas que estão no iPad da minha mãe.

— Não! Não pode ser! *Dancing Queen!* — ela grita de repente. — Marion, você conhece essa?

— Tenho cinquenta e um anos, não *cento e cinco*, minha querida. Claro que conheço o Abba.

Benny brinca com o iPad, aumenta o volume e anuncia:

— Tudo bem, Madelyn, esta é só para você. — E tira o microfone rosa da minha mão.

E então as duas mulheres ficam na frente da cama de Maddie e cantam *Dancing Queen* de um jeito muito constrangedor e bom pra caramba no karaokê. Benny faz a primeira voz, Marion a segunda.

Danço de novo como a mulher do *Dirty dancing* e tento fazer o penteado do tal Patrick Sei-lá-o-Quê, que interpreta o Johnny. Tenho certeza de que Maddie está quase fazendo xixi nas calças de tanto rir, então pulo um pouco mais, e a garota de olhos azuis de gelo continua deitada na cama enquanto dançamos e cantamos para ela.

You are the dancing queen
... You can dance, you can jive
Having the time of your life...

Marion, em seguida, traz um isqueiro, coloca as doze velas na torta e as acende. Tenho mais uma vela mágica com o número 12. Ela brilha, faísca e faz barulhos crepitantes, como se uma estrela tivesse caído no quarto.

O presente de Maddie está embrulhado sobre a mesa.

— Vamos cantar de novo — diz a enfermeira Marion, rindo, seus cachos ruivos grudando no rosto bonito e querido.

— Vamos cantar *Maddie é uma boa companheira* — diz Benny.

E então nós cantamos, a enfermeira Marion apaga a luz forte do teto, e lá estão a torta com as doze velas, o crepitar de um pequeno milagre, nós três e Maddie.

E assim comemoramos seu décimo segundo aniversário.

— Você tem que soprar as velas, Maddie — sussurro quando terminamos a música e seguramos minha torta de maçã com as velas diante de seu rosto imóvel. — E fazer um pedido. Um pedido com muito fervor. Assim ele vai se realizar.

E por um momento louco acho que vejo de novo em seus olhos o corvo em fuga, cujas penas pretas voam através de suas pupilas.

Mas Maddie não apaga as velas. Claro que não.

A máquina de respiração respira por ela, apenas seu batimento cardíaco está um pouco mais acelerado.

— Tudo bem — falo, surpreso com minha decepção profunda. — Tudo bem, vou soprar para você e fazer um pedido meu.

Puxo o ar e, enquanto sopro as velas, penso que gostaria de brigar com Maddie um dia. Briga e reconciliação, não consigo imaginar nada mais bonito do que ela piscando para mim com raiva, e depois eu a abraçando até ela não conseguir se controlar mais e cair na risada.

Mas Maddie não olha para mim.

Nem mesmo seu maior desejo foi capaz de trazê-la de volta.

Deixo as duas folhas de carvalho na mesa ao lado dela.

DIA 38

Henri

O dia amanhece com um sol brando que delicadamente me puxa para fora da noite.

Vejo Eddie enfiando a ponta do indicador na leiteira no fogão a gás para conferir se o leite já está quente o suficiente para seu café. É assim que sempre faz. Há muito tempo se tornou um gesto automático que executaria mesmo se o leite estivesse fervendo.

Quando ela se vira, fixo meu olhar no dela. Em seu olhar de mar invernal cintilante.

Suas pernas nuas sob a camisa, a testa franzida, a boca soprando o leite quente: não quero nunca ficar sem ela.

Tenho a sensação de que estou escorregando em direção a um ponto crítico, como em uma encosta gramada.

O desejo de tirar o cobertor de cima de mim e convidá-la a se deitar comigo, de costas para mim, de conchinha, é tão grande que eu simplesmente faço isso. "Vem cá!"

Sinto o frescor de sua sombra em meu rosto quando ela pisa descalça no lençol branco.

— Eu te amo — diz ela —, eu te quero, para sempre e além, para esta e para todas as outras vidas.

— E eu te amo, Edwinna Tomlin.

Sinto um alívio crescente e reconheço o sentimento por trás desse alívio.

Então, isso é que é amor!

Sete dias depois, sabemos que devemos nos casar na Bretanha, ainda neste verão.

Eddie se curvou e bebeu da velha fonte de conto de fadas — assim a chamávamos quando crianças —, na Rodovia 127 para Trémazan, ao lado da capela de São Sansão. A água vem diretamente do penhasco. Uma antiga cuba de pedra e um menir esculpido cercam a antiga fonte, que dizem satisfazer os desejos das crianças. A vassoura-de-tintureiro amarela está florescendo.

— Vamos ter um filho, Henri — ela me diz.

Está linda em seu vestido branco. Um pouco antes, quando estávamos na capela de São Sansão, aquela de oitocentos anos de idade, o frio desenhava em sua pele um padrão de minúsculos pontos em relevo.

— O peso do tempo é diferente aqui — sussurra.

— O tempo fica mais fino aqui — comento. — Há lugares onde a densidade de maravilhas é maior que em outros lugares do mundo.

— Se nos perdermos entre os tempos, nos encontraremos de novo — sussurra Eddie ao meu ouvido. — Certo?

— Certo — respondo e continuo: — Eu te amo. Me perdoe se nem sempre faço tudo certo.

— Pare de pensar em certo e errado — responde ela —, isso não existe mesmo. Você só precisa viver, entende? Só viver.

Bebemos de novo da fonte. O mar agora tem uma cor turquesa-escura, e, aqui e ali, cristas brancas de espuma. O vento impulsiona o Atlântico e o Canal da Mancha um contra o outro, e o Iroise entre eles ondula e espuma. É o mar mais bonito do mundo, e eu estou ali com a mulher mais bonita do mundo.

Na manhã seguinte, continuamos pela costa, quero mostrar tudo a Eddie. Le Conquet, St. Mathieu, a Baía dos Mortos na Baie des Trépassés, e a Île de Sein, onde o tempo é ainda mais fino e todas as vidas não vividas se cruzam e quase nada mais as separa.

Andamos de mãos dadas ao longo do caminho do penhasco, onde os oficiais da alfândega e os contrabandistas pisaram na colina relvada.

Então descemos as falésias.

Estamos sozinhos, é hora do almoço, e todos estão sentados diante de pratos e tigelas, aproveitando a vida, comendo coisas deliciosas e abundantemente maravilhosas. Mexilhões à *la marinière*, lagosta, bodião e bacalhau.

Beijo-a, e a ponta de sua língua é suave e brincalhona. Abraço minha noiva e sussurro em seu ouvido que conheço lugares na costa selvagem onde apenas as *goélands* — as gaivotas gigantes — podem nos ver quando mergulham no mar.

Procuramos um rochedo plano, liso e quente. Eddie se recosta para trás e abre para mim as pernas beijadas pelo sol.

Viro de costas para o mar. O sol está brilhando quente em meus ombros, em meu pescoço.

Estou inteiro dentro dela, tão fundo que não consigo mais sentir onde o corpo dela começa e o meu termina.

Sinto gosto de sal e estou com sede, me inclino para beijar Eddie, e ela me abraça forte. Eddie é macia, quente e escorregadia, e começo a amá-la no mesmo ritmo das ondas que rolam contra os penhascos abaixo de nós, com firmeza e sem pressa.

— Eu te amo — digo para ela, que está de olhos abertos. — Eu te amo, eu te quero, para sempre e além, para esta e para todas as outras vidas.

Eddie só olha para mim, como se não fosse eu que a estivesse tomando, e sim ela. Ela me toma. Me eleva. Me leva para dentro de sua vida e me molda ao seu redor. Ela me atrai, me recebe, e é como se eu deixasse minha alma fluir para dentro dela.

Enquanto me despejo dentro dela, sinto o frio grande e extenso que de repente se ergue atrás de mim. Então a sombra cai sobre mim com força, uma enorme mão de água que me bate com firmeza, me arrastando para dentro do mar.

Eu caio, sou engolido, luzes, cores e vozes me envolvem. Sou sugado, como se deslizasse cada vez mais rápido por um tubo, eu me dissolvo, eu caio, cada vez mais rápido, eu caio e...

DIA 39

DIA 49

Eddie

*H*enri!

Acordo em meio às últimas ondas do orgasmo que me atravessam. Estou deitada de barriga para cima com as mãos ao lado da cabeça. A excitação cresceu dentro de mim como uma onda invisível que desliza no fundo do oceano e se ergue aos poucos, cada vez mais alta, até a superfície. E em meu corpo alguma coisa se inflama, não sei o quê, é meu primeiro orgasmo enquanto durmo. Tenho quarenta e quatro anos e, pela primeira vez, caio das bordas da luxúria do sonho para dentro da realidade.

Ao meu lado está Wilder. Ele dorme enquanto sinto um suave latejar de prazer, que se contrai e relaxa, se contrai e relaxa, entre minhas pernas.

Os músculos da minha coxa estão tensos, sinto gosto de sal nos lábios. Dormi com Henri. Meu corpo me diz isso e também diz: "Isso não é sonho, é real." Ainda sinto o peso de Henri sobre mim. E dentro de mim. Eu me senti amada.

Wilder ainda está dormindo? Ou eu o acordei?

Falei alto o nome de Henri. Sei disso, minha boca sente. É como se eu ainda sentisse seus lábios, o calor deixado nos meus, a pressão, a respiração. Ele sempre foi tão quente, como um forno, uma fogueira; algumas pedras armazenam o calor de mil anos dentro de si.

As imagens do sonho se dissipam.

Depois disso, a repentina sensação de que ele está sendo arrancado de mim e carregado para longe.

Loucura!

Estou aqui. Em uma realidade na qual Henri está em coma e tem uma pneumonia grave que vai e vem, que o afasta ainda mais. Afasta-o da vida, deixando-o cada vez mais perto da morte. De novo mais perto da borda deste mundo de discos.

O medo vive em mim agora, e ainda assim tento escondê-lo de Wilder. Sei que estou prestes a destruir meu futuro com ele.

Mas não consigo evitar. Ou melhor: não quero nem tentar evitar.

Vivo em uma realidade na qual durmo perto de um homem que não sabe que tenho visto Henri todos os dias há quase cinco semanas. Em um mundo onde não sei mais como será o dia seguinte.

Em mim agora se espalha a sensação intensa e feroz de ter perdido algo vital. Tão importante que sem esse algo nenhum riso, nenhum lugar agradável, os dias não significam mais nada. No meu peito, em meu estômago, em meu pescoço há uma dor infinita. Uma escuridão profunda que me engole, um grande lago profundo e sem luz onde afundo.

Henri está morto?

Ouço a respiração de Wilder, mas ele está em silêncio ao meu lado, no escuro, uma perna sobre a minha. Mordo o punho para abafar meu choro.

Empurro a perna de Wilder para o lado com o maior cuidado possível para me levantar.

A dor é mais violenta do que antes. Do que quando, por meses, eu não sabia como sobreviver sem ver Henri de novo. Sem tocá-lo de novo. Sem falar com ele ou ver seu sorriso, seus olhos, suas mãos em mim de novo.

Sem me sentir mais amada.

Não ter ao lado quem se ama é morrer, e o que resta é a animação suspensa de um corpo vazio.

Ando descalça sobre as velhas tábuas enceradas na grande cozinha do meu apartamento e coloco uma xícara de café grande sob a torneira, encho-a e bebo toda a água fria. Tem gosto do sal que ainda estava nos lábios de Henri quando ele me beijou.

Meu marido está morto.

Eu não tenho a menor ideia de por que penso nisso. Meu marido? Henri não é meu marido.

O sonho, o sonho estranho e intenso. Estávamos casados, tudo era diferente, tudo.

A capela ficava num penhasco verdejante acima do mar e tinha uma porta vermelha. O santo padroeiro da igreja à beira-mar era São Sansão. Nós nos encontraríamos ali se um dia perdêssemos o contato, esse era o combinado.

Daqui a dois dias, Wilder sai em turnê para promover seu novo livro, *Até breve*, nos EUA. É sobre pessoas que foram embora sem aviso. Ele entrou em contato com elas para contar sua história. Histórias comoventes de términos e recomeços.

O professor que, sem falar nada, largou a família durante o jantar para viver ao ar livre no Canadá. A mulher que disse que ia ao banheiro em uma estação de trem durante uma viagem de férias e, em vez disso, simplesmente desembarcou. O golfista que, em uma busca por uma bola na floresta, simplesmente continuou andando e não voltou para o campo, para a sua vida. A menina doente que saiu do hospital uma noite para ver o mar.

Estou aliviada porque Wilder vai se ausentar por algumas semanas.

E eu poderei dormir no Wellington para passar minhas noites com Henri. Finalmente, finalmente, finalmente. Não quero perder o momento de sua volta. E ainda assim me sinto culpada por planejar passar meu tempo com Henri como se ele fosse um amante secreto.

Sam

Tem alguma coisa diferente.

Percebo quando saio do elevador no quinto andar. É como se, no fim do corredor, perturbação, ansiedade e agitação se misturassem. E, quando me aproximo, há três pessoas cuidando de Madelyn. Benny, Dimitri e um dos médicos que Dimitri chamava de "cara do gás".

A enfermeira Marion está com uma máscara facial e lança um olhar para trás que interpreto como: "Era só o que me faltava." Mas, com toda a delicadeza, ela me pede:

— Sam, você poderia esperar lá fora, por favor?

— O que houve?

— Faça o favor de esperar lá fora?

— O que houve com Maddie? O que há com ela? Enfermeira Marion? Enfermeira Marion!

Ela não me responde, e os dois outros, Benedicta, a médica, e Dimitri, o enfermeiro russo, prendem outras máquinas ao corpo de Maddie com movimentos precisos e apressados. Acessos são postos nas costas da mão e abaixo da clavícula, cânulas de gotejamento são preparadas. De repente, como meu pai, ela fica enrolada nos sensores das máquinas, uma teia de aranha de vigilância total. Uma que mede o teor de oxigênio do sangue, como não vi nem no meu pai. Maddie tem pouquíssimo oxigênio no corpo, muito pouco mesmo.

Ela está de olhos fechados, pálida e suada.

— Tempo desde a queda de oxigênio? — pergunta o médico. Agora eu o reconheço como o anestesista, que muitas vezes controla a profundidade do coma induzido na UTI.

— Vinte e cinco minutos — responde o enfermeiro. — Cultura de garganta e biópsias de pele estão em andamento. A pressão venosa central continua a cair.

— Temos no máximo uma hora para dar o antibiótico certo e seis horas para estabilizar a circulação, caso contrário... — Benedicta para de falar quando me vê em pé na porta. A tensão de seu corpo preenche a sala.

Marion me empurra gentilmente até a parede, no corredor.

— Me deixe ficar com ela — imploro —, por favor!

— Sam, é impossível. Estamos no meio de uma crise, entende?

Sim. Infelizmente. Entendo muito bem. "Crise" significa catástrofe.

A porta automática dos elevadores desliza, Dr. Foss sai e, atrás dele, Deus.

Quando Deus chega não é um bom sinal, não mesmo.

Ele me dá uma olhada. Leva apenas cinco segundos para ele se aproximar de mim, passar por mim, entrar no quarto de Madelyn e me olhar de lá, mas em cinco segundos tudo acontece.

Nesses segundos que parecem se estender por milhares de anos mudos, nos quais a vida se transforma em um vídeo em câmera lenta e meu sangue parece ter virado água gelada, Deus me diz que não sabem o que fazer porque nunca haviam encontrado alguém como Maddie.

Deus diz à sua equipe:

— Temos pouco espaço para erro na escolha da terapia. Antibiótico de amplo espectro, por favor, antifúngico. Os farmacêuticos devem preparar antimicrobianos novos. Deixe a cama dela mais alta, não quero que fique deitada. Fluidoterapia e administração de cristaloides. Começar com trinta mililitros, precisamos aumentar a pressão venosa. E a hemocultura? — pergunta ele baixinho e tranquilamente, para terminar.

— Feita, mas ainda não avaliada.

— Vocês removeram sangue do cateter? Odeio essas porcarias, são acumuladores de bactérias.

— Sim, mas deu negativo.

— Enfermeira Marion, a glicemia?

Ela faz que não com a cabeça. Está assustada, pálida.

— Suspeito de infecção na bexiga — comenta Dr. Foss.

— Os níveis de urina não confirmam isso, Foss. Como estão os dentes dela?

— Bons. O ultrassom não confirmou nenhuma lesão na mandíbula. Também não há nenhuma indicação da origem da sepse — responde Benedicta.

— E por que diabos leva tanto tempo para fazer as hemoculturas? Líquor, por favor!

Agora Deus falou alto.

A enfermeira Marion cuidadosamente coloca Maddie de lado, esteriliza um pedaço de pele em seu cóccix, e o Dr. Foss, de luvas, a perfura na lombar com uma agulha hipodérmica. Ele puxa alguma coisa, enche três tubinhos. Deus observa atentamente, depois ergue um tubo de fluido espinhal contra a luz.

— Cristalino — diz ele, pensativo. — Exclui meningite.

— Vamos fazer uma TC... — começa o Dr. Foss.

— Ela vai entrar em colapso no meio do caminho — Deus interrompe. — E de onde que, de repente, um corpo estranho entrou no corpo da menina e desencadeou a inflamação? Ela está aqui há mais de seis meses.

— Algum fragmento remanescente do acidente, talvez.

Deus pensa. Então concorda com a cabeça.

— Mas temos que baixar a pressão dela e estabilizá-la primeiro. Os farmacêuticos precisam se apressar, eu mesmo vou aplicar o *bolus*. E, por favor: rápido!

Quando Deus sai da sala, eu grito:

— Senhor! Por favor!

Ele se vira, as rugas profundas, os olhos bicolores vermelhos e duros.

— Valentiner — disse ele baixinho. — O que você quer?

— Eu pedi... pedi para Maddie que, se ela visse meu pai, que ela deveria dizer para ele...

Eu hesito. Deus está cansado.

— O que, Valentiner? O que ela deveria dizer para ele?

— Que eu sei que ele estava a caminho.

Deus meneia a cabeça. Ele passa a mão no rosto, e para com ela sobre a boca. Sei que, quando as pessoas fazem isso, estão tentando segurar o que sairia de um jeito verdadeiro e espontâneo.

— Valentiner, eu gosto de você, mas agora você está se comportando como o garoto que ainda é. Você não tem nada a ver com isso, nada. Madelyn está com uma infecção no sangue. Uma sepse. Não sabemos de onde vem.

Deus toca meu ombro por um instante.

— E, Sam — acrescenta muito, muito baixinho —, Madelyn e seu pai estão cada um em seu próprio universo. Onde quer que isso seja. Entende? Não estão em um lugar onde possam se encontrar, por mais que a ideia seja reconfortante.

— Não?

— Claro que não. — Ele se afasta.

Meus olhos ardem enquanto o vejo se afastar.

Ouvi como meu pai me chamava.

E sinto que Madelyn está procurando alguma coisa, sim, está procurando alguma coisa e, por isso, deixou sua solidão para trás.

Eu sei disso.

Mas nunca vou conseguir provar.

E, no fim das contas, talvez eu seja louco, porque sempre fui, desde o início. Sei que sinestúpidos ficam malucos com mais frequência, que de repente ficamos loucos porque sofremos um choque por ver demais a vida, sentimentos demais, sofrimentos demais.

Pouco tempo depois, Maddie passa por mim, sendo empurrada em uma maca. Dimitri e Benedicta correm para o elevador, e eu vejo como as portas se abrem, engolem Maddie, e a luz indicadora de andar aparece em seguida, apontando para o segundo.

Unidade de Tratamento Intensivo.

A enfermeira Marion para ao meu lado.

— Vá para casa, Samuel — diz ela com suavidade. — Eles vão cuidar da sua garota.

Minha garota.

Sim. Ela é a *minha* garota.

— O que vai acontecer agora? — sussurro a pergunta.

— Eles vão tentar descobrir o que causou a infecção no sangue. Bactérias, fungos, corpos estranhos, vírus, meningite... existem muitos agentes possíveis.

Seus olhos pairam ansiosos sobre o grande relógio no corredor.

Muito ansiosos.

— O que foi, por que precisam se apressar? — pergunto em pânico vermelho-vivo. Os músculos da mandíbula da enfermeira Marion estão tensionados.

— A sepse em um hospital é pior do que qualquer coisa que se pode ter aqui, Sam. Muitos germes, muitos fungos e bactérias resistentes. O doutor Saul precisa decidir qual vai ser o tratamento na próxima meia hora. Que antibióticos vai usar que combatam os patógenos, mas que não desativem completamente o sistema imunológico de Maddie, entende?

Meia hora? E se ele tomar a decisão errada? Por favor, por favor, por favor, não!

Os antibióticos também matam toda uma série de células boas quando utilizados, algo que aprendemos em biologia.

— Mas ele é bom nisso, Sam. De verdade.

— Ela vai... morrer?

— Isso é o que as próximas seis horas decidirão. E a noite.

Apenas seis horas e uma noite.

Em seis horas, eu já deveria estar em casa.

Em seis horas, minha mãe vai tomar banho e beber seu Crémant. Não posso ir agora!

A enfermeira Marion diz mais para si do que para mim:

— Sempre temi que esse dia chegasse. O dia em que Maddie tomaria uma decisão.

— Qual decisão? — pergunto.

— Sobre o caminho que ela vai seguir, Sam. Se quer ir. Ou voltar.

Quero dizer "Não, isso não é verdade!". Ela fugiu, deixou o lugar onde esteve por todas aquelas semanas. Sozinha, envolvida por uma camada impenetrável. Agora está a caminho de si mesma, só não está pegando o caminho mais curto, e sim procurando outra coisa.

Mas talvez isso também não seja verdade.

Talvez eu só queira acreditar que a imersão de Maddie é o começo de um movimento que a traz para mim. Porque quero ver como os olhos dela vão mudar quando ela olhar para mim pela primeira vez, realmente olhar.

Estou com medo de que não goste de mim tanto quanto eu gosto dela.

Mas, mais do que isso, de que ela nunca mais abra os olhos.

Não posso ir para casa agora.

Está escurecendo lá fora.

Meu celular vibra, eu o ignoro.

Scott me envia mensagens de WhatsApp. Mando uma para ele, peço que minta, que diga que estou com ele.

Meu celular vibra, eu o ignoro. Minha mãe me deixa uma mensagem na secretária eletrônica, desejando um bom filme para mim e para Scott.

Se Maddie for, eu vou também.

Ninguém sabe onde estou.

Ninguém sabe onde Maddie está.

Parece que ela está se preparando para mudar totalmente de lado.

Henri

... o turbilhão que me engolia parou. Parou?

A correnteza. O estrondo. As vozes. As cores.

Nunca vire as costas para o mar. A primeira regra e a mais importante.

Eu me sento, o céu se curva sobre mim, virou um círculo preto que me envolve por completo. Minha caixa torácica dói. Estou coberto de contusões que se estendem pelas minhas costelas, pela minha pele, pela minha clavícula. Respirar dói.

Sinto como se tivesse escorregado através de um tubo sem fim com mil junções de solda afiadas.

Sem horizonte. O céu, o mar, é tudo uma coisa só. Lá em cima, no escuro, as estrelas imóveis, lá embaixo, no escuro, como batidas do coração que vêm da escuridão úmida e profunda, estrelas se movem no subir e descer das ondas e dão a impressão de estarem nadando e piscando na água. Consigo ouvir a maré se aproximando rápido, como ela sussurra e cresce no escuro ao meu redor.

E, então, me ocorre.

Tudo.

Quente e ardente como ácido, a percepção goteja dentro de mim: estou no mar dos mortos. De novo.

Mais uma vez este mar, este barco, esta imensidão! Já estive aqui antes! Puxo os remos violentamente no mar. O gelo atinge meu peito dolorido, escoriado, e oprime meu coração.

Talvez estejam me enterrando sem perceber que não estou morto ainda?

Pensamentos confusos que se atropelam na busca pelo instante anterior ao que aconteceu.

Antes de eu estar aqui, onde eu estava? Onde eu estava? Quem eu era? Ou melhor... quem eu ainda era?

E, então, eu compreendo.

Tudo.

Tive tantas vidas, tantas. Estou preso em um loop infinito de entres. Desde o início meu pai estava certo, só que eu não quis saber, não quis compreender: é perigoso vagar no entre, na zona de contato entre a vida e a morte.

Como homem, espírito, demônio, como nada.

Eu deveria ter atravessado aquela porta de uma vez.

Talvez aqui seja o inferno. Sim, deve ser o inferno, viver várias vezes de novo, em incontáveis variações, começar tudo desde o início, sempre os mesmos erros, sempre novos erros, e recomeçar. E, em nenhuma dessas repetições, saber que se está vivendo aquilo tudo de novo.

Qual vida eu acabei de viver? Em que merda de mundo real?

O mundo sem Sam, no qual Sam não foi concebido?

O mundo em que Eddie morre, em que Eddie, minha esposa, morre em seu aniversário de quarenta e quatro anos? Porque brigamos, e ela ficou bêbada e capotou o carro em uma estrada costeira? Com frequência ela bebia porque eu a deixava infeliz, bebia uísque Talisker. Ela entrou no carro, saiu em disparada e voou por um penhasco em direção ao céu; e depois caiu, cada vez mais, até bater nos rochedos.

Foi o melhor de todos os mundos, no qual meu pai vive e embala a neta nos braços, Madeleine Winnifred Skinner? Winnifred em homenagem à avó de Eddie.

Foi o mundo em que eu disse a Eddie que não a amava e no qual nunca vi meu filho?

Como eu pude? Como pude desperdiçar minha vida com tantos medos e incontáveis "nãos"? Dizendo "não" nas bifurcações erradas, e "não sei" nas certas? Se eu pelo menos tivesse reconhecido os momentos que foram decisivos!

Grito em desespero, sem nem mesmo suspeitar do que fiz de errado dessa vez. Caio de joelhos e me encolho todo.

Sede. Beber, um suco de laranja, água, refrigerante gelado. Que sede.

Se eu estiver dormindo, poderia acordar olhando para as mãos. Levanto as mãos trêmulas, que sei que na verdade não estão ali, que são garras imóveis, talvez nem existam mais. Elas se fundem à escuridão. Ficam invisíveis.

Ondas se aproximam do barquinho azul, rosnando como cães grandes e descontentes.

Vamos emborcá-lo! Vamos virá-lo! Vamos brincar com ele!

Para mim, tanto faz. O mar vai me afogar mesmo.

Ele não me afoga. Em vez disso, é como se o mar se iluminasse, por assim dizer, onde meus olhos o penetram. E lá os vejo de novo, braços e pernas esticados em poses estranhas, como se tivessem dormido em pé. Seres flutuantes, erguendo-se de uma profundidade distante, sustentados por um fio delicado, mas estável. Alguns estão nus, outros estão de camisas, camisetas. Seus olhos estão fechados.

Quem são eles? Os mortos do mar de todos os séculos que ficaram à deriva quando seus navios naufragaram?

— Não. Esses são os sonhantes — diz a garota.

Ela está sentada em um rochedo preto que se ergue como uma baleia de pedra atrás de mim. A vazante expôs a pedra, as laterais, que ficam submersas duas vezes por dia, cobertas de conchas pretas. Em poucas horas, a maré terá subido novamente.

A garota tem olhos azuis de cristal e cabelos loiros e finos. Parece ter onze anos, e a tristeza em seus olhos faz meu coração doer.

— Como chegou até aqui, menina?

— Estou morrendo — responde a pequena. — Como você.

— Não — digo rapidamente —, você não vai morrer. Não vamos. Podemos voltar, sabe?... Enquanto estivermos no mar, podemos voltar.

— E você conhece o caminho? — Pelo jeito que me pergunta, ela parece saber que não sei. Nem de onde venho, nem como posso voltar.

Faço que não com a cabeça. Meu coração se contorce, endurecido. O medo, ele rasteja nas dobras e poros do coração e, ao mesmo tempo, o desespero de não ser capaz de proteger essa criança, nem essa, tampouco a outra.

— Venha, vou ajudá-la a sair do rochedo — digo para a criança. Levanto-me e estico os braços para a garota, o barco balança.

A menina não se move, mas me olha lá de cima.

— Um fantasma já tocou em você? — pergunta.

— Acho que não — respondo. — Venha! Salte! Eu te pego.

Ela se volta de novo para o mar.

— Minha mãe me tocou — diz ela. — Quando morreu. Ela me agarrou logo depois. Seu espírito. Aqui — a menina aponta para a bochecha —, e eu senti como ela se dissolveu, se transformou em éter, em vento e mar. Se transformou nas páginas dos livros que li e na música que dancei. Isso é morrer. Você se transforma naquilo que ama.

— Você não está morrendo — repito, impotente. — Venha! Vamos encontrar o caminho.

Agora ela está sorrindo, e seu sorriso também é solitário e triste.

— O que você ama?

Eu nunca fui bom em amar, nunca, mas agora amo a vida, amo tanto! E ela me faz falta, me faz falta, me faz falta.

— Os mortos não sabem se vivem com os mortos ou com os vivos, e, no fim das contas, não tem diferença. É como se você estivesse sonhando e não soubesse que está sonhando, a morte é assim — sussurra.

— Venha — peço de novo, esticando os braços —, venha, por favor. Você não precisa morrer.

Ela olha para mim com aqueles belos olhos claros e depois grita com voz trêmula:

— Mas eu quero. Só que é tão difícil. Sabia que é difícil? Não consigo. Não sei como funciona.

E agora ela cobre o rostinho doce com as mãos e chora, os ombros estreitos tremendo. Nem sequer consigo alcançar seus pés para confortá-la, e a pedra da baleia é lisa e alta. Não consigo fazer nada, exceto ficar em pé no meu barco minúsculo e cambaleante diante da criança chorando que deseja morrer.

Sob as mãos, ela chora aos soluços:

— Fui dançarina a vida toda. Dancei a Marie no *Quebra-nozes*. — Mais uma vez, um espasmo de choro a sacode. — E, uma vez, quando meu pai não pegou a autoestrada, mas continuou pela estradinha de terra, eu quebrei o tornozelo em um buraco durante um piquenique e não dancei a Marie. Foi um verão tão bonito, porque meu pai sempre me carregava para todos os lugares. Em outra vida, envelheci, envelheci muito e tive filhos e um marido, seu nome era Sam. Samuel.

Samuel!

Meu coração se despedaça em milhares de estilhaços.

Devagar, a garota tira as mãos do rosto. Agora não se esconde, chora desbragadamente.

— Preciso te contar algo sobre Sam. Ele sabia que você estava a caminho. E está esperando por você. Ele consegue ver você. Ele também me vê.

A garota se levanta, respira fundo — e salta com a graça de uma dançarina de balé diretamente da pedra da baleia para dentro do redemoinho de água escuro e estrelado. Com movimentos vigorosos, avança cada vez mais para os seres de sombra que sonham nas profundezas.

E, então, vejo outra coisa. Outra sombra que se desprende da escuridão e nada em silêncio em direção à menina com movimentos que lembram os das sereias.

Eu me ajoelho no barco balançante e quero gritar para a sombra: "Vá embora! Deixe a menina em paz!" Vejo a figura flutuando na água e estendendo a mão para o pé da criança, puxando-a mais para o fundo, dedos longos e escuros entrelaçados em suas panturrilhas. Cabelos compridos, como densas trepadeiras, se estendem ao redor da criança; vejo a menina girar e se contorcer, mas a figura se enrola com mais força, e então os dois afundam em direção às profundezas escuras.

A menina não tenta se libertar.

Olha para mim.

Como meu pai, naquela época, afundou no mar, com olhos abertos. Como ele olhava para mim enquanto era engolido pelas profundezas escuras. E eu não fiz nada, não fiz nada, nada.

Meu coração grita de medo. Mas eu preciso fazer isso.

Respiro fundo e pulo de cabeça no mar.

Está frio, salgado, e é familiar.

E, no silêncio profundo e escuro, algo me espera, levanta a cabeça e me encara enquanto tento mergulhar atrás da criança.

A primeira cãibra que sinto na panturrilha é o aperto de uma mão fria e firme. Sinto a força da corrente inferior que leva ao Atlântico e seus milhares de quilômetros de água.

A menina olha para mim, vejo seu rosto, o azul do mar em seus olhos, misturando-se ao mar embaixo dela. E seus olhos estão desesperados, como se ela não conseguisse acreditar que aquilo é diferente do que ela pensava que seria, completamente diferente. Parece que quer voltar à luz diminuta sobre nós, sobre as ondas. Meus pulmões, minha cabeça, eles queimam. Minha cabeça lateja. Uma segunda cãibra.

Minha força não será suficiente.

Mergulho, mergulho, e quando não consigo mais sentir meus pés, minhas pernas, meu abdômen, meu rosto, a criatura que segura a criança com força e a puxa se vira para mim.

E eu a reconheço.

Ela olha para mim, e seus olhos são um lampejo na escuridão. Um momento depois vem o puxão. Sou incapaz de segui-las por mais tempo, tenho que respirar, tenho que ir para a luz! Só por um instante, e depois vou tentar de novo, de novo e de novo!

Nado e vejo o brilho acima de mim dançando na água. Meus pulmões estão cheios de dor, preciso de ar! Imediatamente estou na superfície, estico os braços para cima, bato as pernas de novo com vigor, com as últimas forças, logo consigo respirar, meus dedos já estão rompendo as ondas... e bato em um vidro.

Pânico!

Tento desesperadamente não abrir a boca, mas abro, não consigo evitar, preciso de ar. Mas engulo mar, o mar me preenche.

Eddie! Me ajude, eu te imploro!

Eddie

Wilder me quer em seu mundo. Ele fala comigo sobre seus textos, ele os mostra para mim. Ele me apresentou à sua mãe, uma mulher que ama demonstrar seu amor, não apenas dizer que ama, pois para ela isso não bastava. Gosta de passar as camisas do filho, cozinhar para ele, dizer a ele o quanto me acha bonita e decente e o que gostou em seu último livro. Há pessoas que conseguem colocar amor em tudo o que fazem para outra pessoa, como se o enfiassem em um envelopinho que passam discretamente adiante com um sorrisinho astuto.

Eu sempre deixo que ele me leve para todos os lugares. Às vezes, até me esqueço de como vivo de verdade. Eu absorvo a vida de Wilder, me embebedo com ela e o acompanho a reuniõezinhas que sempre evitei. Com editores que têm suas casas editoriais de cinco andares em Victoria Embankment e filiais em Nova York, Berlim e Nova Déli, juízas que participam de programas de televisão, jornalistas cujas opiniões são discutidas em todo o país. Pessoas com uma vida mais elevada e reluzente que a minha. E, especialmente com eles, consigo me esconder bem e me embebedar da vida. Consigo me distrair para não pensar na inflamação que Henri desenvolveu com um cateter, não pensar no novo espasmo de seu pé e nem nos manuscritos que li de forma tão distraída, nem em Sam, com quem me preocupo, pois está crescendo tão rápido.

O mundo se dividia em dois, o interno e o externo.

Por fora eu escuto, faço minha cara de "Ah, sim?", meneio a cabeça em alguns momentos que me parecem apropriados.

Por dentro, estou com Henri.

Nesse meio-tempo, comecei a reconhecer na rua as pessoas que carregam dois mundos dentro de si. Elas olham sem ver. Não percebem mais a beleza do mundo exterior, sentem apenas aquilo que lhes preocupa, permanecem em seu mundo interior o tempo todo. E, quando busco seu olhar e o encontro, perco por um momento a vergonha por também estar usando uma máscara. Estou fisicamente presente, mas meus pensamentos, meus sentimentos estão no hospital.

Bebo um gole de um vinho Sancerre caro e gelado com um sorriso falso e finjo ouvir as conversas sofisticadas quando, de repente, acontece.

De repente ele está lá. Tão próximo. Tão barulhento!

Eddie! Me ajude, eu te imploro!

Tenho até a impressão de que consigo vê-lo, por um momento mágico, à ponta da mesa, ao fundo da sala, à sombra da luminária de chão.

Seu rosto está contorcido.

Pânico. Pânico absoluto. Ele bate em uma tampa de caixão feita de vidro.

Não, Edwinna. Não. Você está apenas exausta e ouvindo vozes. Não ligue!

Eddie! Me ajude, eu te imploro!

Consigo ouvir Henri de novo com muita clareza, e não é culpa do vinho. Só tomei um gole.

Tenho que sair daqui. Imediatamente.

— Com licença — murmuro, empurrando a cadeira para trás.

Foi um pouco forte demais, as pernas se arrastam ruidosamente no assoalho, e a cadeira cai para trás. Um barulho embaraçoso de madeira pintada sobre o parquê.

Os monólogos na longa mesa posta em branco da nobre sala de jantar do apartamento do editor emudecem.

O editor com suas anedotas alegres, o artista com suas opiniões ponderadas, o crítico com suas tiradas educadas: todos olham para mim. Meio esperançosos, como se agora fossem ver algo ofensivo, meio chocados porque eu os perturbei.

Wilder, ainda inclinado para a frente, contando ao editor sua nova ideia para um livro, se vira para mim.

— Tudo bem, Eddie?

Inspire.

Expire!

Wilder pega do chão o guardanapo engomado que escorregou do meu colo quando me levantei.

— Edwinna? — pergunta ele de novo, mais atento.

Realmente *preciso* sair daqui. Passo a passo, saio da atmosfera calorosa e alegre das velas sobre a mesa. Controlada. Empertigada. Não devem achar que estou bêbada, que sou raivosa ou maluca.

Respire. Inspire. Expire.

Os saltos dos meus sapatos estalam alto no assoalho, alto demais, pois todo mundo está em silêncio e me olhando. Consigo sentir os olhares e, de repente, me sinto glamurosa demais naquele vestido.

Quando chego ao corredor, ando mais rápido, pego minha jaqueta de couro no cabideiro e corro. Ignoro o elevador e desço as escadas, o corrimão liso sob a minha mão é a única coisa que sinto. Corro.

Não aguento mais, não aguento! Estar sentada ao lado de Wilder. Ficar olhando secretamente o celular, o maldito celular, esperando a enfermeira Marion me atualizar sobre a noite. A pneumonia. Os rins. A febre. Toda noite ela me passa a temperatura, todas as noites envia um relatório da localização de Henri, se ele se aproximou das margens da vida.

Até agora, não.

Ela está quarenta e cinco minutos atrasada hoje.

E se Henri estiver morto?

Quando saio em disparada depois de descer três andares até a entrada de azulejos pretos e brancos do prédio em Kensington, ouço Wilder me chamando lá de cima, entre um estalo e outro dos meus saltos nos ladrilhos.

— Eddie?

Com esforço, abro a pesada porta de madeira de quase três metros de altura, respiro fundo, deixando o ar frio e inebriante da noite, das ruas limpas e lavadas de Londres, fluir para dentro do meu peito.

Wilder. Ele não merecia nada disso. Nem a mim, nem as mentiras. Nem o fato de eu me embebedar com ele para esquecer o outro por um momento.

Ele não é um homem que deveria ser uma segunda opção. Para mulher nenhuma.

E ainda assim desejo que ele me abrace e que eu possa finalmente contar tudo, tudo para ele.

São apenas quarenta dias. Outras mulheres têm um relacionamento há anos. Não sei como elas aguentam, mas aparentemente funciona.

Wilder. Me ajude.

Não. Não posso exigir isso dele.

Pousei o dedo por um instante na campainha do anfitrião.

Não vejo a câmera, mas sei que ela está escondida atrás do olho de vidro preto e arqueado ao lado do interfone, e Wilder consegue me ver lá de cima.

Já ouço a voz de Wilder no alto-falante.

— Eddie, tudo bem?

— Eu...

... preciso deixar que você siga em frente. De verdade. Mas não consigo. Porque preciso dos seus braços ao meu redor. À noite.

Preciso de você, você é meu amante para eu aguentar a situação do meu marido, Henri. Não é doentio? Eu te amo e não te amo?

Meus sentimentos por Wilder. Eram transparentes e bons. Um começo. Um recomeço, outro homem. Outros sentimentos, não os mesmos que tive por Henri. Não tão ardentes, não tão confusos.

Mas: sentimentos bons, sentimentos sinceros.

E, então, Henri voltou.

Mais ou menos. Quer dizer, menos. E, ainda assim, mais do que nunca. De repente, os sentimentos foram contrapostos. Duas versões, duas cores, duas categorias de peso.

Ou não?

— Edwinna?

— Wilder.

Bom e querido Wilder. Como eu gosto de estar com você.

O quanto estou presa a Henri.

Nunca fui mulher de dois homens, sabe?

— Quer que eu vá com você? — pergunta ele.

Seu calor. Sua proximidade. Seus olhos inteligentes e calorosos no rosto famoso, com as rugas de sorrisos que aparecem desde seu segundo prêmio literário em tantos pôsteres em pontos de ônibus. Suas mãos me fazem tão bem, não importa o que façam. A sensação de estar do mesmo lado da vida.

E ainda assim.

Olho a lente da câmera. Meus olhos parecem claros no reflexo, mais claros do que já são. Vejo neles milhares de mentirinhas.

Portanto, e apenas por isso, faço que não com a cabeça.

Silêncio.

Então Wilder diz baixinho:

— Sei como são esses momentos. Não conseguimos mais ficar com as pessoas, nos comportar. Então precisamos sair, porque, do contrário, sufocamos. Ou ficamos com raiva de todos, porque todos exigem que nos comportemos, nos adaptemos, ouçamos... nos comportemos corretamente.

Inspire, Eddie, expire.

— Vou dar as explicações necessárias aqui. Direi que é uma peculiaridade especialmente autêntica das pessoas do ramo do livro. Meu Deus, eles quase esperam isso de nós, que sejamos esquisitos!

Meu corpo me pede para correr, me mover. Estou com frio, mas quero o frio, pois ele vai me manter acordada e me lembrar de respirar.

A voz de Wilder sai do aparelho para o meio da noite. Ele diz:

— Eu posso viver sem você, Edwinna Tomlin. Mas não quero. Quero passar a vida com você, agora e amanhã. Enquanto pudermos. Eu te amo.

Neste momento, quando ele diz que me ama pela primeira vez, neste momento, em que consegue ver meu rosto e expressa seu amor sem rodeios, eu não sei como ele está, não vejo o rosto dele. Nunca vou me esquecer deste momento.

Agora, preciso olhar com firmeza para a lente da câmera e responder para ele que também o amo.

Exatamente neste momento é o que ele mais merece.

E eu não.

Beijo os dedos indicador e médio da mão direita e os pouso em silêncio sobre a câmera.

Eu corro, corro e, em algum momento, pego um táxi. Sigo chorando o tempo todo no caminho de volta.

Odeio Henri.

Amo Henri.

Amo Wilder.

Tenho que deixar que ele vá embora.

Não consigo. Não consigo ficar sem tudo isso de novo, sem amor, sem ser amada. Sem tocar, sem ser tocada.

Quando chego em casa, sento-me na poltrona de Henri com o telefone na mão. Enquanto isso, bebo também, como faço todos os dias no hospital, às escondidas.

Só um pouquinho, penso, e ao mesmo tempo sei que estou mentindo para mim mesma. O tempo todo. Estou em todas as frentes, enquanto o outro eu está sempre no hospital, seja em meus pensamentos, com cada fibra dos meus sentimentos e da minha atenção, esperando ouvir Henri de novo.

Mas não há nada para se ouvir. Nada. Nada. Nada.

Não sei o que ele está fazendo além daquela parede de pele e silêncio. Odeio esse homem meio morto. Se estivesse vivo, eu o mataria.

Então apertei a discagem rápida 1. Sete toques depois alguém me atende, ouço uma voz rouca.

— Olá, senhora Tomlin. Não consegue dormir? Henri também não — diz a enfermeira Marion.

Ele está vivo!

Fico tão imensamente aliviada que, em vez de cumprimentá-la, só consigo chorar.

— O que está acontecendo, senhora Tomlin? Está tudo bem? A senhora está chorando?

— Pensei que ele tivesse morrido — sussurro quando consigo voltar a falar.

— Não, não. Ora, não. Ninguém morre tão rápido. Quer dizer, não seu Henri. Ele é um guerreiro. E não terminou o que ainda tem para fazer por aqui. Bom que a senhora esteja aqui. Que pense nele. Os pensamentos dão força, sabe? É verdade que a senhora vai ficar catorze noites por aqui a partir da próxima semana?

Eu respondo:

— Sim, claro.

— Ótimo. Vai fazer bem para ele.

Não pergunto o que a enfermeira Marion quer dizer quando fala: "Não terminou o que ainda tem para fazer por aqui." E não penso em como vou conseguir fazer tudo isso: Wilder em uma viagem de divulgação do livro. As ligações para o meu telefone secretamente desviadas para o celular para ele não perceber que não estou em casa. Rolph, Andrea e Poppy na editora.

Os livros, a Feira do Livro.

A vida, a morte.

Sam.

E Madelyn.

É como pular de pedra em pedra sobre a água, e não há margem à vista. Como se eu estivesse jogando malabares com mais coisas no ar do que consigo segurar.

Quando finalmente vou chegar lá? Quando o primeiro objeto vai cair e derrubar todos os outros?

Sam é corajoso, e eu preciso ser corajosa por ele também.

Por isso, por nada neste mundo vou dizer ao filho de Henri que às vezes sinto que não aguento mais! Não aguento mais, de verdade, não mais, nem um pouquinho mais.

Inspiro.

Expiro.

E, então, me levanto e continuo.

Tomo outro gole de Talisker, um longo. A enfermeira Marion disse uma vez que sentia que Henri ficava mais próximo à noite, como se entrasse em um casulo de borracha quando seus sinais vitais ficavam fortes. Ela lê a "arquitetura do sono" dele.

Outro termo que você só aprende quando está na zona da morte. Arquitetura do sono.

Sinto falta de mim mesma. Mas quando estou com Henri, sei quem sou de novo. Como é possível explicar uma coisa dessas?

De repente, ouço passos na escada em caracol na minha direção.

— Preciso desligar — digo.

A voz da enfermeira Marion assume um tom de urgência.

— Seu Henri está muito inquieto hoje à noite. A pneumonia foi curada, e todas as fraturas estão curadas. Apesar disso, dei um analgésico e um calmante para a ansiedade. Mas ele estava... ele me pareceu muito infeliz hoje.

Gostaria de poder me esgueirar para dentro do mundo dele.

— Tinha alguma coisa em sua postura — continua a enfermeira Marion. — Com o passar dos anos... não sei se a senhora vai entender. Mas, com o passar dos anos, consigo enxergar meus sonhadores, como eles se sentem só pelo jeito como estão deitados. E Henri estava muito infeliz, como se... eu não sei. Aconteceu alguma coisa?

Os passos estão se aproximando.

— Eddie? Tudo bem? — Wilder fica parado, piscando, no patamar entre os degraus e a entrada do apartamento.

— Sim. Estou bebendo uísque.

Desligo e coloco o telefone na mesa.

Ele se aproxima devagar e me olha nos olhos.

— Eddie — sussurra ele. E de novo. — Eddie. — Gentilmente, ele tira um fio de cabelo do meu rosto.

E, com mais gentileza ainda, ele diz:

— Precisamos falar sobre Henri.

Sam

O palco está escuro. Através das portas ainda fechadas do auditório chegam ruídos de vozes, de vidro tilintando.

Enquanto ando pelo corredor central, entre as fileiras de poltronas vermelhas até o palco, as lâmpadas dos lustres de cristal nas paredes do corredor e dos balcões curvos dos camarotes se acendem.

Passo pelo fosso da orquestra me equilibrando e subo uma escadinha escura até o palco, me esgueiro por uma fresta da cortina ainda fechada e tateio pelos corredores dos bastidores mal-iluminados.

Sei que ela está aqui.

Eu a sinto.

Quando abro uma porta, me vejo em um camarim. Há uma série de espelhos na parede mais comprida, cada um rodeado de lâmpadas, e, diante deles, cadeiras giratórias de couro.

O camarim está cheio de mulheres e meninas em diferentes estágios de penteado, maquiagem e vestimenta. Passo pelas cadeiras giratórias, ninguém me nota, e não é possível me ver nos espelhos na parede.

Maddie está sentada na última das cadeiras giratórias, uma mulher penteia seus cabelos e os junta num coque apertado. Maddie está maquiada, seus olhos estão enormes.

— Oi, Sam — diz ela baixinho, seu olhar reflete no espelho e de lá vai diretamente ao meu coração.

— Oi, Maddie — respondo.

E, nesse momento, sei que estou sonhando.

No final, a mulher a ajuda a se vestir e, quando ela sai do camarim para o corredor escuro à minha frente, um quebra-nozes passa por nós.

— Tenho que dançar a Marie — explica Madelyn.

Ela fala comigo, embora sua boca mal se abra.

— Você conhece a história do *Quebra-nozes*? Marie tem doze anos, então ela não é mais criança, mas também não é adulta, está no meio do caminho, Samuel, você entende? Eu também estou no meio do caminho.

Maddie se apressa à minha frente ao longo do corredor escuro que leva ao palco. Vejo como sua respiração é pesada e sinto seu medo inquieto e tremeluzente.

Os corredores estreitos nos quais nos confundimos ficam infinitos, ela começa a correr e aperta os babados brancos e volumosos de seu figurino, que passam arranhando as paredes escuras.

Eu a sigo, correndo, e seu medo deixa marcas de mão na parede. Marcas prateadas, brilhantes.

É como se ela não corresse para o palco. Mas corresse de si mesma.

— Na peça, Marie dorme e sonha, e em seu sonho ela dança na ponta dos pés pela primeira vez. Ela ama pela primeira vez, cresce e não acredita mais que os brinquedos têm alma. Mas eles têm, Sam, certo? Tudo tem uma alma e tudo retorna, não é?

Não sei, mas o desespero dela gira ao meu redor, e eu respondo:

— Sim, claro, Maddie!

Mais uma vez a corrida começa, e eu a sigo, e o labirinto parece se duplicar, triplicar. Corremos para cima e para baixo, e o sinal do teatro toca uma vez, e depois mais uma vez.

— Tenho que encontrar o palco! — grita Maddie em desespero. Ela para, bate os punhos contra a parede. Então olha para mim.

Eu fico à espreita. Fecho os olhos e ouço o murmúrio do público a distância. Pego Maddie pelo pulso.

— Venha — eu digo.

Ela se deixa arrastar, agora dançando atrás de mim, na ponta das sapatilhas, como Marie no *Quebra-nozes*, e sinto quanta dor lhe causa, como se estivesse pisando em cacos de vidro.

O murmúrio fica mais alto.

Estamos nos aproximando do palco. Uma faixa de luz divide a escuridão, nela flutuam pequenos grãos de poeira. Já consigo ver o veludo vermelho da cortina, já posso ouvir os sons dos instrumentos no fosso da orquestra, já ouço o contrarregra puxar uma corda, pronto para abrir a cortina para a apresentação de Maddie...

Mas Maddie estaca bem ali.

— Sam — ela suspira, rouca, pegando a minha mão com suas duas. — Sam, estou com tanto medo.

— De quê, Maddie?

— De ir lá fora — sussurra ela, olhando ao redor, em pânico. — Lá fora, lá!

Estamos muito, muito perto do palco. Ouço o barulho e a conversa de centenas de pessoas além da cortina. Sinto o calor emanando delas. Os holofotes no palco zumbem baixinho. Há uma expectativa no ar.

— Eu vi você dançando. Você é linda e sabe fazer isso! — digo para Maddie.

— Não posso fazer isso. Não posso ir lá fora!

Ela quer se virar, fugir para dentro do labirinto escuro, mas eu a seguro. E mais uma vez ela implora:

— Eu não posso fazer isso, me solte.

— Mas por quê? Do que você tem medo?

— Eles vão apontar o dedo para mim. Vão rir. Vão dizer: mas ela não consegue fazer nada! Vão ver que sou horrível.

Ela olha para mim, e duas lágrimas se desprendem dos lindos olhos e riscam longas linhas azul-prateadas na pele branca e delicada.

Percebo que ela não fala sobre dançar. Mas de uma aparição completamente diferente. Uma "volta à luz" completamente diferente.

— De que você tem mais medo? — pergunto para ela.

— De que não haja ninguém lá, Sam. Mais ninguém que goste de mim lá. Todo mundo foi embora. — Cheia de desespero, ela desmorona na fronteira entre a escuridão e a luz.

Seria apenas um passo. Um passinho para dentro da luz, do calor. De volta à vida.

E ela tem uma saudade imensa, eu sinto. Maddie sente muita falta de dançar nesse palco, ver a cortina se levantar, dançar, viver, rir, se perder na música, na luz e nas ondas.

Ela quer viver. Mas tem mais medo da vida que da morte.

— Estou aqui, Maddie — digo baixinho. — Vou me sentar na primeira fileira e bater palmas, e sempre vou cuidar de você, e ninguém vai dizer que você é feia. Eu gosto de você. Estou aqui.

Puxo um braço, depois o outro, mas ela permanece caída na parte de trás do palco. Uma faixa de luz de um holofote toca seu braço, ela se contrai como se tivesse sido queimada. Quando olha para mim, seu rosto está marcado pelos traços de lágrimas, e a angústia em seus olhos parte meu coração. Esse desespero, essa ansiedade, essa solidão.

— Mas, e se você for embora também? — pergunta Madelyn.

— Eu não vou.

— Todo mundo vai um dia. Todo mundo.

Então ela se levanta e tropeça, apressada, para dentro da escuridão. É como se seus contornos estivessem se desfazendo, o traje branco estivesse derretendo, os braços e as pernas se transformassem em sombras, plumas e, mais tarde, em uma batida do coração, Maddie desaparecesse nas profundezas da escuridão.

— Eu não vou! — falo para ela em voz baixa. — Está me ouvindo? Maddie? Maddie! — E, por fim, eu grito: — MADDIE! Eu não vou!

Mas ela não me ouve.

Simplesmente não me ouve e, se me ouve, não acredita em mim.

O dia me suga, mas não quero me afastar dela, quero ficar com ela, dormir, para sempre, mas...

DIA 41

DIA 41

Sam

É como se eu tivesse sido arremessado de profundezas estranhas e barulhentas. Acordo na minha cama. Meu coração está palpitando tão forte que o sinto no pescoço e nas têmporas.

Não foi um sonho.

O medo de Maddie, sua voz, suas mãos.

Nenhum sonho consegue ser tão próximo do real.

Empurro o cobertor para o lado, logo sinto menos calor, me levanto e quero imediatamente estar ao lado dela. O que tenho na escola agora? Primeiro, reunião matinal, depois inglês. Eu poderia ir mais tarde, ninguém verifica a presença na reunião da manhã.

Quebra-nozes, penso, *Quebra-nozes, preciso descobrir. Preciso ouvi-lo.*

Olho para o relógio, ainda é cedo. Minha mãe vai aprontar o Malcolm e nem vai perceber que vou desaparecer mais cedo do que o normal, com certeza não.

Então algo acontece quando corro para pegar minha mochila e sair pela porta.

O telefone toca.

Minha mãe sai da cozinha, me vê, me para com um aceno, atende e responde um segundo depois:

— Ah, Madame Lupion! — De repente, sei que me esqueci de alguma coisa. Algo que ignorei, algo em que não pensei.

Minha mãe ouve, responde:

— O quê? — E então: — Não, não que eu... — E: — Ah. Hum. Não, ele está bem, estava com Scott e... como? Sim. Claro.

Ela desliga e me pega antes de eu sair pela porta.

— Samuel! — sibila ela.

Steve desce as escadas, recém-saído do banho, e pergunta:

— O que está acontecendo? E aí, fã de esportes?

Os olhos dela brilham de raiva, mágoa, surpresa.

— Não me lembro de você ter virado diabético nos últimos tempos e precisar fazer hemodiálise três vezes por semana.

— O quê? — pergunta Steve. — Como assim?

— E também não sabia que meu filho estava fazendo terapia da dor! Sua voz aumenta de volume.

— E pelo menos eu soube que escrevi tudo isso para a escola e que você perdeu as provas para a St. Paul's! — Ela aponta para a cozinha. — Sente-se. Faça o favor de se sentar.

Steve nos segue devagar. Lança para mim e para minha mãe olhares questionadores.

Eu me sento. Ela me olha como nunca tinha feito antes, e minha vergonha é vermelho-escura.

Malcom entra na cozinha e pergunta:

— Sam? Mãe?

Mas ela acena para ele sair.

— Então, explique isso para sua mãe! — exige Steve.

— Você não tem nada a ver com isso — me escapa.

— Epa — diz Steve. — Como assim?

A cozinha fica em silêncio total. Somente o pequeno relógio do fogão estala suavemente, então a geladeira começa a zumbir.

Minha mãe está tão tensa que temo que ela vá dar um berro. Ou me dar um safanão.

Mas o que ela realmente faz me surpreende mais do que qualquer outra coisa. Ela puxa uma cadeira, pega minhas mãos e diz:

— Samuel! Eu te amo desde que você veio ao mundo. Às vezes, você é distante e estranho e, desde que você virou adolescente, está piorando, mas eu te amo. — Agora as lágrimas começam a cair. — E acho que você teve uma boa razão para ter feito o que fez.

Agora, também preciso engolir em seco. Há quanto tempo não ficamos de mãos dadas? A última vez foi quando eu era muito pequeno, acho.

— Samuel. O que quer que tenha feito você... — ela está procurando palavras para dizer que falsifiquei atestados e sua assinatura — ... se esforçar tanto e evitar a escola, até mesmo deixar de fazer as provas... queria que você me dissesse por quê. Agora mesmo.

Ela espera, segurando minhas mãos com força, e seu calor e ansiedade me inundam e me envolvem.

— Está com medo de alguém na escola? Está sendo intimidado? Ou...

— O quê? — Fico perplexo de verdade. — Não!

Ela solta o ar, aliviada.

Eu, por outro lado, fico cheio de vergonha e com um remorso sem fim.

Não porque menti.

Mas porque tive certeza de que minha mãe não me amava de verdade, não como eu a amo, não a ponto de ela também não conseguir viver sem mim — e porque eu não sabia ao certo se ela se preocupava comigo.

— Você tem medo de provas? — perguntou Steve agora, piorando ainda mais as coisas.

Faço que não com a cabeça.

— Eu estava com meu pai — respondo.

— Ah — diz minha mãe, e apenas isso. Ela se recosta na cadeira. Uma de suas mãos solta a minha por um momento, mas imediatamente a pega de novo.

Mais uma vez o tique-taque do relógio no fogão, o abrir e fechar da caldeira a gás, o zumbido da geladeira. O gotejamento e as cusparadas da máquina de café. Malcolm, parado à porta, nos escuta secretamente com olhos arregalados. A loção pós-barba de Steve. Os olhos de minha mãe que me olham e tão rapidamente enviam cores de aflição. Raiva, dor, desamparo.

Nós nos olhamos o tempo todo, e é como se minha mãe e eu estivéssemos conversando abertamente pela primeira vez sem dizer uma palavra. Tudo está contido no silêncio. Percebo que a magoei. Não porque amo meu pai. Mas porque a traí. Ela me mostra sua raiva, mas não deixa que ela vaze. Seus dedos se apertam mais uma vez com força, como se mal conseguisse se segurar, para não rugir ou chorar. Mas ela se controla.

Por mim.

Por ela mesma.

De repente, minha mãe fica mais firme, se endireita na cadeira, respira fundo e exala de novo com calma.

Em seguida, olha para mim e sorri, um sorrisinho que fica entre a tristeza e a dor, entre a resignação e a ternura.

— Quando o encontrei pela primeira vez no Aeroporto Charles De Gaulle, achei que era a pessoa mais arrogante que já tinha visto. — Ela ainda está olhando para mim, mas o olhar dela vagueia além de mim para o emaranhado de dias passados. — Dois dias depois estávamos no Sudão. Uma criança-soldado atirou na gente lá. O menino tinha mais ou menos a sua idade, Sam. Naquele dia eu tirei a foto que mais tarde me traria aquele prêmio, o colar de conchas com o sangue do nosso motorista.

Ela volta a olhar para mim agora. Devagar, levanta a mão e acaricia minha bochecha com ternura infinita. Sua voz é um sussurro quando diz:

— Não consegui tirar mais nenhuma foto de pessoas depois disso. Nenhuma.

Uma lágrima escorre por sua bochecha, a bochecha que costumava encostar na minha quando eu ficava doente e febril. *Como pude me esquecer disso?*

— Seu pai salvou a minha vida. Ele me protegeu com seu corpo. Consegue imaginar como é pensar que a vida dele chegou ao fim?

Sim.

O fim da vida é onde meu pai está agora.

— Os únicos sentimentos, Sam, que realmente mudam a vida são o medo e o amor. Eu estava com medo, com tanto medo. E nunca tinha amado. Não tinha nada a que me agarrar quando tudo terminou.

Ela está sorrindo agora e chorando ao mesmo tempo.

— Pensar em seu pai sempre me lembra do momento em que percebi que havia mais medo que amor na minha vida. E sempre me ressenti dele. Fiquei com vergonha. Estou com vergonha agora também. Eu procurava uma vida com o menor risco possível.

Espero um momento antes de fazer a pergunta.

— E agora?

— Agora é o contrário — responde ela —, agora tenho mais amor e menos medo.

Steve exala.

— Bem, fico aliviado, Marie-France — murmura ele.

— Como ele está? — ela me pergunta agora, e pergunta baixinho, me olhando diretamente nos olhos.

— Não está bem — sussurro. — Não está nada bem.

E então sou eu que tenho que me controlar. Gostaria de me jogar nos braços dela, mas sei que seria demais, demais para hoje.

— Ele está usando a pulseirinha — sussurro. — Está em coma, e ninguém sabe se ele vai voltar algum dia.

— Ai, que m... — diz Steve, perplexo.

— E é por isso que você fica tanto com ele — observa minha mãe, engolindo em seco.

Eu poderia contar a ela sobre Maddie. Ou Eddie. Poderia dizer para ela que agora eu sei três coisas.

Que estou apaixonado.

Que não vou parar de ir ao hospital. E que quero mesmo ser escritor.

Não, não *quero*. *Preciso*. Não tenho escolha, mas até este momento isso não estava claro.

É como se houvesse apenas uma maneira de lidar com tudo isso. Com as pessoas. Com cores e sentimentos e paisagens e espaços que consigo ler. Com Maddie.

Em Oxford, encontrei uma história. É sempre assim. As histórias encontram você.

Não vou para a escola até que as coisas mudem. Não posso ficar sentado na Colet Court enquanto Maddie deseja viver, mas ainda anseia por morrer. Não posso aprender matemática, circuitos elétricos e francês enquanto meu pai se esforça para voltar. Tenho que visitar Maddie e dizer para ela que eu a entendi e que estarei ao seu lado.

Malcolm está agora agachado no último degrau da escadaria, no corredor. Aceno para ele se juntar a nós e, aliviado, ele se levanta em um pulo e entra na cozinha, e minha mãe coloca um braço em volta dele e o puxa para si. Steve está com a mão sobre a mesa com a toalha de mesa de plástico perto da minha mãe. Eles entrelaçam os dedinhos.

— Por quê? Por que você não me contou? — pergunta minha mãe, com voz cansada.

— Porque vocês têm uns aos outros — respondo honestamente.

— Você, Malcom, Steve. Vocês têm uns aos outros.

Assim, eles também se sentam diante de mim. Seguram-se uns aos outros sem perceber que estão fazendo isso.

Lágrimas brotam dos olhos da minha mãe. Ela ergue a mão para cobrir a boca.

— Eu não sabia que você se sentia assim — diz ela.

Ela abre os braços. *Vem cá!*, pede seu abraço vazio. E ali, com muito cuidado, nós dois nos erguemos. Eu a abraço, e ela me abraça. Não tinha percebido como eu havia crescido, mas, de repente, minha mãe e eu ficamos do mesmo tamanho.

E ficamos daquele jeito, e nada será como antes.

Fico sabendo, naquele momento, que sempre é possível decidir. Nada simplesmente "acontece". Existe a possibilidade de se decidir. Seja mentindo. Ou dizendo a verdade. Seja você um babaca. Ou não.

Steve bate uma palma e diz:

— Muito bem! Vou levá-lo ao hospital e depois para a escola, ok? Conversamos com o diretor e avisamos que você vai trancar este ano. Mas chega de mentiras, certo? Marie-France? Samuel?

Concordo com a cabeça. Então digo:

— Vou esperar lá fora, Steve.

Minha voz não está mais vacilante. Consigo ouvir o som das minhas palavras ecoando dentro de mim. Profundas. Tranquilas.

E o som é verde.

Verde-escuro.

Henri

A placa é fumê. Não tem fim. É alta e profunda no tanto que consigo enxergar; também à esquerda e à direita e acima de mim não vejo nenhuma borda.

Não sei o que aconteceu pouco antes. Não me lembro de ter aberto os olhos ou de estar acordado. Abaixo de mim, sinto uma profundidade escura e móvel. É como se algo me empurrasse muito lá de baixo para cima, me pressionando agora na direção da placa que não sei de onde vem. Ou o que é.

Não tem superfície tátil e, no entanto, se estende tão próxima de mim quanto uma folha bem esticada. Flutuo bem na parte de baixo, que fica como uma tampa de caixão sobre mim. Estou com muita sede. Não consigo respirar direito!

Puxo o ar, sei disso, sinto isso. O ar flui para dentro de mim e é sugado de novo para fora, mas sempre é muito pouco. Nunca é o bastante.

Então eu as vejo!

Além da placa.

As sombras.

Elas se transformam em mulheres e homens em calças e camisas azuis ou roxas, fazem coisas intrigantes.

— Olá! Por favor, estou com sede!

Ninguém me ouve.

— Olá! — grito. — Aqui! Por favor.

Nem sequer olham para mim.

É uma paisagem em constante mudança de pessoas e sombras.

Por momentos breves e inquietos, apenas a imagem se aguça, e vejo tubos fluorescentes, paredes, máquinas. Em nenhum lugar o brilho azul do dia, em nenhum lugar o preto de dezembro à noite.

Alguém está mexendo em meus braços e pernas. Pelo menos acho que são meus braços e pernas. Vejo minha mão, reconheço porque uso uma pulseirinha colorida no pulso, eu a reconheço. Tento mexer o dedo indicador.

Não consigo. Não consigo sentir meu corpo. É como se eu fosse feito apenas de água e escuridão e, no topo, meus pensamentos flutuassem em círculos.

E, ainda assim, sinto o ar. Sinto o cheiro elétrico das máquinas, a fumaça nos cabelos de mulheres e homens. Consigo sentir o crepitar de pensamentos. É como se eu fosse uma ilha muda cercada por um mar de pensamentos estranhos.

Pensamentos estranhos, eles resvalam em mim como um murmúrio. Vêm das pessoas que se inclinam sobre mim.

Não sei por que estou fazendo isso aqui, não adianta nada...

Eu poderia simplesmente ficar aqui esta noite.

Mais uma noite em que ela não me enxerga, não aguento mais isso.

E se eu fizer salada em vez de legumes? Sim, salada, são calorias negativas, ou chocolate?

Eu trabalho demais, uma hora tudo precisa terminar...

Dores lancinantes que de repente pulsam através de mim, correm pelo meio do meu corpo, rodopiando ao redor do coração, me queimando, me queimando, me queimando.

Quero gritar de dor. Dói a ausência do meu corpo, dos meus sentidos, isso é que rasga e rasga, e o disco é impenetrável.

Durmo, sim, e, claro, logo acordo.

Acordar. Eu só preciso acordar.

De repente, a fragrância chega até mim num sopro. Cheira a uma noite amena de verão na costa da Bretanha. Jasmim, galettes, sal, caramelo.

Meu amor!

Por um momento toda a dor se suaviza.

Acordo imediatamente, então Eddie está ao meu lado.

Meu amor. Eddie, Eddie, Eddie.

O amor dentro de mim é tanto, e tanto é o desejo, seguido por um sentimento profundo e triste de perda e uma horrível sensação de vergonha.

Eu estava ao lado dela.

Eu estava no começo da vida.

Eu era imortal.

Agora estou morto, ou pelo menos quase.

E não durmo.

Ah, não. Eu não durmo. Estou quase morto, é como estou!

Esta é a realidade.

Esta é a realidade?

O medo crepita.

A fadiga zumbe como uma abelha preguiçosa.

A preocupação cintila como uma lâmpada fluorescente.

O que é isso?

Onde estou?

Sobre uma cama? Ela está em algum lugar do mundo, do qual aos poucos eu desapareço, sem braços, sem pernas, sem corpo, sem voz. As pessoas do outro lado me ignoram, mesmo quando grito. Eu até poderia ser invisível, não faria nenhuma diferença para elas.

Como cheguei aqui?

A lembrança de repente brota na minha frente. Como se abrisse uma porta enorme e me deixasse voltar às pressas pelo caminho no qual parti...

— Eu te amo — disse Eddie. — Eu te amo, eu te quero, para sempre e além, para esta e para todas as outras vidas.

— Mas eu não — falei.

Eu acabei com tudo. Eu.

Eddie, cujo olhar ficou gélido.

O silêncio preto debaixo de mim suga. Quer me puxar para baixo.

— Não — eu grito. — Não!

Eu não tive o suficiente dela, dessa mulher, ainda não! Tenho que dizer isso para ela. Preciso dizer que eu menti!

Meu coração está batendo cada vez mais forte. Essa é a única coisa que consegue se agitar quando começo a chorar amargamente com o medo e a terrível sensação de estar completamente preso no pesadelo de uma vida incorpórea e cheia de dor.

— Aqui — grito, me esforçando. Alguém precisa me ouvir, de algum jeito! — Por favor! Estou aqui!

Ninguém vem.

Choro com olhos que ninguém vê, choro lágrimas que não fluem, imploro, mas não há ninguém que me ouça.

E então eu me lembro da criança. Da garota que queria morrer.

Consigo senti-la. Ela está aqui.

Muito perto. Muito perto!

Está lá, atrás da placa e, no entanto, também está nas profundezas, embaixo de mim. Ela luta e fica fraca, cada vez mais fraca.

Eu não a procurei o suficiente.

Ela ainda está lá fora, no mar.

Perdida entre os tempos e os sonhos.

Onde está a garota?

E onde eu estou?

Eddie

O quarto fica no mesmo andar, mas não no mesmo corredor. O quarto dos acompanhantes — o "quarto da família", como chamam aqui — é tão espartano quanto o que se pode esperar de uma cela de mosteiro. Uma cama estreita, uma mesa de cabeceira. Uma escrivaninha, uma cadeira, duas poltronas com uma mesa no meio. A vista compensa muito: olho os telhados da cidade ao pôr do sol. Ele pinta fogo nas nuvens grafite que pairam sobre Londres.

Vejo luzes que piscam em um avião alçando voo.

Talvez seja o de Wilder.

Quando se despediu de mim três horas atrás para ir ao Aeroporto de Heathrow, ele me disse: "Entendo por que está fazendo isso. Eu faria o mesmo. Do mesmo jeito. O problema é que não sou você. Mas sou o homem que te quer, que quer viver com você. E que não consegue dividir você, Edwinna Tomlin. Não importa com quem, seja com um homem em coma ou com outro cara."

Então ele me deu o ultimato.

Por outro lado, eu também teria feito o mesmo no lugar dele e, sendo bem sincera comigo mesma, do mesmo jeito.

Compreensão: sim.

Autossacrifício? Apenas com uma condição: ser a número um. Não a segunda opção.

— Quando eu voltar, quero que me diga se seu coração estará livre para mim — disse Wilder.

Pego a garrafa de Talisker da mala de rodinhas com a qual me mudei para o Wellington. No banheirinho há um copo de plástico envolto em plástico-filme. Rasgo o plástico e despejo o Talisker no copo transparente.

Wilder estendeu as duas mãos para me abraçar e disse:

— Eddie, me perdoe, o ultimato foi uma idiotice. Esqueça isso, entendeu?

Respondi a Wilder que não precisava de ultimato.

— Meu coração não está livre — respondi e, enquanto falava, queria pedir: "Fique! Fique mesmo assim!" Mas eu já tinha ido longe demais, incapaz de parar de novo, de acompanhar, de segurar Wilder e recuar.

E o que mais eu poderia fazer senão libertá-lo? Wilder merece exclusividade nesse amor. Bebo. No espelho, vejo uma mulher exausta. Vejo pela primeira vez que envelheci. As rugas. A cor da pele. A falta de brilho nos olhos. Estou perdida entre Henri e Wilder, entre a vida antiga e esta.

Depois da minha resposta, Wilder me beijou, e eu senti que foi um beijo amargo, assustado e aturdido.

Seus cabelos são loiros, os pelos do peito escuros, quase pretos. É castanho-claro entre as pernas. Nu, ele é completamente diferente de Henri. É um homem completamente diferente de Henri. Sempre no aqui e nunca no ontem ou no depois de amanhã. Não se ressente de nada. Não tem nenhum problema em dizer: "Eu te amo."

Nem de dizer: "Como quiser. Como quiser. Então, esse é o fim para a gente agora?" Eu fiz que sim com a cabeça. Como seus olhos cintilavam quando se virou de uma vez.

Outro gole, um maior ainda.

Não sou bonita. Sou alguém que parece um duende cansado sob a luz errada e, sob a certa, um garoto irlandês razoavelmente bonito.

Esta mulher que não é bonita foi amada por Wilder.

Enquanto ainda tiver o mínimo sentimento por Henri, preciso deixá-lo ir embora. É justo. Não posso mantê-lo em banho-maria!

— Fique bem, minha menina. E veja se consegue trazê-lo de volta.

Me emociona que Wilder tenha dito "minha menina" para mim. Que tenha desejado o bem para Henri, seu rival em coma, que o venceu sem lutar. Lamento não ter podido confiar a Wilder toda a minha verdade antes.

Então tiro as velas da mala, acendo-as e apago a luz forte do teto.

Vou até a janela. Agora o fogo passou sobre Londres, e o mundo está anoitecendo.

Em filmes, acho, em filmes ou livros, Wilder seria o abnegado que ama tanto a namorada que até aceita quando ela vai cuidar de seu grande amor em coma. E o coração das leitoras ficaria enlevado por ele.

Mas a verdade é outra. Já sei porque publico new future e distopias, e não romances água com açúcar. Porque, em princípio, amar significa aceitar que às vezes vai haver desespero, às vezes incerteza, mudança sempre. O amor muda com a gente. Não sei se conseguiria ter amado assim aos vinte e poucos anos. Quem quiser realmente escrever sobre o amor precisa deixar o tempo passar, escrever um romance todo ano, sempre com o mesmo casal em foco. E contar como o amor muda, como a vida intervém e qual cor o afeto assume quando os dias ficam mais obscuros.

Bebo o Talisker, tem cheiro de caramelo, terra e éter. Como deve ser para todos aqueles cujos entes queridos vivem em coma? Eles permanecem "fiéis", no mais ingênuo de todos os sentidos? Têm anseios, desejos por carícias, risos, momentos juntos, nos quais a vida é gostosa e doce? Ou morrem pedacinho por pedacinho porque já não se atrevem a viver? Eles desistem da vida completamente e se resignam a cuidar e confortar, ou poupam um pouco de força para si mesmos?

Eu bebo o uísque todo.

Ele queima no esôfago.

Então escovo meu cabelo, vou para a capelinha, reúno coragem e ternura e pego o rumo até o marido que não sabe que é meu.

— Como está Maddie? — pergunto ao Dr. Foss, que está em pé na plataforma ligeiramente elevada no meio da UTI, olhando por cima do ombro de um dos médicos que está sentado diante de um monitor.

Ele olha para mim e franze os lábios.

— Sinto que não há motivo para ser otimista — responde ele em voz baixa, olhando para mim como se sua preocupação fosse Samuel estar atrás de mim. — A febre ainda está alta, mas não conseguimos identificar a fonte da infecção. Um rim falhou, os pulmões estão inflamados. A situação não está nada boa.

A criança não, por favor, peço em oração silenciosa. *Por favor, a criança não.* Agora eles estão lado a lado na UTI, C7 e C6, Henri e Maddie.

— E Henri?

— Nenhuma mudança, senhora Tomlin. O corpo dele parece estável, mas ele não mostra nenhum sinal a mais de consciência.

Ele olha para mim de novo, e fico com medo de que Dr. Foss possa sentir o cheiro do uísque.

Vou até as duas camas. Puseram Maddie e Henri juntos para que Sam possa ficar com os dois ao mesmo tempo. Além disso, também permitiram que Sam dormisse no hospital à noite; ele havia recebido o menor quarto na "ala da família". O plano de saúde não sabe de nada disso, porque, se não há nenhum membro da família, também não há orçamento para pernoites. O Dr. Saul ignora as regras para Sam e Maddie. Por um segundo eu o amei por essa grande gentileza.

— Não vá achar agora que sou uma pessoa boa, senhora Tomlin. Não suporto pessoas boas.

— Não se preocupe, não vou dar esse gostinho para o senhor.

Ele abriu um sorriso rápido, e eu me vi fazendo o mesmo, e acho que um dia começaremos a gostar um do outro.

Ao contrário de Henri, a tutela de Maddie é do Estado. Mas o Estado não fica metade do dia sentado ao lado da cama da garota e a conforta como faz Sam. Não traz luz para ela, nem beleza ou torta como Sam traz.

Maddie parece pequenina e vulnerável. Montaram uma caixa protetora transparente em torno da cama. Um filtro limpa o ar. Eu li sobre sepse. É uma das doenças mais comuns e mortais, essa maldita infecção do sangue.

Olho para a garota, seu rosto exausto, o tubo na boca, o corpo delicado estirado na cama. Ninguém sabe por que ficou doente de forma tão grave e repentina. Todos ficam emocionados por ela estar lutando sozinha pela vida. Seu corpinho está se contraindo cada vez mais, formando quase um C, a cabeça e as panturrilhas inclinadas para trás. Nada é mais tocante e doloroso para toda a enfermaria do que quando Sam, envolto em macacão, máscara e luvas de borracha, se senta aos pés de Maddie e lê baixinho para ela ou lhe conta alguma coisa ou apenas fica lá, sentado, segurando sua mão. Ele segura a mãozinha dela por horas a fio.

Eu me viro para Henri e não consigo evitar um suspiro assustado: ele abriu os olhos!

— Henri — sussurro. — Henri.

Não consigo fazer mais que isso, percebo que tenho vontade de rir. E, em seguida, não mais. Seu olhar passa através de mim, está completamente sem vida.

— Doutor Foss! — quero gritar, mas sai apenas um suspiro rouco. — Doutor Foss!

Involuntariamente busco o pulso de Henri. Ele está lá, sua pele está quente, não fria.

É o Dr. Saul que se aproxima. Pega a lanterna e com ela ilumina os olhos de Henri, me dói ver, mas então o médico se empertiga novamente e diz:

— Nenhuma reação das pupilas. Ele não está nos vendo.

— Mas ele abriu os olhos.

Eu me ajoelho no chão, bem ao lado do rosto de Henri.

Faz tanto tempo que não o vejo e agora — agora ele não está olhando para mim. Mal consigo suportar essa situação.

— Olhe para mim! — peço. — Estou aqui. Não vou embora. Você também não vai. Henri, meu coração, meu amor.

— Ele não consegue ouvi-la também.

— Como sabe?

O Dr. Saul faz um sinal para o Dr. Foss.

É uma desgraça, estão todos tão acostumados a essa vida sem milagres.

— A cada vinte segundos, mais ou menos, a flutuação espontânea da atividade no córtex auditivo muda de estímulos externos para internos — diz ele.

— Isso significa?

— Que tentamos não perder o momento em que o senhor Skinner ficará consciente. Estamos monitorando o tempo todo. Se ele nos ouvisse, visse ou quisesse nos contatar, quase certamente saberíamos.

— Quase não é certeza.

O Dr. Saul suspira. Os dois médicos inclinam-se sobre Henri, conversam com ele, tocam-no, olham um para o outro. Odeio seus movimentos minúsculos e negativos de cabeça, seus olhares, que conversam entre si e me excluem cada vez mais.

Mas eu vejo. Vejo muito bem. Dr. Foss e Dr. Saul começaram a desistir de Henri.

Fujo para o momento em que Henri e eu estávamos sentados à mesa da minha cozinha, encarando um ao outro. Ele nunca usou sapatos em casa, sempre se sentou na mesma poltrona, seus pés descalços no chão de madeira. Ainda assim, depois de todos esses anos, não gosto quando alguém se senta ali. Às vezes, eu me sento diante da poltrona vazia e a encaro por vários minutos.

— Henri — digo e toco suas mãos, suas mãos maravilhosas, que eram tão boas e quentes. Sinto o quanto estão atrofiadas agora e começo a massagear e a mover os dedos, como Liz, a fisioterapeuta, me mostrou, para afrouxar tendões e ligamentos.

Dr. Saul e Dr. Foss continuam sua vistoria. O cínico e seu parceiro.

Não consigo mais administrar minha rotina hoje. Respiro fundo, quero dizer a Henri, como sempre, quem ele é, por que está aqui, por que estou aqui. Mas parece tão absurdo para mim. E é por isso que digo a ele o que me vem agora, neste momento.

— Henri, Madelyn não está bem. Estou com medo por ela e por Sam e por você e por mim. Eles têm regras aqui, devemos falar com calma e otimismo, mas você abriu os olhos e não vê nada. Ou vê? Que tal você apertar rapidamente minha mão, só um pouco? Esses dois médicos idiotas nem precisam ficar sabendo. Pode continuar enganando os dois, está bem?

Sua mão permanece imóvel.

— Você pode piscar também. Uma vez para sim. Duas vezes para não.

Ele não pisca.

Nosso primeiro beijo vem à mente. Na época, passamos duas noites juntos, a primeira sem falar, a segunda também, mas nossas mãos, nossos olhos estavam conversando. Nunca esqueço o carinho de nossas mãos, como dançaram juntas, como se aninharam. Nenhum sexo com homens antes tinha sido tão íntimo como naquela noite com Henri, em que deitamos na minha cama e nossas mãos se acariciaram.

Todo o futuro estava naqueles movimentos. Nossos dedos combinaram entre si, naquele momento, todos os toques que viriam depois. O desejo, o carinho. A sedução, a excitação, a redenção.

Na terceira noite nos beijamos. Tínhamos corrido antes, pela noite, depois que a vida cotidiana de Londres se retirou e abriu espaço para os garis, e, em cada bar, no qual antes o destino, o desejo e a leveza do álcool ainda dançavam, as cadeiras e com elas as últimas possibilidades de felicidade eram suspensas.

Naquela noite, cruzamos a ponte Golden Jubilee a pé, ao lado dos barcos do rio Tâmisa, no Victoria Embankment. Eu me inclinei sobre o corrimão da ponte, de costas para a água.

— Nunca dê as costas para o mar — disse Henri de repente, e sua voz parecia calma e imponente. Ficou diante de mim e colocou as mãos no corrimão, envolvendo-me em seus braços. Senti o calor de seu corpo quando se aproximou, finalmente chegando mais perto.

— Não estou dando as costas para ele. Consigo vê-lo refletido nos seus olhos — falei.

Então ele me beijou. Me beijou com tanta força, tão profundamente, como se um mundo novo se abrisse com aquele beijo. Nossos corpos cumpriram o que as mãos haviam negociado, responderam ao que os dedos haviam pedido.

Agora, aperto suas mãos silenciosas contra o meu rosto e a minha testa. Vejo em seus olhos que ele não vive mais ali, são janelas vazias, janelas vazias.

Não vou chorar. Não choro.

Realmente consigo não chorar.

A escuridão está se aproximando. Então, aqui no armazém dos que estão à deriva, cada cama é envolvida por um foco de luz próprio. Ao redor, sinto as almas que querem se livrar aos poucos dos corpos. Como pequenas faíscas que se dissolvem e flutuam.

Olho para Henri e conto a ele calmamente como foi quando nos conhecemos. Conto tudo para ele, cada dia que passou. E, então, aqueles que passei com meu pai. Dias nos quais meu pai cantava para mim, e outros nos quais corríamos pela campina, cujo mato tinha ficado tão alto que batia no peito dele e ultrapassava a minha cabeça. E, quando chovia, ele cantava, e eu dançava, e ele dizia: "Você é inquebrável, minha menina. Nenhuma alma jamais é destruída." E mesmo que eu não soubesse o que aquilo significava, sentia exatamente o que ele queria dizer.

Cada dia é um degrau, Edwinna, cada dia é apenas um passo para você cruzar esse longo caminho.

Eu me imagino como um farol emanando uma luz de palavras, lembranças e canções para que Henri possa avançar em direção a si mesmo, para sair da escuridão entre os mundos.

DIA 43

DIA 43

Henri

Eu me agarro com cada vez menos força à placa, e abaixo de mim sinto a profundidade úmida da qual me impulsionei para cima. Em sua noite agitada, inebriante e ondulante, a morte se esconde, sim, mas está mais distante do que eu pensava.

Sinto meu coração palpitar. Como se algo tivesse acabado de acontecer, algo que fez meu coração disparar.

E tem algo de errado. É como se todas as terminações nervosas fossem fios longos como os de uma medusa, e com eles eu sondasse além da placa.

Parece que as coisas lá estão diferentes de antes.

Qual antes? Ontem? Um ano atrás?

Não há mais as luzes esmeralda piscando, os bipes irritantes e o odor elétrico dos medidores. Não restam mais sombras, cujos pensamentos sobre o jantar ou dietas se chocam contra a ilha da minha solidão, que contam gotas e murmuram termos médicos. Mas há algo que se move, como o ar sobre o fogo.

São pensamentos! Mas não fazem sentido, eles pertencem a...

... *aos que estão à deriva.*

De onde vêm essas palavras?

Os fios finos dos meus braços sensoriais invisíveis procuram, e é como se de repente eu percebesse as dimensões do espaço ao meu redor. É um quarto grande, não é comum.

Um suspiro vem do corredor, sempre, um suspiro, como se coisas estivessem sendo liberadas, coisas e pessoas e tempos.

E a vida.

Tenho que pensar em uma porta, uma porta em uma ilha.

No rosto bondoso de uma mulher que segura em um abraço uma menina embaixo da água.

Então ouço a criança chorar.

A criança na rocha.

Madelyn.

Esse é o nome dela? Como sei disso?

Outra coisa me vem à mente, como se castanhas de uma árvore invisível estivessem despencando no chão à minha frente.

Scott quer estudar psicologia, com ênfase em psicopatia. Mas quem é Scott?

Madame Lupion sempre encara as pessoas estreitando os olhos e tem uma cozinha inteira cheia de livros de receitas manuscritos, inclusive a receita de *tarte tatin* que se assa de cabeça para baixo, com caramelo e em uma frigideira especial, baixinha, que vai ao forno.

Não faço ideia de quem seja Madame Lupion, mas conheço essa panela para *tarte tatin*, que meu avô Malo também tinha.

Greg esteve aqui e Monica, Ibrahim, ele agora tem uma tatuagem e vai para a Anistia Internacional, diz ele, como um advogado de direitos humanos.

É como folhear um livro que não sei se escrevi.

E então noto o que mais está diferente do outro lado da placa: a luz está diferente. Mais tranquila, mais turva. Meu peito se contrai até virar uma pedra dentro da qual bate dolorosamente um coração também de pedra.

Estou sozinho. Estou totalmente sozinho!

Pânico.

Quero gritar, quero...

— Calma — diz uma voz feminina —, calma, senhor Skinner. Está tudo bem, está tudo bem, é a enfermeira Marion aqui. Tranquilo, está tudo bem. As estrelas respiram e o senhor também, nada vai acontecer. O senhor está seguro aqui.

Enfermeira Marion?

Não consigo ver a mulher que tem essa voz rouca e me parece vagamente familiar, mas ela cheira a cigarro. É um cheiro bom, é como estar em casa.

Pouco depois, meu coração bate mais calmo, não palpita mais em pânico como um pássaro na chuva, implora com menos urgência para ser ouvido.

— Olá, Henri Skinner — diz a voz da enfermeira Marion baixinho.

— Olá — respondo.

Ela me ouve?

— Senhor Skinner, leio sua arquitetura do sono toda noite. Tenho certeza de que o senhor está acordado agora, mas não consegue se expressar.

Isso! Isso!

Um frescor suave percorre minhas veias, e a dor profunda e escura fica mais suave, queima menos, apenas uma fina chama de vela.

— São quase três e meia da manhã — diz a voz rouca da enfermeira Marion, e seu cheiro de fumaça me lembra das noites diante da lareira da minha infância. Por muito tempo não houve aquecedores em nossa aldeia próxima ao mar, e todas as casas queimavam lenha, o cheiro impregnava na gente até os dias de primavera se transformarem em brisa de verão.

E, então, ela diz outra coisa.

— Madelyn, querida.

Maddie, eu penso, você está aí?

Tudo fica tranquilo. O fim do meu mundo é este salão dos irreais. É este teto. É o meu corpo sem contornos.

Estou me afastando, à deriva.

Voo sob um céu violeta. Abaixo de mim, o mar. Acima de mim, a placa.

A zona de placas.

Eu voo e voo, durante dias infinitamente longos, sinto faíscas se soltarem do meu corpo quando começo a me dissolver e a me dispersar em um espaço infinito e...

— Bom dia, senhor Skinner.

Eu me assusto, o céu recua de uma vez.

Bom dia? Bom dia, senhor Skinner?

As palavras zumbem na minha cabeça. Tem alguém que possa me ouvir atrás da placa?

— Senhor Skinner, sou seu médico. Meu nome é doutor John Saul, sou neurocirurgião. Operei o senhor várias vezes, o senhor teve uma contusão cerebral. Teve o baço rompido, o braço direito, a articulação dos joelhos e cinco costelas quebrados.

O quê?

— O nome do senhor é Henri M. Skinner. O senhor está no Hospital Wellington, em Londres, há quarenta e três dias. Fica na Inglaterra. Ainda pertence à Europa, o que não é do interesse da maioria dos britânicos. A Europa, por sua vez, pertence ao planeta Terra. É 2015, e estamos no final de junho, pouco antes das sete da manhã. A cidade está cheia de turistas. Todas as pessoas que vêm dos lugares onde passamos as férias. Medonho.

— O que aconteceu comigo? — pergunto.

Mas ele continua falando sem responder.

— O senhor está vivendo em coma, senhor Skinner, há vinte e nove dias, desde que teve uma parada cardíaca e ficou clinicamente morto por vários minutos. O senhor já sobreviveu a duas pneumonias e a um início de trombose.

Eu morri?

E, de repente, eu entendo.

Meu pai. O mar. A ilha. A porta. Eu morri e, no caminho da morte, eu entrei no... como meu pai chamava? O entre.

— Se o senhor puder me ouvir, mas não puder falar, vou pedir outro sinal. Vou apertar sua mão primeiro e ficaria muito feliz se o senhor pudesse apertá-la rapidamente.

— Mas eu estou *aqui*!

Ele não responde.

Ah, não, não, não, não!

Ele não consegue me ouvir também! E não sinto a mão dele. Desesperado, tateio meu corpo sem sensações, mas não há nada, nem mão, nem pressão. Tento imaginar um punho fechado com todas as minhas forças.

— Tudo bem. O senhor não curte aperto de mão, nunca curtiu mesmo.

O que significa isso? Quantas vezes ele já apertou minha mão?

Ele já disse, Henri. Vinte e nove manhãs.

Mas por que estou em Londres? Não pode ser. Primeiro eu morava em Paris com meu filho. Me casei com Eddie. E nós morávamos... morávamos... onde nós morávamos?

Não, eu não me casei.

Ou casei?

Coma. Estou em coma. Ele disse isso. Dr. Saul.

O medo me inunda. É a água salobra, uma cela funda e mofada que está embaixo da água e que fica cada vez mais cheia. O silêncio lá embaixo suga, e tento me segurar à placa, não adormecer, não me soltar. Não quero voltar lá para baixo, não quero. A placa escurece como se alguém estivesse baixando uma persiana diante da luz.

E então reconheço um rosto. Uma boca que se move.

— Senhor Henri Skinner, falo seu nome com a frequência de um funcionário de telemarketing impertinente para verificar se sua consciência auditiva está ativa.

Sim, caramba! Estou aqui! Aqui! Por favor, me tire daqui, me acorde, caramba, me acorde! Faça alguma coisa, por favor! Estou aqui!

— O senhor se chama Henri Malo Skinner, Malo é o nome do seu avô bretão. O senhor nasceu na Bretanha, no extremo noroeste, e cresceu na costa do Iroise.

Eu sei disso. Ai, meu Deus, eu sei onde nasci!

Mas isso não importa para ele de verdade. Ele não me ouve. Diz vez ou outra que estou vivendo em coma, quero dizer para ele que não é nada disso.

Estou aqui. Estou bem aqui!

Ele fala de um papel que torna Edwinna Tomlin a responsável pelo meu destino.

Eddie! Mas onde ela está?

Eu deveria apertar as mãos do médico, levantar o braço, mover as narinas, piscar, engolir.

Não consigo fazer isso.

Ele diz que me beliscou um pouco, não sinto nada.

Também afirma que faz isso a contragosto, mas precisa ser assim. Não sei o que ele quer dizer. Pede desculpas novamente, explica: "Perdão. O senhor vai sangrar um pouco. Alguns testes são extremamente violentos."

Talvez eu esteja paralisado!

Em algum momento tudo acaba, e o Dr. Saul murmura:

— Eu venho ver o senhor dez vezes por dia, e a cada quatro horas à noite. O senhor já passou três vezes por tomografia, o que não documentou nenhum fluxo significativo de consciência.

Babaca. Então compre uma máquina que funcione.

— Senhor Skinner, o senhor está mais perto de nós do que nosso amigo desconhecido, o óbito. Venha até nós. Estamos aqui. O senhor estará seguro conosco.

É morte que chama. A morte não é minha amiga, quero dizer. E é mulher, não sabe disso?

A morte é mulher!

Sinto como o Dr. Saul olha para mim pensativo, como se algo vindo de mim o tivesse atingido. Talvez a raiva. Tenho que ficar mais raivoso.

Percebo a presença dele como se fosse uma enorme pedra irregular nas ondas, cansada de todos aqueles milênios em que o sal e o vento já a devoraram, mas ainda muito forte. E muito, muito solitária.

O solitário Dr. Saul me diz novamente:

— O senhor estará seguro aqui, senhor Skinner.

Não tenho certeza. Sinto como se eu estivesse no final de uma rua vazia, concretado no asfalto, coberto de pedra até a boca.

Dr. Saul sai.

Tento adentrar o mundo de placas, penetrá-lo com meus tentáculos sensoriais. Há outra presença, posso sentir, calma, alta e consciente. Está além das minhas fronteiras.

É o Dr. Saul?

É a enfermeira Marion com os dedos frescos de pomada?

Quem está lá, me olhando?

Continuo procurando, procurando a garota, e a encontro muito perto, bem ao meu lado.

Ela está em um estado terrível, mas não quer mais morrer. Ela luta. É como se estivesse desesperadamente recuando em direção à vida, mas algo a está segurando com força. Ela não quer mais morrer!

À espreita, a escuridão avança pelas laterais, um manto feito de paz quer me carregar para longe daqui, suave, e pressinto o doce sono que traz consigo. Então eu me defendo. Não! Quero abrir meus olhos, arregalá-los, apertar a mão do Dr. Saul, esmagá-la. Quero lhe dizer que não pode ir embora. Que estive lá antes, na placa, muitas vezes, mas por um tempo breve demais, e que quero acordar, por favor! Quero dizer que ele precisa ajudar a criança, a pequena não vai conseguir sozinha. Mas é como se alguém desligasse as luzes e..

NOITE 43

Henri

Na próxima vez que fico à deriva na placa, o ar é diferente, fresco, frio como água submarina, e um véu muito preto a cobre. Sinto que é noite no quarto, ele tem um peso diferente daquele do dia.

Ao meu lado, a rocha que se chama Dr. Saul murmura:

— São duas da manhã. — Ele está procurando por mim.

Mãos, olhos, pressão arterial, pulso, ultrassom, ele procura e procura.

E não me encontra.

Ele me conta que me testaram na minha "ausência" para ver se eu tinha síndrome de Guillain-Barré, paralisia de curto prazo e polineuropatia, outra doença dos nervos que impossibilita a movimentação. Mas não é o meu corpo que se recusa a funcionar.

É meu cérebro.

— Seu filho disse uma vez que o cérebro é uma igreja de pensamentos. Gosto de Samuel, ele tem uma grandeza interior que a maioria das pessoas não consegue alcançar nem quando completa cem anos.

Meu filho! Ele está aqui? Como ele é? O que está fazendo? Como ele está?

Dr. Saul não me diz.

Suspeito que esse médico nunca saia do hospital e tenha escolhido um quarto em algum corredor esquecido para colocar sua cama de campanha.

Alfinetadas de luz em minhas pupilas, consigo sentir o hálito do Dr. Saul. Seu cheiro é fresco e quente, seu corpo também é quente. Eu o invejo, pois simplesmente consegue se levantar e sair. Consigo vê-lo,

315

como em um binóculo invertido, cem metros acima de mim, um rosto tão pequeno quanto um percevejo.

Eu grito:

Onde está Eddie? E Madelyn?

— Devemos trabalhar em um espaço livre de culpa, Skinner. Nós, os médicos. Não devemos nos ressentir de nossos erros. Porra nenhuma. Quanto mais velho fico, mais erros consigo enxergar. Aqui na enfermaria ou no cemitério. Nenhum neurologista é inocente. Skinner, o senhor está aí? Pode me ouvir?

Sim. Mas por que o idiota não me ouve?

O rosto distante do Dr. Saul desaparece. O mundo por trás da placa está se movendo. Começa a se transformar em um redemoinho. Fumaça que paira.

Na fumaça, vejo a figura do meu pai, ele está sentado em uma cama mais distante, reconheço o suéter listrado, as calças jeans, os pés descalços.

Estou morrendo?

Ele faz que não com a cabeça.

— Estou apenas esperando — diz ele.

Aqueles que nos amam estão sempre esperando por nós.

— Henri — diz meu pai. — Sabia que fui eu que soltei você, e não você que me soltou?

Não acredito nele.

Coma é ser enterrado vivo, e ninguém sabe que estou aqui, aqui, AQUI!

E se nunca me ouvirem?

Se pensarem que eu morri, se me enterrarem vivo?

Não consigo mais continuar. Não quero mais continuar. Não quero mais.

DIA 44

Henri

Uma mão acaricia a minha. Então, sinto algo fugir do salão dos irreais. É rápido e leve como espuma e revoa por um tempo entre as camas, ao longo dos dispositivos. Várias vezes se choca contra as janelas, cada vez mais impaciente, como uma mariposa que tenta forçar a saída.

Um pouco mais tarde o ambiente fica inquieto, as pessoas chegam, médicos, enfermeiros, eles se enfileiram ao redor da cama, que agora foi abandonada pelo essencial. Eu até poderia lhes dizer: *vocês estão atrasados. A casca está aí, mas o cerne foi embora.*

Sinto cheiro de fumaça, e lá está a enfermeira Marion. Ela diz aos outros "Ele acabou de passar por mim no corredor", mas ninguém a ouve, embora seja verdade. E ela caminha para o corredor, silenciosa e sozinha, pois ninguém precisa dela ao lado da cama do cadáver, e pouco depois consigo sentir o cheiro de ar de verdade. Marion abriu uma janela e, seja o que for, tenta desesperadamente sair do salão, tocando-me por um instante, fica aliviado por escapar. Gosto desse cheiro inesperado. É como passar a noite toda nas ruas de Londres e ter carregado a cidade comigo. O cheiro de cerveja e o eco da música alta, os cheiros do metrô e de canela, água salgada e barrenta do Tâmisa.

Quando o corpo morto é levado para fora do salão dos irreais, faíscas esparsas ainda dançam em torno dele.

Consigo ver tudo isso. Mas nunca vou ser capaz de contar tudo isso para alguém.

Tive tempo para pensar com muito cuidado. Nunca tive tanto tempo para nada como agora, pois agora sou feito de pensamentos.

Pensamentos e sede.

Provavelmente não vou passar para o outro lado da placa. Nem hoje, nem amanhã, simplesmente não vou. Permanecerei enterrado vivo dentro de mim mesmo. Fadado a estar sempre entre. Entre a zona da placa, como chamo, esse círculo que fica pouco antes da realidade. E o plano onde alguma coisa sempre me leva àquelas margens e à tomada de decisões da minha vida em que me mostrei equivocado ou desanimado. Onde essa coisa me dá a chance de vivenciar o que teria sido se eu tivesse agido diferente. Se decidisse de outra forma, fosse ou ficasse, beijasse ou fugisse, dissesse sim em vez de não.

Mas busquei, busquei a vida certa — e não a encontrei. Nenhuma vida era perfeita. Nenhuma, não importava o que eu fizesse ou deixasse de fazer.

E lá fora, onde posso ver e ouvir com mais clareza a realidade, as pessoas reais hora após hora — mas elas não me veem nem me ouvem —, noto um segundo mundo. É como se ele reluzisse como uma miragem ou tremeluzisse por trás do mormaço. Ninguém, nem mesmo a enfermeira Marion, consegue percebê-lo, embora a enfermeira pareça sentir mais. Sempre ouvi seus pensamentos de forma muito clara. Marion chama os mortos de "os Outros".

E ela tem toda razão; às vezes, eu também os chamo de "os Espectadores".

Como meu pai, que espera por mim lá, em algum lugar, e que agora só consigo ver como um meio morto. Ele me observa. Assim como fez, provavelmente, durante todas as décadas que se passaram, quase sem que eu percebesse.

Quase significa que eu o sentia em segundos preciosos. Só que não queria. Não queria permitir que ele me desse coragem. Não queria acreditar que, às vezes, ele pegava emprestado meu corpo, por um período breve e afobado, para correr, sentir cheiros, sentir de novo o toque de uma mão macia no rosto.

Os Espectadores estão por toda parte. Especialmente aqueles que não estão quites com os vivos. Às vezes, aparecem em algo que brilha.

Em reflexos cintilantes do oceano ou no cromo cintilante de um carro à nossa frente, no lampejo passageiro da luz dos túneis do metrô.

E, mais claramente, pouco antes de adormecermos. E em nossos sonhos, aqueles que não são claros, confusos e fluidos, nós os notamos. Pensamos que são fantasmas, mas na verdade eles são os Outros.

Não sei se precisamos estar mortos para entrar nos sonhos dos vivos. Ou quase mortos?

Sinto que quatro Outros estão sempre em volta da cama de Madelyn, olhando para ela. Também andam pelo salão dos irreais de vez em quando, espreitando aqui e ali, buscando faíscas, fôlego, novidades do mundo. Às vezes eles desaparecem como se quisessem apenas tomar um pouco de ar em Londres, e eu os imagino sentados nos últimos bancos em um ônibus ou no metrô, onde, às vezes, ninguém se senta e ninguém sabe por que se afasta dos bancos vazios.

Preciso aprender a entender esse entre.

Entre. *Bar-khord.* Entre tudo e lugar nenhum.

Certa vez, fiz o perfil de um professor persa de cem anos que deu aula para os filhos de reis no Irã até o início dos anos 1970, a arte de serem reis e se comportarem como tal.

Ainda ouço sua voz velha e irônica da escuridão de minhas lembranças sempre em mudança constante, seu culto inglês de Oxford.

Eu lhe perguntei com muita cautela, como se segurasse uma serpente com a mão, onde ele via a colisão entre as culturas reais da Inglaterra e da Arábia.

"O choque", foi o que eu disse, "o choque cultural."

Ele pensou por um bom tempo. Seu rosto perspicaz mergulhado na penumbra do pátio de sua casa, na cidade velha de Teerã.

Então ele respondeu: "A língua inglesa, como todas as línguas ocidentais dominadas pelos cristãos, descreve o toque de dois opostos como algo violento. O choque, um empurrão, um corte, até mesmo um ataque, hostil, agressivo. Isso certamente serve ao propósito de promover preconceitos e medos. Não há nada mais belo que o pensamento dicotômico, não é?"

Ele deu um gole no chá de hortelã e lentamente levantou o copo contra a luz do sol da tarde quente e arenosa. A luz azul e brilhante que entrava pelo telhado de bambu caía sobre o agradável pátio sombreado.

"Na Pérsia, chamamos o toque de dois opostos de *bar-khord*. *Bar-khord* acontece quando dois elementos fortes se encontram e formam algo novo em sua junção. Não é a repulsa de opostos, não é como a carne no metal do carro. Mais como uma fusão. Entende? Esse entre está sempre em movimento. Não torna os opostos hostis um com o outro, mas se transforma na fonte de outra coisa. Esse novo exaure os opostos e não cria uma semelhança maior nem com um, nem com outro. Como uma criança que é muito diferente da mãe e do pai, certo?"

Fiz que sim com a cabeça.

"*Bar-khord* é este chá aqui, água quente e hortelã, do seu toque surgem poesia e conforto. *Bar-khord* é quando o sangue se mistura com sangue, quando os refugiados encontram lares e amor em novos países. É vida nova, não guerra, nem paz — um recomeço."

Ele bebeu o chá. "E a mais elevada forma de *bar-khord* é o morrer. Se a morte e a vida se tocam na morte, daí surge..." Ele fez uma pausa. "O que acha, efêndi? O que surge entre o ser e o não ser?"

Eu respondi: "O medo."

Bar-khord. Entre ser e não ser. Estou ali, onde vida e morte criam alguma coisa.

Parece um mistério, mas se eu o resolver... então estarei redimido?

O que acontece quando a morte começa?

E então o milagre acontece.

Consigo senti-la antes que tenha atravessado o corredor completamente, enquanto ela passa pelos espectadores. Muitos dos Outros dizem: "Olhem, aí está ela de novo."

Gratidão e uma ansiedade boa me inundam, posso sentir seu cheiro, ah, seu perfume, e ele traz tudo de volta, tudo, ela se aproxima e então...

O dia cinza, tão cinza, finalmente terminou.

— Eddie — sussurro —, meu amor!

Ela olha para mim, e nada em seu rosto bonito e orgulhoso revela que me ouviu. Ou ela me ouviu e me tortura com o silêncio?

Aliás, ela é real?

Minha redenção vem seguida de dúvida e pânico.

Ela se senta, e é como se os contornos do ar mudassem, parecessem mais suaves, mais quentes. Uma sensação infinita de bem-estar me invade, fluindo através de mim.

Sim. Ela é real. Eddie é a realidade.

— Olá, Henri — diz ela. Sua voz é gentil e sombria.

— Olá, amor — respondo.

Quero estender as mãos para puxar seu rosto para perto de mim, do meu coração ardente e, ao mesmo tempo, congelado. Quero senti-la, quero olhar para ela, sua boca ousada quando fala, quando ri, quando quer ser beijada. Quero que seu olhar pouse no meu, como sempre fazia. Esse olhar de fogo e bondade, de sabedoria e convite, de ternura e grandeza.

Nada nela era difícil, nem para mim, nem para ninguém, mesmo quando ficava furiosa. Sua raiva só se dirigia a si mesma.

Exceto naquela única vez. Quando nada pôde romper sua rigidez.

— Me perdoe, eu te imploro. Eu te amo. Eu te amo.

Seu olhar procura o meu, mas, quanto mais eu tento, menos consigo atrair seu olhar para o meu.

Digo novamente:

— Eu te amo. Para sempre e em todas as vidas.

Nada.

Tudo o que consigo sentir é o crepitar do medo de Eddie que percorre os fios invisíveis até chegar a mim.

Ela não me nota.

Ela olha para mim, e eu a vejo, mas em nenhum momento nossos olhos se encontram, em nenhum momento eles se reconhecem.

Gostaria de levantar a mão, acariciar Eddie e enxugar a lágrima que neste exato momento escorre pelo seu rosto.

Ai, meu Deus. Nem sei se ainda tenho mão.

— Henri, no caso de o doutor Saul não ter vindo aqui e lido o boletim meteorológico e sua biografia: hoje é dia de banhar-se ao ar livre. Eu gostaria de ir nadar com você. Mas Liz está em férias e...

Quem é Liz?

— ... e por isso estou fazendo a parte dela. Espero que esteja tudo bem para você se eu fizer os exercícios de seus braços e pernas.

Meu amor, eu te agradeço. Nem sabia que eu ainda tinha braços e pernas.

E lá está ela, e ela faz coisas comigo que não sinto, e ainda assim é como se eu estivesse deitado em um banho quente de seda e perfume e óleo doce e proteção. Eddie canta "Lullaby of Birdland", e entre um trecho e outro sussurra para mim o que está fazendo. Ela lava meus pés, move meus tornozelos, trabalha em meus joelhos e minhas pernas, minhas mãos, meus ombros, e então diz que a parte mais difícil está chegando: gentilmente move minha cabeça dentro do colar em torno do meu pescoço. Também canta nesse momento, como se desenhasse um jardim maravilhoso com a voz. A luz do sol salpica a copa das árvores, o clima é ameno e quente, e os arbustos de jasmim e canteiros de flores exalam aromas. Ela canta tudo isso.

Estou completamente nas mãos dela.

Esse é o lugar mais seguro do mundo.

— Meu amor — sussurro de novo.

Por que você está aqui?, quero lhe perguntar. *Por que não desistiu de mim?* Seu rosto está lá, muito perto, e ela diz baixinho:

— Tenho que te beijar todas as vezes e espero que você permita.

Com esforço infinito, tento descobrir alguma sensação no corpo. Para produzir uma contração muscular com o dedo da mão, o dedo do pé, a pálpebra. Algo que mostre para ela: estou aqui e não apenas permito. Preciso do seu beijo e de você para sobreviver.

— Você está aí, Henri? — pergunta ela.

SIM!

Seus olhos buscam os meus, e me concentro para chegar até Eddie, para atravessar a placa.

Por favor, imploro. *Por favor, Eddie. Você não me vê?*

Ela suspira, resignada. Sinto o pesar em seu coração, depois sinto como ela se recompõe por dentro.

Ela não desiste. Talvez não saiba ainda, mas nunca desistirá.

Todas as histórias que leu lhe mostraram recônditos fantásticos, incríveis, e ainda assim possíveis da vida. Consegue imaginar tudo, tudo, tanto o belo quanto o terrível, e nunca evita olhar.

— Você se lembra? — pergunta ela, e, por um momento, é como se me visse. — Você se lembra do sommelier bêbado no hotel suíço?

Sim. No fim, ele derramou o vinho caro ao lado de nossas taças. Talvez estivesse infeliz?

— O que você diria, Henri, se eu te dissesse que às vezes sonho com você? E tenho certeza de que não é apenas sonho?

De repente, fico eletrizado.

— Algumas noites atrás cheguei a sonhar com o mar. Com você e comigo, estávamos em uma costa, lá havia uma pequena capela.

São Sansão? Era São Sansão?

— Nós... — e agora sua respiração quente está próxima, e ela envolve as palavras no hálito quente — ... nós dormíamos juntos, nas pedras. Mas então...

Eu sei, quero dizer, então veio a onda. Conheço essa vida! Você sonhou com isso? Eddie, você sonhou?

Não consigo mais pensar naquilo, pois no momento sinto outra presença.

É como se todos os meus filamentos sensoriais se enrolassem em uma bola quente.

Sei que é ele.

Samuel Noam.

Então, esse é meu filho!

Ele tem uma alma linda. E há tanto de Malo nele, tanto.

Vejo o homem grande e inteligente que cresce dentro dele e que, em algum momento, abrirá caminho de dentro para fora e recolherá o menino em seu íntimo.

— Oi, Ed — diz Sam, sua voz baixa, e eles batem os punhos. Então ele se inclina sobre mim e diz: — Oi, pai! — e nós nos enxergamos. Não, ele olha como Eddie: um pouco através de mim.

— Olá, Samuel — digo mesmo assim. Olho para ele e fluo para cima, sinto que meu ser transborda de felicidade, afeto, orgulho e também de desespero, porque este menino está no meu coração. Cada momento da minha vida, da minha vida imperfeita, de repente faz sentido porque Sam existe. Porque acidentalmente fiz algo certo. Olho para ele e o amo, um amor que quer proteger, que quer tocar, que me deixa desesperado.

Meu filho. Isso me puxa tanto para a vida, pois quero ver meu filho crescer! Como ele é, como pensa em sua vida, o que fará!

Os olhos de Sam ficam mais atentos naquele momento, e então meu filho olha novamente. É agora... certo? Sim, é como se ele realmente olhasse para mim!

— Oi, pai — diz ele de novo, mas agora muito, muito mais baixo. — Aí está você.

Ele olha para a frente, um brilho no rosto, uma alegria desenfreada, olha para Eddie do outro lado, e então ele faz força para seus lábios dizerem:

— Ele está aqui, Eddie. Meu pai está aqui.

Sam

Não consigo suportar ver as tentativas deles de acordá-lo. Ou melhor: de tentar fazer com que ele fique de um jeito que acham que ele pareça "acordado".

Ele percorreu um longo caminho, desde a borda mais externa da vida até aqui. Até pouco antes do estado de vigília.

É como se tivesse ficado preso em âmbar endurecido, mudo, imóvel. E, ainda assim, sei que está ali. Sinto um calor que sai dele e que só pode ser sentido por dentro da pele.

Mas eu queria ter ficado quieto.

Agora, eles o importunam sem parar. Querem que ele respire por conta própria e tiram a respiração artificial dele várias vezes. Passam objetos diante de seus olhos para lá e para cá. Apertam as panturrilhas com tanta força que as impressões digitais vermelhas ficam na pele onde amassaram e beliscaram um feixe de músculos.

Dr. Foss está atrás dele, ao lado da cabeça, tentando dar um susto nele. De repente, bate palma. Todos se sobressaltam, menos meu pai. E Maddie também não. Põem coisas nas mãos dele, bolas macias de massagem, escovas de dentes, mas ele não segura. Pedem que ele pisque, olhe para a esquerda, diga seu nome ou calcule a soma de zero mais um.

"Eu não responderia a essas perguntas nem se a Claudia Cardinale me perguntasse", ouço Scott resmungar na minha cabeça.

Meu pai permanece em silêncio. Nenhuma pálpebra pisca. Nem o pulso acelera. Não há nenhum tremor, em lugar nenhum.

— Foi mal, pai — digo baixinho.

Dr. Foss muda de posição e pega uma caneta esferográfica do jaleco. Sei o que ele pretende fazer. Vi quando fez esses testes em outros pacientes da UTI. Vai empurrar a ponta da caneta embaixo da unha do dedão do pé. E, em seguida, embaixo da unha do dedão da mão.

Sinto meu pai. E a dor obscura que ameaça engoli-lo. Dor, porque não consegue fazer o que querem que ele faça. E porque existe outra dor. E sede. E raiva! Raiva vermelha e brilhante, espumante, por aquilo que estão fazendo com ele.

Agora, puxam a língua dele. Aquilo me dói, e ouço como Eddie inspira forte.

O desespero do meu pai. É de um azul-escuro estranho, que escorre. Como se chorasse lágrimas que se misturam com tinta.

Mas não é por causa dos testes, é...

Porque Eddie não consegue senti-lo.

Ela está em pé, encostada na parede, com uma das mãos sobre a boca e outra sobre a barriga. Os olhos estão fixos em meu pai.

Eu me afastei até ficar ao lado da cama de Maddie e acariciei sua mão. Nossas mãos estão enfiadas em luvas antissépticas.

Ela está respirando por aparelhos e, nesta manhã, teve falência do rim direito.

— Ele estava aqui, Maddie — sussurro. — E ele olhou para mim de um jeito...

De um jeito que ninguém nunca me olhou antes. Ninguém. Como se eu fosse a pessoa mais importante do mundo. Como se ele tivesse usado tudo o que pode, tudo o que sabe, toda a sua força para me dizer que está orgulhoso de mim. De mim, Maddie!

Mas não posso dizer isso em voz alta. Não posso nem mesmo expressar isso em palavras.

Umas lágrimas de merda sobem pela minha garganta, salgadas e amargas. Tão amargas.

Amargas porque são tão boas, tão novas e já estão quase no fim.

Porque eu não sabia o quanto é imenso isso: ser o mundo de alguém.

Eu sou um mundo inteiro do meu pai!

Não há espaço dentro de mim para aguentar isso, e é por isso que choro lágrimas furiosas e seguro a mão de Maddie. Imagino que *ela* esteja segurando a *minha* mão e enxugando minhas lágrimas. Antes eu teria ficado envergonhado.

Antes. Antes, há sete semanas, quando eu era criança.

— Parem com isso! — ouço Eddie exigir agora, claramente, mas com calma.

As enfermeiras tinham acabado de estender os braços e as pernas do meu pai para que o Dr. Foss pudesse fazer o teste de dor sob as unhas.

— Mas, senhora Tomlin, para testes de função motora são necessários estímulos para o tônus flexor...

— Não faça isso, doutor Foss. Nem comece a lançar esse jargão de especialista tacanho para justificar a dor que vai causar nele. Não faça isso, certo?

Eddie segue em direção ao Dr. Foss, e tem algo nos passos dela que o faz recuar.

— Deixe ele em paz! Agora! Chega.

O Dr. Fossy suspira, responde:

— Bem, como quiser — fecha a caneta e a coloca no bolso do jaleco. — Mas para ter certeza de que não vamos ignorar se...

Ela olha para ele com tanta intensidade que ele para de falar.

Eddie fala baixo e entre dentes:

— O paciente também poderia estar consciente, mas não tem nenhum acesso a seu sistema motor. Talvez o senhor esteja causando dor nele, e ele não pode se defender. Como representante dele, eu proíbo que o senhor continue com essa tortura. O senhor tem mais alguma carta na manga?

O Dr. Foss olha para o Dr. Saul, que olha para mim e diz:

— Todos sabem que a direção de nossa clínica é avarenta, mas, já que temos o monstro, talvez possamos usá-lo.

Ele está falando do aparelho de ressonância magnética funcional, uma máquina especial que mede a atividade cerebral em determinadas áreas. Custa dois milhões de libras e é considerado o "leitor de pensamentos" da Inglaterra. Além do Dr. Saul e de outros três neurologistas, ninguém mais consegue realizar testes confiáveis nele, e certa vez ele me explicou o seguinte: "O monstro procura pela gente dentro do cérebro. Podemos perguntar qualquer coisa, por exemplo: 'O senhor comeu um palhaço de café da manhã?', e verificar se algo no córtex pré-frontal medial se moveu. Podemos injetar no paciente um líquido fluorescente e medir sua queima de glicose. Se o cérebro ainda consumir nutrientes, é muito provável que o paciente também o utilize. Podemos até mesmo estimular a imaginação motora: 'Jogue tênis! Salte com uma perna só! Imagine que está fechando o punho!' Sim, podemos fazer tudo isso, e então as luzes piscam. Infelizmente quase ninguém entende os sinais. Ninguém pode dizer 'arrá, isso é uma reação' ou 'ah, isso é apenas uma pequena conexão perdida'. A máquina é esperta, e nós somos burros."

Ainda assim, Deus diz para Dimitri:

— Vamos preparar o senhor Skinner. — Então ele faz um sinal para mim e Eddie o seguirmos até sua sala.

Eu me levanto devagar. Eddie acaricia meu pai, tirando da testa os cabelos que cresceram ao lado do ponto onde foi operado. Ela faz isso com um gesto tão carinhoso que engloba tudo. Amor. Medo. Uma tristeza infinita. Então Eddie me olha e diz baixinho:

— Venha até nós — e estende a mão sobre o peito do meu pai. Tiro a luva descartável, pego a mão de Eddie e, em seguida, a mão direita dele. Ela pega a mão esquerda dele, e ficamos em pé desse jeito.

Eddie olha ao redor, estamos sozinhos. Então ela pede em um sussurro:

— Me diga como você faz, Sam. Funciona?

Entendo o que ela quer dizer. Mas não sei como devo explicar.

"*Mon ami*, não há mais nada a fazer além de entrar em contato com o mundo exterior de vez em quando. Explique em imagens. As pessoas gostam de imagens", ouço a voz do futuro e ponderado psicólogo Scott ecoando dentro de mim.

Então eu tento. Imagens.

Consigo intensificar a percepção de tudo o que vejo — números coloridos, música cheirosa, cheiros que pintam imagens, dores, mentiras, raiva, sentimentos coloridos, ecos de edifícios. Como se eu aumentasse o volume. Movendo um botão para cima, bem para cima.

— Ele está aqui agora? — pergunta ela.

Encaro os olhos ainda abertos e imóveis de meu pai. Ele está lá embaixo. Consigo sentir. Assim como a pessoa sabe que alguém está atrás de uma porta. A atmosfera fica diferente. Densa. Mais quente.

— Sim — eu respondo.

Ela suspira. Seu rosto tem um tanto de incredulidade, outro tanto de devoção.

— Ele me ouve? — pergunta Eddie, sua voz saudosa e desconfiada.

— O que *você* acha? — respondo. Talvez ela também tenha um amplificador por dentro. Talvez todos tenhamos e simplesmente não saibamos.

Eddie olha para o meu pai, e algo dentro dela sai com dificuldade.

— Ah, Henri — sussurra ela com a voz embargada. — Ah, Henri, eu te amo.

Ela levanta a mão dele, a beija, e eu olho para o monitor de EEG. Três oscilações na sequência, uma atrás da outra.

Ela olha desesperada e cheia de esperança para mim.

— Desculpe, Sam, você vai pensar que sou muito boba quando pedir para que você faça a tradução simultânea. — O sorriso delicado dela se retorce, e eu gostaria de dizer "Sim! Eu faço isso!", só para consolá-la.

— Como você o sente? — pergunta Eddie de novo.

— Nunca penso nisso.

— E o que você sente?

Olho para o meu pai e, de novo, vem o eco da onda.

— Amor — digo baixinho. — Uma queimação. E sede.

Eddie solta minha mão e alcança a caixa atrás dela. Então delicadamente molha os lábios e a gengiva do meu pai. Enquanto faz isso, tento me abrir mais. Aumentar meu amplificador interno até ultrapassar muito a marcação vermelha de alerta. É quase insuportável, porque assim não sinto apenas meu pai. Mas tudo. E é muito mais do que as pessoas normais sentem.

Em cada cama do salão dos irreais, tantos sentimentos intensos. Alguém se perdeu em um lugar muito ruim, outro sofre com medo da morte, de novo alguém está com muita febre. Sinto o cansaço e a tensão, como cordas de violão e elásticos que se repuxam através de todo o ambiente: preocupação, espasmos, medo.

— Sam? — pergunta Eddie, alerta.

E por trás do medo há um crepitar, um chiado.

— Sam, tudo bem. Tudo bem. Pode parar, não precisa se esforçar tanto. — Eddie toca meus ombros. De repente, puxo o ar. Fico zonzo por ter prendido o fôlego. Apesar disso, preciso falar para ela.

— É como se tivesse uma luz caindo sobre ele. Mais fraca ou mais forte, ou colorida, nela eu vejo como ele está. Se ele conseguisse falar, eu perceberia no tom se estivesse escondendo alguma coisa. Posso ver em seu corpo se ele está aí. É... — procuro uma comparação — ... como se uma agulha de vitrola fosse colocada sobre um LP. Você sabe que tem algo ali, mesmo que a música ainda não tenha começado. Ou quando alguém está em um quarto totalmente escuro... tem uma tensão no ar...

Vejo que Eddie não sabe muito bem se deve acreditar em mim ou não. Sinto que não sabe se estou imaginando tudo aquilo. Para consolar a mim mesmo. Para não perder a esperança.

— Ele vai viver!

— Mas isso basta para viver? Assim? — pergunta ela e aponta, exausta, para o corpo quase apagado, impotente.

Dentro do meu pai tudo se acelera. Como se ele corresse por dentro e batesse contra grades, várias, várias e várias vezes.

Eddie tem razão: não dá para ver isso no rosto dele. Nem em seu pulso. Talvez eu esteja errado mesmo? Não. Nunca. Mas eu consigo sentir meu pai tão claramente como se ele falasse comigo.

— Vamos lá — diz Eddie. — Vamos ver o doutor Saul. Ele vai explicar o que pode fazer.

Eddie

— Peixes não usam tranças — diz o Dr. Saul. — Libélulas escrevem poesia.

Dez vezes ele vai dizer algo sem sentido para estimular certas áreas do cérebro de Henri a reagir, ou seja, aquelas que só ficam alertas quando o cérebro registra algo sem sentido. Ou quando precisam resolver uma charada. O cérebro de Henri parece não ter nenhum desejo de resolver charadas, porque, de vez em quando, o Dr. Saul balança a cabeça loira.

— Olá, senhor Skinner, sou seu médico. O senhor é Henri Malo Skinner, está no Hospital Wellington, em Londres, há quarenta e quatro dias. O senhor está vivendo em coma, senhor Skinner. O senhor foi transferido para um scanner cerebral. Ele mede a atividade em sua área cerebral pré-frontal medial.

Sam está de pé ao meu lado. Ele se concentra no aparelho poderoso e barulhento no qual seu pai foi empurrado — o tubo de ressonância magnética, chamado de monstro. Um anel com câmeras especiais gira lá dentro, dividindo opticamente o cérebro em fatias e esperando por um sinal de luz vindo da escuridão.

— Imagine-se em um campo de golfe, batendo na bola — diz o Dr. Saul agora.

— Que bobagem — murmura Sam, e tenho que concordar com ele. A imagem por ressonância magnética funcional deve iluminar as mesmas áreas específicas durante a imaginação de movimentos determinados, ou seja, enquanto Henri imagina que balança o taco, como em pessoas saudáveis que também sonham com o campo de golfe.

— Por favor, feche o punho mentalmente — exige o médico, e então: — Imagine-se movendo os dedos para cima e para baixo.

— Ele pede para Henri se imaginar jogando tênis, futebol e depois dançando.

O medidor elétrico ao lado da cabeça e do peito de Henri registra tudo. Dessa forma, O Dr. Saul quer determinar se, se não na imagem, algo fica reconhecível nos registros da biorressonância.

Sim. Quero que o Dr. Saul, o Dr. Foss e seu monstro desgraçado finalmente confirmem que Henri está realmente ali. Não porque eu não acredite em Sam, mas porque não consigo acreditar em mim mesma. Não ouso e não creio que os médicos vão nos ouvir.

Nada no cérebro de Henri sugere que ele esteja imaginando movimentos. Nada revela se ele não se mantém em silêncio simplesmente porque não sabe que está em coma.

— Senhor Skinner? Senhor Henri Skinner?

O teste de ondas teta. Observo o Dr. Saul, mas ele está totalmente concentrado nos monitores.

A enfermeira Marion se junta a nós.

— Se nada acontecer, não significa que não está acontecendo nada — diz ela baixinho. — Vamos colocar o senhor Skinner de novo nos eletrodos por vinte e quatro horas depois de concluir esses testes. Realmente acredito mais neles do que nesse leitor de mentes. Ele observa o senhor Skinner só por uma hora, isso não é nada. Nessa hora ele pode estar em qualquer lugar, menos aqui.

— Como está Maddie? — pergunta Sam.

— Está lutando, Samuel. Está lutando.

— Ela quer viver, mas não confia em si mesma — explica ele.

— Você a conhece tão bem, hum, que imagina isso? — pergunta a enfermeira Marion, carinhosa.

— Não. Ela me disse — responde ele.

— Ah, é?

— Sim. Em sonho — explica Sam com seriedade. Ele afirma aquilo da mesma forma que autoras e autores me contam suas ideias. Tranquilo e convicto. Nunca considero ninguém extravagante. Nem quando me contam que os sonhos seriam uma visita do próprio espírito a uma pessoa de alma aparentada. Mesmo que ela esteja morta. Máquinas de sonho, sonhos lúcidos, viagens no tempo dentro do sonho: nada disso parecia absurdo ou psicótico demais para mim. Poppy, Rolph, Andrea e eu já discutimos sobre a possibilidade de coisas impossíveis. Estou acostumada com o inacreditável. A literatura serve também para sondar mundos desconhecidos. Quem mais deveria assumi-los com determinação além de escritoras e escritores? Quem mais tem o dever de pensar, sem limites, "como seria se"?

E, ainda assim, eu recuo.

Aqui é a realidade. Não tem livro, não tem nenhuma competição nerd.

Ali, o monstro zumbidor, as perguntas do Dr. Saul, a máquina de oxigênio de Henri, que sopra ar dentro dele oito vezes por minuto e suga novamente. Essa é a realidade.

Há seis semanas Henri não respira sozinho. Aos poucos vai chegando a hora dos milagres. Na qual nada é mais urgentemente necessário do que ele. E nada é mais raro que ele também.

— Você sonhou com ela? — pergunta agora a enfermeira Marion lentamente. — Quando?

— Na noite antes de ela ter a sepse.

— Você me contaria o sonho? Sabe, os sonhos são um meio de comunicação e...

— Vou buscar um chá — digo com raiva, me levantando.

Não consigo. Não aguento ver como a enfermeira Marion traz ainda mais esperanças para Sam neste momento.

— Não gostaria de ouvir isso, senhora Tomlin?

Não. Quando olho o menino e a luz caindo sobre ele, fazendo com que fique a cara do pai, isso parte meu coração.

Vou te proteger, Sam, juro em silêncio, *para todo o sempre, mesmo que eu nem me lembre mais de quê. Talvez de ilusão demais? Sim, é isso — da ilusão de que milagres acontecem exatamente quando você mais precisa deles.*

— Nunca sonhou com ele, senhora Tomlin? — pergunta a enfermeira da noite com sua voz de fumante.

O zumbido das luzes no teto muda.

Como foi que Sam disse? Como ele consegue sentir que Henri está conosco, bem próximo, pode nos ver, quer nos dizer algo?

É...

... como se uma agulha de vitrola fosse colocada sobre um LP.

Conheço exatamente a sensação. É como se o mundo secretamente prendesse o fôlego.

É a atenção da orquestra inteira voltada para a ponta da batuta do maestro.

Só que não admito isso. Não o sonho em que dormi com Henri. Foi apenas saudade. Nada além disso.

Mas e se não foi?

— Antes eu sonhava com meu pai — respondo com relutância. — Mas só depois que ele morreu. Primeiro, muitas vezes. Depois, menos.

A enfermeira Marion meneou a cabeça.

Quando vejo meu pai, sei imediatamente que estou sonhando. É assim quando perdemos aqueles que eram o mundo para nós. Fica um buraco em nossa vida, e nele desaparecem o riso e a descontração. Sua ausência nos despedaça, e, de repente, conseguimos enxergar a diferença entre verdade e sonho com muita clareza. Como se apenas a morte permitisse entrar no mundo entre os mundos.

Fora desses sonhos, ouço meu pai apenas às vezes. Por exemplo, quando Sam estava em meus braços na capela do hospital. Quando meu pai disse em alto e bom som: "Encontre um lugar para você e cante."

Duas vezes tive a sensação de que ele era eu. Uma vez enquanto andava de moto. E outra vez na Cornualha, o ar era fresco, a temperatura estava amena, mas já com um toque outonal. O mar cantava, e tudo estava bem. Foi como se ele andasse dentro do meu corpo e aproveitasse para sentir novamente. O calor da própria vida. Sentir cheiros. Sentir como os músculos funcionam, o coração bate. Com certeza isso durou quatro, cinco minutos.

Mas mesmo tudo isso eu considero, apesar da intensidade, um autoengano bem-sucedido.

As pessoas são assim, imaginam as coisas mais bizarras para se consolar e as consideram reais.

— Senhora Tomlin, a senhora já ouviu falar de experiências de pós-morte?

— Quis dizer quase morte?

— Não. Pós-morte. A senhora sonhou com seu pai. Já teve a sensação de que ele estava presente? De que podia sentir o cheiro dele? Ou ouvi-lo? As experiências de pós-morte são momentos de comunicação. Coisas que as pessoas vivenciam quando alguém com quem elas têm uma ligação muito estreita morre.

Não!, quero dizer, *isso é loucura, tudo loucura!*

Exatamente como imagino que Henri diria: *Eddie, me ajude! Uma loucura impregnada de Sancerre!*

— Não — afirmei —, o cérebro se autoengana. Nós nos consolamos e imaginamos que ouvimos, sentimos o toque e o cheiro de quem amamos. Autocura é a melhor medicina. Mas, na verdade, Henri não demonstrou a menor reação enquanto eu estive lá. Nada, a senhora ouviu? E pós-morte? Sonhos? Me poupe disso, por favor!

Minha voz estronda em meus ouvidos. Até o Dr. Saul olha de sua caixa de acrílico.

Experiência pós-morte. Esoterismo demais, garantias de menos. Milagres demais resultando em migalhas.

Eu me levanto, saio da sala da ressonância e caminho pelo corredor em direção à máquina de venda automática. Quero socar a parede. Bater minha testa, minha cabeça nela. Quero Henri de volta. Quero meu pai de volta! Quero minha vida de novo.

— Edzinha — ouço meu pai dizer carinhosamente. — Edzinha. — Mas apenas na minha cabeça.

Só na minha cabeça.

Quando paro diante da máquina, já perdi o desejo de tomar café. Em vez disso, recuo em silêncio e me encosto à parede ao lado da porta de vidro aberta para que nem a enfermeira Marion nem Sam possam me ver.

— ... e Maddie não queria subir no palco. Estava ansiosa para subir, mas estava com medo. Da vida. Eu falei para ela que estou aqui, ao lado dela. Mas não sei se isso é suficiente para ela. Talvez eu seja pequeno demais para uma vida inteira.

A enfermeira Marion responde com carinho:

— Sam, você é o melhor motivo para ela ficar bem.

A voz de Sam fica frágil quando ele pergunta:

— Meu pai pode sonhar?

Marion suspira.

— Sabe, eu trabalho há anos aqui no centro do cérebro. Muitas vezes ouço neurologistas falando que sonhos são impossíveis, porque acontecem em um nível de consciência que não é acessível no coma. Entende? A máquina dos sonhos é quase silenciosa. Mas...

Eu me inclino ligeiramente para dentro. Mas?

— Mas quando os pacientes em coma voltam, e eles voltam mais do que se imagina, falam sobre o que vivenciaram. Algumas coisas são alucinações, disso já sabemos. Os sons das máquinas, as luzes, as seringas e as conversas dos médicos, tudo isso é reformulado no sistema límbico, o cérebro emocional, e traduzido em novas imagens. A máquina de oxigênio se transforma em um motor de submarino, o bipe dos eletroencefalogramas viram caminhões ou máquinas de jogo.

Silêncio. O monstro zumbe. O Dr. Saul explica pelo alto-falante:

— Vamos fazer uma última série de testes com glicose.

A enfermeira Marion continua a falar, um pouco mais baixo.

— E embaixo há aqueles que não mostraram nenhuma fase REM em seu ciclo de sono. Portanto, nenhum momento em que os olhos se movem sob as pálpebras.

— A fase do sonho — diz Sam.

— Não — discorda Marion. — Essa informação está desatualizada. Sabemos agora que os sonhos ocorrem em todas as fases do sono. Mas...

— Mas? — eu pergunto, voltando para dentro do ambiente.

— Mas a questão é: se alguém está tão profundamente em coma quanto seu Henri, bem além dos níveis de sono e sonho, então não consegue sonhar de acordo com o que a medicina acha que sabe. Precisamente porque o cérebro não produz sonho nesse estado. Mas, então, o que relatam aqueles que voltam? Entende? Se alguém que está em coma não pode sonhar e também não recebe percepções do meio ambiente... onde esse alguém estava então? Sobre qual lugar falam aqueles que retornam se não é sonho nem tampouco realidade?

Antes que eu consiga entender o que isso significaria, se as experiências dos comatosos não fossem sonhos, mas — sim, o quê? —, de novo o sistema de som crepita.

Claro que ele se esqueceu de desligar o microfone, pois do nada o Dr. Saul diz:

— Bem, Fossy, eu me espantaria se recebêssemos um sinal de vida de Skinner ainda antes da nossa aposentadoria.

A enfermeira Marion ergue a mão em alerta e corre em direção ao médico, mas ele não repara nela e continua a falar, sem saber que estamos ouvindo:

— Não importa no que o menino acredita, o homem não vai mais se recuperar. Se o eletroencefalograma de vinte e quatro horas não mostrar nada, temos de pensar em convencer a senhora Tomlin a interromper a terapia, retirar a máquina de respiração e a sonda de alimentação.

— Sim. Só o prolongamento da vida não vale de nada, é preciso poder viver também — responde o Dr. Fossy.

Toda a juventude se esvai do rosto de Sam. Ele encurva o corpo como um velho.

— Não é verdade — sussurra ele. Seus punhos estão cerrados. Ele se vira com um olhar delirante para mim. — Eddie! Não é verdade! Você não pode fazer isso! Meu pai está vivo, ele está ali!

A enfermeira Marion abre com tudo a porta da câmara com os monitores.

O Dr. Saul ergue os olhos, surpreso, e lhe ocorre que poderíamos estar ouvindo. Vejo a vergonha faiscar em seus olhos azuis, ele olha para Sam e, em seguida, abaixa a cabeça.

— Sinto muito, Samuel.

Sam entra como um raio na sala do tomógrafo quando seu pai sai de dentro do tubo.

— Não se preocupe, pai — diz ele. — Sei que você está aí. Eles não vão desligar você, ouviu? Eles não vão fazer isso. Não tenha medo, eu estou aqui, e sei que você também está.

Mas Henri está parado como sempre. Um rosto sem brilho nos olhos, um coração batendo, um corpo desabitado. Mas onde ele está ninguém sabe. Talvez nem ele mesmo. Olho para a enfermeira Marion e vejo uma mulher que não é nem fanática, nem religiosa. Vejo Sam, cujo poder sensorial sinestésico consegue sentir por baixo da pele e além dos contornos do presente visível.

E se os dois estiverem certos — e eu estiver intencionalmente rejeitando esse conhecimento deles?

Penso no meu pai e, só por precaução, falo alto seu nome completo. Dizem que quando se fala o nome dos mortos eles nos tocam.

— Edward Tomlin.

E acontece. Eu o sinto no segundo seguinte, um, dois, três, quatro, cinco segundos.

Eu o sinto à minha esquerda.

O lado do coração.

E para mim tanto faz se estou imaginando isso ou se o impossível é possível.

— Sam — digo com calma —, Sam, você está com seu celular?

O garoto ergue o corpo da posição curvada em que está sobre seu pai. Sua expressão facial demonstra agonia.

Ele faz que sim com a cabeça.

— Me dê seu celular. Quero pesquisar se há uma capela de São Sansão na costa bretã.

NOITE 45

NOTE 45

Eddie

Eu me sinto uma noiva. Estou em pânico, cheia de uma ansiedade boa. Procuro na cabeça, no corpo, a mais ínfima dúvida que me impediria de dizer sim. E há dúvidas, muitas, as mesmas de antes, mas nenhuma delas é ruidosa o suficiente para me fazer dizer não.

Deito na cama arrumada com lençóis limpos e brancos de hospital, na modesta suíte para acompanhantes, pronta para sonhar. E não consigo dormir. Justamente agora. Tenho andado com fadiga constante há sete semanas, mas agora, quando não há nada que eu queira mais que dormir, não consigo.

Aquele sonho com Henri e a igreja.

Não foi apenas um sonho, foi...

Não sei como chamá-lo.

É inexplicável.

A capela dedicada a São Sansão existe. Uma pequena igreja de pedra à beira-mar, com uma porta vermelha e dois pequenos vitrais. Na Estrada 127 para Trémazan. Perto da península de Saint Laurent, a ilha com grandes pedras e cavalos selvagens, na entrada do Canal du Four, o trecho marítimo mais perigoso do mundo. Na freguesia de Landunvez, na costa do Iroise, entre Porspoder e Portsall, em uma área que já foi chamada de "A Terra dos Leões", Pays de Léon. A terra natal de Henri.

Percorri a terra natal de Henri, na costa do Iroise, primeiro com o celular de Sam, depois com meu laptop. Fotos, mapas, blogs — é a terra selvagem de onde Henri vem. Quero conhecê-la um dia. Vivê-la junto com Henri.

Flores amarelas da vassoura-de-tintureiro revestem as falésias e, ao sul, o farol de St. Mathieu protege a entrada da baía de Brest. Na costa, ondas iluminadas verdes e turquesa se erguem, translúcidas como o delicado vidro das garrafas, de um tom esmeralda tão sublime, tão mágicas e hipnóticas. Elas seduzem as pessoas, que desaparecem dentro delas.

E assim eu quero desaparecer no meio da noite. Quero me jogar no mar profundo dos sonhos e lá quero ver Henri de novo. Não importa como se chame isso e não importa se é inexplicável ou não.

Mas meu coração está acelerado, sem vestígios de cansaço. Não quero beber para me obrigar a dormir. Para invocar fantasias encharcadas de uísque.

Mas não consigo dormir. Me viro para lá e para cá na cama. Levanto, fecho mais as cortinas, coloco uma toalha enrolada na fenda embaixo da porta para impedir a entrada de claridade. Tento contar até cem de trás para a frente. Uma hora se passa e mais uma, é como se eu nunca tivesse estado tão acordada na vida.

Os pensamentos voam, e eu me lembro de tudo o que esqueci de fazer nos últimos quarenta e cinco dias. Não paguei contas, não respondi a e-mails, ignorei convites. Não fiz faxina, não fui ao cabeleireiro e não dormi até ficar descansada. Mas estou acordada. Me levanto e ando de pijama pelos corredores sempre iluminados. De meias me esgueiro pela escada e desço até a UTI. Coloco o avental farfalhante, pego uma máscara para mim.

O salão dos irreais é iluminado pela luz noturna, e, sentados na plataforma no meio dele, cansados e tendo a luz pálida e azul dos monitores refletida no rosto, estão os guardiões noturnos da vida e da morte.

Os médicos e as médicas meneiam a cabeça para mim.

— A senhora se desinfetou? — Respondo que sim. Com certeza faço isso dez, doze vezes por dia, mas eles sempre perguntam.

Me levam até Maddie. Penduraram cortinas ao redor de seu leito. Há quatro dias seu corpo é mantido apenas por máquinas. Se o fígado entrar em falência, ela vai morrer.

Sam está sentado ao lado dela, envolto nos trajes verdes dos enfermeiros de centro cirúrgico, com máscara e luvas, touca e proteção plástica sobre os sapatos. Ele lê para Maddie. Ignora todo o resto, seu mundo inteiro é o rosto da menina e aquele lugar de três metros por três cercado por uma cortina.

— Olha só — sussurro para Henri. — Seu filho. É uma pessoa grandiosa, boa. Eu o amo, Henri. Eu o amo.

Os olhos de Henri estão fechados.

Encaro os desenhos de sua "arquitetura do sono", mas eles sempre me revelam muito pouco. As linhas correm adiante como a faixa reta de uma rua. Molho sua boca com uma gaze, várias e várias vezes. Ele não pode ficar com sede.

A cada quinze minutos chega um dos médicos noturnos, examina Maddie e meneia a cabeça para mim.

Imagino que Henri diz em sonho que precisa voltar, que vamos recomeçar, que tudo vai ficar bem. E que teremos um ao outro, sempre. Imagino, então, que ele supera tudo, a lesão cerebral, as herniações, as contusões, o medo, o coma, a reabilitação, aprende a falar, aprende a andar, aprende a amar.

Por um momento maravilhoso consigo finalmente respirar mais fundo, no qual o frio na barriga de medo passa.

Fico sentada ao lado de Henri e, então, com muito cuidado, me deito com ele sobre o lençol. Meu rosto colado a seu ombro. Pego sua mão e olho para o teto sobre nós, me pergunto se ele também enxerga o mesmo teto. Com as luzes, que à noite ficam mais leves, com a iluminação indireta, os pontos vermelhos, azuis e verdes que refletem dos aparelhos, que ficam sobre um carrinho com rodinhas ao lado de cada cama, um sobre o outro, como gavetas, cinza como HDs de computador.

Beijo o ombro de Henri, em seguida sussurro em seu ouvido:

— Eu vi fotos, Henri. De São Sansão. Gostaria de visitar. E também de ir a Saint Laurent. E até Melon, lá tem tempestades de inverno na baía como em lugar nenhum no mundo.

Penso nos faróis. Um quarto de todos os faróis da França ficam ali, no mar, sobre rochedos e imensas ilhas de pedra, no Mar Furioso, o Iroise. Nenhum mar é mais faminto que ele, nenhum mar do mundo vitima tantas pessoas e barcos.

— Então, esse é seu país.

Meu pai nunca me falou sobre a Bretanha, embora também tivesse estado lá. Vigias de farol não gostam de falar sobre o que veem à noite e no mar, nem depois de muito tempo. Ficam em silêncio, seu silêncio é tão profundo quanto o mar ao seu redor.

— Henri, vamos nos encontrar lá? Em São Sansão? Ou onde você nasceu? Em Ty Kerk, você me mostrou uma vez no globo do café Campania. Vou encontrar a casa entre o céu e o mar. Vou mostrar a casa para Sam.

Percebo como me sinto mais calma na presença de Henri, como se ninada pelo ritmo de sua máquina de respiração, ao qual, como sempre, sem pensar, minha respiração se ajusta.

Eu estou ficando cansada. Muito cansada.

Pouso minha mão, que ainda segura a dele, sobre seu coração.

E adormeço lado a lado com Henri.

Henri

Como eu sinto. Sinto o anseio e a ansiedade de Sam me atraírem. É a mão invisível que se estende na minha direção com seus sentidos ramificados para verificar se estou lá. Mas a maior parte de sua concentração está em Madelyn.

Sinto Eddie ao meu lado, ela se preocupa com meu filho. É mais forte do que imagina.

O medo do meu filho.

O afeto da minha esposa.

O primeiro me despedaça. O último junta meus pedaços de novo.

Eddie acabou de me falar sobre Melon e Saint Laurent e sobre a cor das ondas da minha terra natal. Ela dorme, mas eu não.

Como eu gostaria de fazer algo proibido agora!

Como eu gostaria de me apropriar do corpo de outra pessoa!

Há um médico no meio do salão, ele é do meu tamanho. Usa barba com bigode loiro-avermelhado, no pescoço vejo um ferimento antigo, uma cicatriz na garganta. Mas seu corpo é tão cheio de vitalidade, sangue, despreocupação. Sem dor! Livre!

Se ao menos eu pudesse pegar emprestado seu corpo por um instante. Se eu pudesse me curvar sobre o rosto adormecido de Eddie e colar seus lábios nos meus. Provar da suavidade de sua boca. No início ainda estaria sonolenta, depois reagiria.

Sentir sua respiração, então suas mãos, enquanto elas percorrem o tecido das calças, envolvem meus quadris. Suas mãos, calmas e decididas, que me despem, que me acham bonito. Elas me tocam. Pele, vida, pele, calor.

Sinto saudades de sentir. O calor, a umidade, o bater da água na pele. A pele quente de Eddie, seu corpo apertado contra o meu.

A fisgada no baixo-ventre, que se liquefaz, que enrijece. Enternece. O calor do seu sexo. A suavidade de seus seios junto ao meu peito, minha boca envolvendo primeiro um, depois o outro mamilo. A palma das minhas mãos se enche com contornos de braços, de cotovelos. Com a plenitude da bunda, o balanço das coxas, a mudança da pele quanto mais me aproximo de seu centro.

Sentir seu gosto. Seu gosto está em todo canto.

Ouvir. Seu suspiro.

Ver. Seus olhos que me olham. O sorriso em seu olhar enquanto a boca permanece ligeiramente aberta. Me prova.

Me perco na ideia de pegar um corpo emprestado, estar lá, no corpo do jovem médico, além do monitor, apenas por um breve momento para tocar minha amada.

Ela me veria nesse outro corpo? Saberia que presto homenagem a todas as partes de seu ser? Suas marcas de nascença no seio esquerdo, os músculos alongados, os cabelos na nuca, aquelas linhas de riso sedutoras no canto da boca, aqueles olhos que são tudo, o mar, a vida, os sonhos, o ser eterno.

— Meu dia de verão. Meu mar de inverno. Meu lar — sussurro.

Uma onda de calma e paz que emana dela se mistura com os fios dos meus sentidos.

Nessa paz, meus pensamentos dão o primeiro passo. Preciso pensar. Pensar exatamente para saber em qual direção devo seguir.

Começo com a garota.

Madelyn me disse que, em uma das versões de sua vida, teve um marido chamado Samuel, com quem ela envelhecia. Envelhecia feliz.

Se for verdade o que agora reviro cuidadosamente nos pensamentos, que todas as versões da vida que uma pessoa tem se tocam — em sonho, na morte, como lembrança daquilo que não existe, como déjà vu ou se a pessoa sente de forma inequívoca uma chance de nela resvalar —, sim, se for assim, então também deve haver uma versão dos caminhos da vida de Madelyn, na qual ela sai das sobras de seu medo. Sobrevive à sepse. Acorda. Fica saudável. Foge da última sombra que a prende embaixo do mar. E vive a versão na qual Sam, meu filho, se torna o marido dela, e eles podem envelhecer juntos.

Essa variação da realidade apenas será possível se Madelyn viver. E se eu...

Sinto a escuridão que repuxa embaixo de mim, e ela bombeia e pulsa para cima a ideia de que ainda não compreendo tudo.

E quando compreendo, é como se eu saltasse da borda de um barco alto, grande, que avança resoluto. Para dentro de um espaço vazio e, no fim das contas, em algum lugar, a queda dentro do mar. Afundando, o olhar voltado para aquilo que se distancia, para a vida e para a última luz que ela carrega consigo.

Repenso de novo, determino cada passo em pensamentos. É como a solução de uma fórmula cujos X e Y apenas os mortos conhecem.

Então, tenho certeza.

A paz profunda de Eddie era a ponte, a partir de agora eu continuo sozinho.

Para trás.

Até a borda.

Tudo o que preciso fazer agora é me deixar cair na noite escura, que aguarda e ondula embaixo de mim, e deixar o barco seguir em frente. Só preciso me soltar.

Adieu, meu amor.

Adieu.

Esta foi a melhor de todas as vidas.

MADRUGADA 46

Sam

São duas e meia da manhã. Eddie ainda está dormindo com a mão sobre o peito do meu pai.

Estou sentado de novo ao lado de Maddie. Minha voz começa a ficar rouca. Leio para ela *As crônicas de gelo e fogo*. O épico de George R.R. Martin não vai terminar tão rápido, e imagino que Maddie queira saber como continua. E não vai morrer até eu terminar. E depois vai ficar boa para voltar a ler sozinha.

Talvez seja absurdo, mas não sei mais o que posso fazer para impedi--la. Para trazê-la de volta. Às vezes, quando adormeço, consigo vê-la nos labirintos atrás do palco do *Quebra-nozes*. Ela sai em disparada pelos corredores, subindo e descendo escadas desesperadamente. Chama meu nome. Chama sua mãe. Seu pai. Eu fico lá, sentado no palco, esperando. Não posso ir atrás dela nos labirintos.

Só posso...

Espere aí.

O que é isso?

Quanto tempo isso está assim?

"Já faz tempo pra caramba, *mon ami*. Vai. Vai agora!"

Me acostumei tanto com a dor escura do meu pai, aquela tensão no ar que consigo entender com clareza e na qual sinto que ele está lá — que não notei quando alguma coisa mudou. O brilho de sua dor se transformou em uma luz suave, ele se transformou.

Em algo que me assusta muito mais.

O silêncio depois do último acorde de uma sinfonia.

A mudez da última expiração.

Um cômodo vazio.

Rapidamente deixo o livro de lado, me levanto e abro a cortina que foi estendida entre o leito C7 e o de Maddie.

Eddie ainda está dormindo ao lado do meu pai.

Chego mais perto, estou procurando, mas não consigo encontrá-lo.

— Pai? — sussurro. — Pai!

Ele se foi! Não está mais aqui!

Com três passos chego até ele. Toco sua mão. Talvez esteja apenas dormindo. *Por favor, por favor, que ele só esteja dormindo.*

O pânico rouba meu fôlego.

Olho para os equipamentos, pulso, batimento cardíaco, estágios do sono. Montanhas, colinas, erupções. Está vivo, sim, está vivo, mas foi embora.

Eu sei disso.

Seu corpo está totalmente abandonado.

É como se tivesse ido a uma das regiões que o Dr. Saul não desenhou. Uma zona desconhecida entre o coma e a morte. Algo entre a vida e a morte. Que ninguém conhece, pois sempre muda.

Olho para Maddie, de novo para o meu pai, e então para os monitores cardíacos e, por um momento absurdo, tenho a sensação de que os dois corações estão batendo no mesmo compasso, no mesmo ritmo, como se caminhassem lado a lado.

Esse momento dura um tempo e, de repente, as linhas se separam.

Os batimentos cardíacos de Maddie ficam mais rápidos, e os do meu pai mais lentos. Cada vez mais lentos.

Sei o que vai acontecer e, ainda assim, sou incapaz de me mover ou gritar qualquer coisa, é como se o tempo estivesse em contagem regressiva enquanto as batidas do coração do meu pai ficam cada vez mais hesitantes — quatro, três, dois, um, agora — o que era previsto, exatamente assim, e não de outro jeito.

Henri

Todas as vezes que o remo toca a água e bate no reflexo do céu e das estrelas, vejo o rosto de Eddie no espelho da água e o jeito que ela acorda.

Vejo Sam, o jeito que ele percebe.

Então eu fico pronto.

O mar está calmo, e a superfície reflete um dia ensolarado de inverno. Sempre adorei essa cor. Esse azul metálico brilhante, translúcido como vidro, tão semelhante ao céu.

Eu me levanto, o barco balança. Ponho os remos ali dentro. Não precisarei mais deles.

Então pulo e atravesso o espelho da água.

Preciso mergulhar fundo para encontrar a garota.

O mar a arrastou para longe, bem longe, quer mantê-la lá embaixo, entre as rochas, as conchas e o medo. Seus cabelos flutuam ao redor da cabeça como algas.

Ela está nos braços da última sombra, daquela linda mulher que preferiria facilitar o fim da vida para todos nós. Gostaria de nos levar para a ilha, sem dor, sem medo. Mas também tem seu destino e sua natureza, não sabe de tudo, só sabe estar lá quando a hora chega.

Ela olha para mim e não se surpreende.

Puxo Madelyn para perto de mim pelos cabelos loiros de algas. Seguro um antebraço magro e escorregadio. Puxo enquanto engulo a água salgada e gelada. Gole a gole ela me esfria, se instala ao redor das minhas entranhas, de meus pulmões.

No final, vai envolver o coração.

O mar me abraça por completo, como se finalmente estivesse feliz por me ver de novo depois de tantas décadas, tão feliz que nunca mais vai querer me soltar.

Não precisa mais me soltar.

O rosto pequeno e estranhamente familiar flutua até mim. Maddie me olha com muitas perguntas, confiança e esperança.

Eu abraço a criança com mais firmeza.

Agora nós dois a seguramos, a sombra e eu.

Quando estendo a mão para ela, é como se eu estivesse agarrando sargaços, como se estivesse sentindo um prado úmido de grama e flores, selvagem e alto e...

Eddie

"Veja, Edzinha. Não cortei mais o gramado, deixei para lá. Isso é bom?"

"Sim, papai", eu respondo.

"Ele vai gostar do unicórnio?"

"Vai amar."

Meu pai sorri e entra no meio do matagal. As papoulas sacudiram-se ainda por um momento, então meu pai me deixou. Meu coração pesa quando ele vai, é sempre tão pouco, tão pouco tempo.

No entanto, o sonho perdura, e sei que estou sonhando. Há uma lua azul no céu. Caminho pelo mato alto da campina atrás de nossa casa. Os talos chegam quase ao meu queixo, consigo apenas olhar por sobre as pontas do matagal que faz cócegas.

Raia a manhã, e, do tecido dourado, entre os talos brilhantes de orvalho e o crepúsculo azul da noite, o unicórnio surge da escuridão.

Não ouso cumprimentá-lo.

É maravilhoso, esse animal grande, forte — bonito e, pelo que vejo, também ferido. Está machucado no único lugar que é possível um unicórnio estar ferido.

No coração.

Ao seu lado fico seguro, sei disso, pensa ele olhando para mim antes de entrar ainda mais fundo no matagal e se deitar bem devagar, com uma expressão cheia de dor nos olhos, que antes eram tão brilhantes, tão vívidos.

Com cuidado, avanço pela campina orvalhada, passo pelas papoulas, pelas centáureas, pelos girassóis.

Ajoelho-me ao lado do unicórnio, por quem já espero há tanto tempo, infinitamente tanto.

Ele é rodeado por essa eternidade.

E não há nada que ele tema. Nem mesmo a morte, e ele vai morrer, consigo ver, sei disso.

Lentamente ele baixa a cabeça até seu chifre cintilante afundar no mato da campina.

Agora está seguro.

Acaricio a cabeça do unicórnio. Como esse formato me é familiar. Como o olhar brilhante e destemido é franco — franco, convidativo, quero explorar os espaços por trás dele, escuros, profundos, infinitos, onde não há medo nem tristeza.

O que ele sabe?

O que vai me revelar?

Tenho mil perguntas, mas apenas uma é a mais importante.

— O que preciso saber?

O unicórnio olha para mim, e seus olhos brilhantes mudam.

De repente, o mundo tomba.

Henri e eu estamos deitados entre os matinhos e brotos de bambu sobre o antigo depósito de tulipas. A porta basculante que leva à escada de madeira até meu apartamento está aberta.

— Faça amor comigo — peço.

— Claro — responde ele. — Sempre.

Ele se deita de lado e desenha círculos na minha barriga nua com seu dedo morno e astuto. Primeiro círculos pequenos, ao redor do umbigo, depois maiores. Eles roçam a minha barriga, meu peito, meu púbis, minhas coxas. Ele se ajoelha ao meu lado e me acaricia com as duas mãos, e quero chorar de alívio de tão bonito que é, de tanto que senti falta, uma falta infinita.

Então ele diz baixinho:

— Sabe aquela capelinha, a de São Sansão? Quando você estiver lá, estarei lá também. Estarei em todo lugar. Sempre. Vou acompanhar e esperar você. Você e Sam.

Agora, as mãos dele param.

— Continue — exijo.

— Às vezes, coisas impossíveis acontecem — acrescenta ele, e suas mãos também estão fazendo coisas impossíveis que me fazem bem, tão bem. — O inexplicável faz parte da vida.

— Você vai dormir comigo de novo?

Ele sorri.

— Sim.

Henri me cobre com seu corpo, cobre o céu e as estrelas com seus beijos, e ficamos primeiro parados, enroscados, e não há mais fronteiras. Meu corpo não tem mais fronteiras. Henri está dentro de mim, e eu estou dentro dele.

Devagar ele se ergue e me ergue junto dele até ficar sentado comigo em seu colo, primeiro de joelhos, em seguida deslizo minhas pernas para a frente e cruzo os tornozelos atrás de suas costas. Ele me segura, abraçado.

Nós nos olhamos, e o vento nos rodeia, a lua azul nos cobre com sua luz, e nos olhos do meu homem ondula um mar distante.

Ele pousa a mão no meu coração.

— Sinto muito, meu amor. Sempre amei você e adoraria ter sido seu marido.

— Você é meu marido.

Henri sorri.

— Você precisa viver, Edwinna. Simplesmente viver.

Ele se afasta do meu corpo, o que resta é uma falta, um vazio que cresce cada vez mais enquanto dura. E, a partir de agora, vai durar para sempre, eu sei disso.

Henri se levanta, nós nos damos as mãos.

Então, ele me solta.

"Não", quero gritar, "não vá", mas ele já foi. Andando de costas, cada vez mais rápido. Ele me encara nesse movimento sem baixar o olhar, seus olhos estão cheios de amor.

— Me perdoe — diz ele.

Pouco antes de ele pisar na borda e cair no vazio, o medo desesperado e, ao mesmo tempo, uma resolução implacável escurecem seus olhos.

— Henri! — grito e acordo ao mesmo tempo.

Henri

Então, você também a quer?, pergunta a última sombra.

Exato.

Então, venha.

A sombra relaxa a pressão que faz enquanto segura Madelyn.

A pequena dançarina para. Ela me olha por muito tempo, chuta a água e, em seguida, se esforça para subir, em direção à luz, à vida, e espero que nenhuma placa de vidro, que a impediria de dar o passo derradeiro, a aguarde lá em cima.

Estendo a mão para a sombra.

Tenho tanto medo de morrer.

Mas é a única solução, a única vez que decido algo corretamente e não fujo da raia.

Eddie precisa viver, realmente viver, não com um homem que nunca será mais do que uma criatura que precisa de ajuda para respirar.

Sam e Maddie, eles são feitos um para o outro, sempre foram. Então, isso é bom. Então, finalmente tudo estará certo.

A sombra me puxa para si. A dor é tão intensa que abro a boca e deixo que o mar me leve, me preencha por completo. Sou incapaz de mover os braços, minhas pernas doem tanto. Tudo dói, tudo, como se de repente eu sentisse cada célula do meu corpo esquecido, abandonado e apagado.

Tudo é dor.

Ela ruge, espeta, e a náusea me atravessa. O rugido nos ouvidos é alto e profundo.

Então, afundo de uma vez.

Afundo cada vez mais depressa, depois me misturo com o mar, a água me inunda.

Toco o fundo de areia e pedra. Ele se abre para mim e me suga para dentro dele.

Mas, no caminho, acontece algo em que não havia pensado. Não contava com isso.

DIA 46

DIA 46

Sam

Tudo cai. A temperatura, a pressão sanguínea, a pulsação. É como se uma árvore velha e orgulhosa estivesse despencando. Ao mesmo tempo, os dedos se contorcem, uma e outra vez a mão dele se agarra à de Eddie ao lado dele. Os braços estão se contraindo. Os músculos do rosto ficam tensos e relaxam. As pálpebras vibram.

Sinto que ele está vindo, não, é empurrado, sim, algo está empurrando meu pai de volta ao corpo com uma força tremenda. Agora ele bate os calcanhares na maca e, finalmente, as máquinas também percebem.

O eletroencefalograma preso à cabeça dispara e alerta os médicos na plataforma de supervisão.

Dois minutos depois, Dr. Saul está lá, com uma noite inquieta ainda estampada no rosto. Olha para o jovem médico com bigode loiro-avermelhado e a cicatriz na laringe que estava trabalhando na plataforma.

— Sintomas pré-crise de pânico — diz ele. — Está voltando, mas o sistema está prestes a entrar em colapso, os níveis de oxigênio no sangue estão despencando.

— Senhor Skinner, está me ouvindo?

— Por favor — sussurra Eddie, pálida, mas controlada.

Ela coloca a mão no ombro do Dr. Saul. Ele olha para ela, e Eddie balança a cabeça bem de leve. O médico recua da maca.

— Samuel — ordena Eddie com muita calma. — Venha.

Meu pai está suando, e a máquina de respirar engasga, é como se ele quisesse respirar e engolir.

Rapidamente retiram o tubo de sua boca.

Eddie segura firme a mão do meu pai, e eu me ponho no mesmo lugar de sempre, ali, onde ele conseguirá me ver se abrir os olhos.

E então ele os abre.

Meu pai pisca as pálpebras e está aqui.

Está aqui, por inteiro!

Ele me olha, cheio de amor, e sou quase esmigalhado pela dor que há dentro dele.

Não há um escudo entre ele e a agonia que lhe causa febre, inflamações, o traumatismo, nenhum medicamento, nem sono, nada mais. Ele fervilha no corpo vivo — mas está vivo!

Então seus olhos se movem com um esforço infinito para Eddie, e ele a olha por inteiro.

Meus olhos se voltam para Maddie.

Ela também está de olhos abertos.

E ela olha para mim.

Ela olha para mim!

E agora entendo tudo, mas não quero entender.

Eddie

— Analgésicos, precisamos...

— A pressão sanguínea, ela...

— Hipertonia, ele precisa...

Quero que parem.

Tudo.

Quero que parem e ouçam Henri por um momento!

— Silêncio! — peço, e depois, mais alto: — Por favor, vocês podem ficar em silêncio por um instante. Fechem a matraca!

Eu gritei. Eles se calaram.

Finalmente.

O olhar de Henri se fixa em mim, e sua mão está viva e aperta a minha.

— Eu te amo — digo para ele.

Seu olhar fica suave, e vejo quanta força, quanto esforço lhe custa manter os olhos abertos.

Ele tenta falar. Não consegue, é apenas um sussurro, um sussurro ínfimo.

— Maddie? — pergunta Henri e tenta olhar para Sam.

Não sei como ele sabe o nome dela, mas ele a conhece, e Sam responde rápido e tranquilizador:

— Ela vai ficar bem, pai.

O rosto dele relaxa. Seus olhos me procuram, e eu fico diante de seu olhar.

E você também, eu desejo, *você também, por favor.*

— Não vá — sussurro.

— Eu — sua boca forma as palavras com esforço insuportável — amo — diz ele e, por fim — você.

E, depois:

— Me perdoe — fala Henri com uma exalação, mas suas palavras são tão altas que todo mundo ouve, todo mundo.

Isso parte meu coração e o cura ao mesmo tempo.

— Claro — respondo.

Ele aperta minha mão, com mais firmeza, e eu sussurro novamente:

— Eu te amo, sempre, para sempre.

Ele olha para mim, se agarra ao meu olhar, e os olhos dele estão cheios de amor. E de um medo insuportável.

Henri para de respirar.

No fim, com uma expressão cheia de surpresa, ele cai de novo em um vazio vasto, infinito... e me deixa.

Sua mão solta a minha.

Eu a seguro forte.

Eu a seguro forte enquanto Sam corre para pegar a de Maddie, que está estendida. Saul dá instruções para a ressuscitação, enquanto Dimitri tenta me afastar, enquanto a máquina que acompanhou os batimentos cardíacos de Henri por todos esses quarenta e seis longos dias e noites desenha uma linha reta, enquanto o som final toca, e eu sei que Henri não vai mais voltar.

A enfermeira Marion escancara uma janela.

Eu o sinto no mesmo espaço por um minuto, e então Henri Skinner se afasta e sai em silêncio da vida.

EPÍLOGO

EPÍLOGO

Henri

Às vezes, as gaivotas-prateadas e os gaivotões-reais voam em círculos estreitos sobre a baía. Como agora, quando a água assume aquela cor azul metálica, e o sol se derrama sobre o mar.

Estou esperando por eles e, quando chegam, não fico surpreso ao ver Madelyn segurando a mão do meu filho.

Eles ficam bem juntos à beira da pequena praia, aqui, não tão longe de Ty Kerk. Lá, onde os tempos e os mundos se fundem.

Eddie, Sam, Madelyn.

Caminho atrás deles em silêncio, sem que me notem.

Encaixo os braços em volta dos ombros de Eddie e de meu filho.

Assistimos ao sol se pôr. O pôr do sol no fim do mundo, que alguns chamam de começo, é o mais belo. Pinta o céu de um jeito diferente a cada dia. Hoje, as nuvens são manchas, e os aviões estão zigueza-gueando, deixando seus rastros sobre a imagem de ouro branco que corre ao longo das bordas da cor de damascos maduros.

— Olá, Henri — diz Eddie, sorrindo para o oceano, o brilho e a luz. Seus olhos misturam-se à luz.

— Olá, meu amor.

Dizem que não se pode levar nada, nada que seja de valor terrestre, quando se morre. Dinheiro, posses, beleza, poder: nada disso.

É verdade.

Isso já espantou muitos que trocaram de lado nos mundos, pois realmente não conseguiram levar nada de material.

Mas há uma segunda verdade.

É possível levar tudo o que não se teve nos tempos em vida.

Porque só pôde ser sentido apenas por alguns instantes, às vezes apenas em segredo.

Podemos levar a felicidade.

E o amor.

Todas as lindas horas de toda a vida, toda a luz que observamos com calma, os perfumes, o riso e a amizade. Todos os beijos, carícias e cantos. O vento no rosto, o tango. A música, o estalar da grama no outono, congelada pelo orvalho da noite. Centelhas das estrelas e a satisfação, a coragem e a generosidade.

Tudo isso pode ser levado.

Tudo isso fica no entre.

— Não vão embora com o coração vazio — sussurro para eles.

Eles se dão as mãos e, assim, observam o sol se pôr, no mar que protege a nós todos, nossos sonhos, nossa vida.

Eles andam de mãos dadas até Ty Kerk, e eu os acompanho. Invisível, sem sombras. Wilder Glass acendeu a lareira do meu avô e, quando Wilder olha para Eddie, está feliz, mas ainda um pouco desconfortável. Ela o ama, e apenas em alguns sonhos eu venho visitá-la.

Vou atrás deles, até a soleira da porta, e canto, e, enquanto canto, me recordo de tudo que fui no passado.

Posso enxergar todos os caminhos pelos quais Madelyn, Samuel e Edwinna podem seguir. Vejo os momentos nos quais outras coisas decidem seus rumos; esses momentos têm um tom diferente, uma cor diferente. Mas é bom o caminho que trilham juntos.

Canto a dança das ondas do *Mer d'Iroise* e sei exatamente o que acontece quando o mar de verão se choca contra as rochas, quando ele dança ao canto do vento.

Canto as cores da cheia primaveril e dos mares de inverno, da luz de quando chove e o céu escurece e, ao mesmo tempo, o sol mergulha sobre as ilhas claras no mar cinza-chumbo. Canto o azul-escuro, o turquesa, o azul da meia-noite e do amanhecer, as ondas brancas como leite e as verdes vítreas. O céu, que ama essa mulher tão raivosa, *La Mer d'Iroise*, que ama com mil cores, ama tanto que assume suas cores e lhe empresta outras para com ela se fundir por completo, como os amantes fazem para se livrarem das fronteiras, aninhados, sem saber o que é acima ou abaixo, sem fim, sem dúvidas.

Antes de Eddie fechar a porta, ela se vira de novo.

— Henri Malo Skinner — ela diz à meia-voz.

Por um momento sinto o vento no rosto, sinto o gosto do sal no ar. Acaricio uma mecha de cabelo da testa de Eddie. Ela sorri, como se pudesse sentir o toque. Talvez até sinta.

Existe muito mais entre a vida e a morte do que podemos enxergar daqui.

UM POSFÁCIO,
UM AGRADECIMENTO,
UMA CONCLUSÃO

Quanto mais eu entendia meu pai, mais temia que ele morresse e me deixasse sozinha nesta vida. Sem nossas conversas, sem a segurança e a paz interior que sua existência me trazia. Durante anos não consegui dormir porque aquela ansiedade ácida e faminta me mantinha acordada: e se meu melhor amigo, meu confidente em Questões Fiscais e Masculinas, "meu companheiro de equipe" na família George — e se essa pessoa, que me ama, me enxerga e me compreende, se a luz dessa grande alma um dia realmente morrer?

"Eu não vou sobreviver", sussurrei desesperadamente na escuridão do meu quarto quando tinha vinte e poucos anos. Mais tarde, entorpeci meu pânico com uísque, do qual não gostava. E, mais tarde, me acalmei, pois ainda levaria muito tempo, muito tempo, pois ele era um homem cheio de força, de energia e amor. Tão cheio de vida que não podia ir embora tão rápido.

Tudo aconteceu num espaço de onze dias, e acabou em 4 de abril de 2011. Aos setenta e dois anos, Wolfgang George morreu cedo demais. Eu tinha trinta e oito anos, e quem eu era antes disso não sobreviveu.

O medo que meu pai tinha da morte e sua morte real, tão terrível, que irrompeu no meio do cotidiano, moldaram minha vida e minha escrita. O morrer, a morte. A tristeza, a sobrevivência. O medo do próprio "um dia não mais existir", a pergunta: E então era isso? A eterna dúvida: quando minha morte vier, terei vivido da maneira que poderia ter vivido?

Todas essas questões existenciais de morte coloriram meus três últimos romances, *A livraria mágica de Paris*, *O maravilhoso bistrô francês*, e *O livro dos sonhos*.

Para essa literatura, que se dedica ao ser e ao não mais ser e não tem um final feliz, que não é tão "aceita" pelo mercado editorial, precisei de pessoas que estivessem dispostas a acompanhar esse jeito de contar histórias.

Autores tão maníacos quanto meu marido Jens. Ele é sempre a primeira pessoa que enche o ar de ideias: "Sim, vá além das fronteiras, para que escrever se não for assim?" Nossa troca abre mil portas em mim.

A segunda companheira é Andrea Müller, minha editora, uma mulher que nunca mente. Isso pode causar mágoa e vergonha, mas seu entusiasmo implacável é a base sobre a qual construo a história, sabendo que a Sra. Müller vai transformar o bom em melhor e me encher a paciência com aquilo que não está legal.

As primeiras leitoras, como a simpática preparadora Gisela Klemt, minha tranquila agente Anja Keil ou minha meticulosa webmistress Angela Schwarze, me mostram com suas reações se eu me "despi" o suficiente no texto. Agradeço também a Barbara Henze e Marion Barciaga, com quem pude trocar muitas ideias.

E, por fim, agradeço a você. À livreira e ao livreiro, a você, representante — e a você, leitora e leitor. Os livros são as únicas obras de arte que realmente surgem apenas quando alguém as lê: na sua cabeça, na sua alma.

Se encontrar erros no romance, sou a única responsável por eles; escreva, por favor, à editora, e nós tentaremos corrigi-los na edição seguinte.

Com *O livro dos sonhos*, encerro o ciclo temático da finitude. Era necessário escrever sobre o medo e sobre nossa transitoriedade, e também para tornar o toque da vida e da morte nesse romance uma espécie de "lugar de conto de fadas", repleto de realidades paralelas, como "O 'entre', entre todos os mundos, o céu e a terra", que ninguém sabe se existe ou se alimenta nossos pensamentos, esperanças e medos.

Só agora me sinto interiormente livre e, com mais de quarenta anos, "vivi" o suficiente para me dedicar ao próximo grande ciclo: à vida.

Até mais ler!

Um abraço,

Nina George

Este livro foi composto na tipografia ITC
Souvenir Std, em corpo 11/16, e impresso em
papel off-white no Sistema Cameron da
Divisão Gráfica da Distribuidora Record.